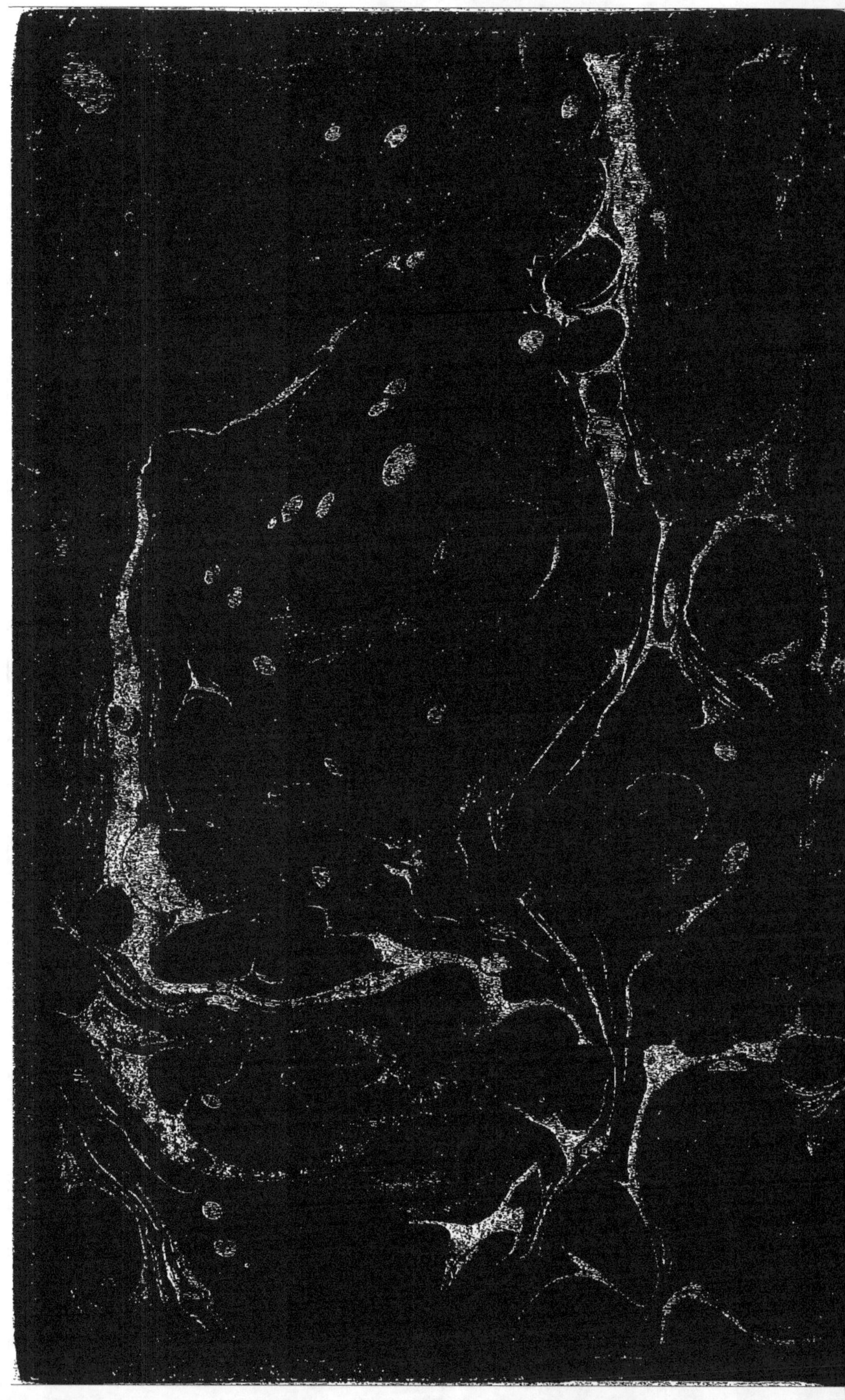

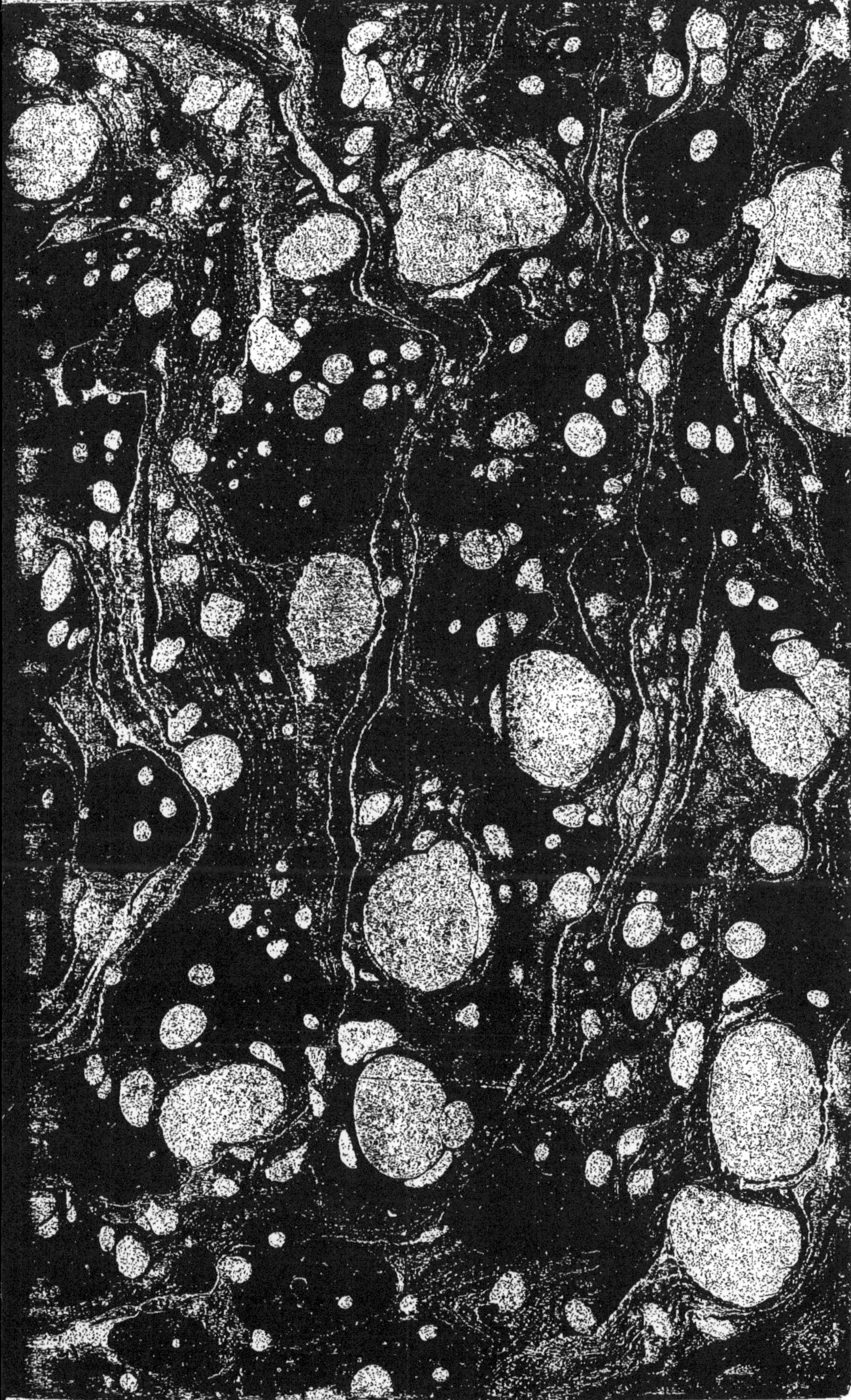

OBSERVATIONS

SUR

UN LIVRE INTITULÉ:

DE

L'ESPRIT DES LOIX;

DIVISÉES EN TROIS PARTIES.

SECONDE PARTIE.

OBSERVATIONS
SUR QUELQUES PARTIES D'UN LIVRE INTITULÉ :
DE L'ESPRIT DES LOIX.

CHAPITRE ONZIÉME.

Sur la Liberté politique dans son rapport avec la Constitution.

L'AUTEUR commence par rechercher les diverses significations données au mot de liberté, & il trouve qu'il n'y en a point qui ait frappé les esprits de tant de manières. Certains peuples, dit-il, l'ont pris pour une chose, les autres

To. 1. p. 240. pour une autre ; & *les Moſcovites pour l'uſage de porter une longue barbe.*

Voilà une explication de la liberté politique tout-à-fait digne de remarque. Cependant le Czar Pierre, inſtruit, ſans doute, par les Sçavans qu'il avoit attirés dans ſes Etats, que l'acception de ce mot étoit fauſſe, irrégulière & contraire aux règles & aux principes de la Grammaire, porta une Loi, par laquelle il enjoignit à tous ſes ſujets, de quelque état, qualité & condition qu'ils fuſſent, d'abattre inceſſamment ces grandes barbes, ſauf à eux à imaginer tel autre ſigne de la liberté politique qu'ils aviſeroient bon être ; pourvû toutefois qu'il pût ſympathiſer avec la ſervitude politique, qui ſuivant l'Eprit des Loix, eſt le principe du Gouvernement Moſcovite.

Les différentes Nations, continuë l'Auteur, ont placé la liberté dans les Gouvernemens ſous leſquels elles avoient vêcu ; les unes dans le Gouvernement républicain, les autres dans le Gouvernement monarchique ; & tout bien & mûrement examiné, on l'a excluë des Monarchies & fixée dans les Démocraties. Cependant il observe que la liberté ne se trouve pas toujours dans les Etats modérés ; & que *pour qu'on ne puisse abuser du pouvoir, il faut que le pouvoir arrête le pouvoir* : c'est un axiôme de politique. To. 1. p. 242.

Tous les Etats ont eu, dit-il, un objet particulier : celui de Rome, étoit l'agrandissement ; la guerre, celui de Lacédémone ; le commerce, celui de Marseille, &c. Mais il y a une nation dans le monde qui a pour objet de sa constitution la liberté politique (c'est l'Angleterre.) L'Auteur dit qu'il va examiner les principes sur lesquels cette Nation la fonde, & que *s'ils sont bons, la liberté y paroîtra comme dans un miroir.* To. 1. p. 243.

Les principes sur lesquels cette Nation fonde sa liberté, ne peuvent être que les mêmes sur lesquels l'Auteur s'est déja exercé, c'est-à-dire, les principes des Gouvernemens démocratiques, ariſtocratiques & monarchiques, dont le mêlange conſtituë la forme actuelle du Gouvernement Anglois ; mais comme on a pû remarquer, dans le Chapitre de la nature du Gouvernement & de ſon principe, qu'il ne les avoit pas démontrés avec toute l'évidence déſirable, il pourroit très-bien ſe faire que l'on ne vît pas diſtinctement les objets dans le miroir politique qu'il offre à ſes Lecteurs, quoiqu'il n'y ait rien de ſi ſimple, que la manière d'en faire uſage.

To. I. p. 243. *Pour découvrir la liberté dans la conſtitution, il ne faut pas tant de peines. Si on peut la voir où elle eſt, ſi on l'y a trouvée, pourquoi la chercher ?*

En effet, la conſéquence eſt ſans réplique : il n'y auroit certainement point de peine priſe plus inutilement, ni de tems plus mal employé, que celui qu'on paſſeroit à chercher ce qu'on auroit trouvé : reſte à ſçavoir s'il eſt trouvé. L'Auteur croit y avoir réüssi au moyen de deux Chapitres, contenant ensemble trente-deux pages, (*a*) dans lesquelles il nous montre cette Nation comme la plus libre, la plus puissante & la plus redoutable de toutes les Nations. Mais comme s'il avoit craint que les Anglois ne s'énorgueillissent trop des avantages politiques qu'il leur donne, il a cherché à modérer leur amour-propre par l'œconomie avec laquelle il leur distribuë les avantages moraux.

Comme chaque particulier (Anglois) *suit beaucoup ses caprices & ses fantaisies, on change souvent de parti, on en abandonne un, où l'on laisse tous ses amis, pour se lier à un autre dans lequel on trouve tous ses ennemis; & souvent dans cette Nation, on peut oublier les loix de l'amitié & celles de la haine.* To. I. p. 509.

Quel tableau! Quel pays où la haine exerce un empire si constant, qu'on y trouve des loix pour haïr mé-

(*a*) Voyez Tom. I. Liv. II. Chap. 6. depuis la page 244. jusqu'à 261. Et Liv. 19. depuis la page 508. jusqu'à 522.

thodiquement ! C'eſt le ſeul, ſans doute, où il y ait un Code de cette eſpéce ; & probablement nous ne ferons point de députation, nous ne ferons point orner nos Trirèmes, pour aller recueillir ce Code, comme firent autrefois les Romains pour aller recueillir les Inſtitutions de la Gréce. (a)

To. 1. p. 512. *Cette Nation toujours échauffée, peut plus aiſément être conduite par ſes paſſions que par la raiſon ; & il ſeroit facile à ceux qui la gouvernent, de lui faire faire des entrepriſes contre ſes véritables intérêts.*

Il y a toute apparence que le miroir politique défigure ici les objets. Nous n'y reconnoiſſons ni la nation Angloiſe ni les particuliers qui la compoſent : guidés par la ſageſſe & la raiſon, ils ſçavent en quoi conſiſtent leurs véritables intérêts ; ils agiſſent en conſéquence ; l'état actuel de leur Gouvernement en fait foi.

Dans cet Etat, où d'un côté l'opu-

(a) Voyez l'Hiſt. Rom. Année de Rom. 299.

lence est extrême, & de l'autre les impôts excessifs, on ne peut guères vivre sans industrie, avec une fortune bornée : bien des gens, sous prétexte de voyage ou de santé, s'exilent de chez eux, & vont chercher l'abondance dans les pays de la servitude même. To. I. p. 514.

Si nous étions ce pays de la servitude même, nous devrions nous estimer heureux de voir une Nation, où *chacun se regarde comme Monarque*, *où les hommes sont plutôt des Confédérés que des Concitoyens*, obligée de venir chercher chez nous le repos & l'abondance qu'elle ne sçauroit trouver sur ses trônes, toujours agités comme les flots de la mer. Ibid.

Ce repos & cette abondance se trouvent en France; plusieurs de ces *Monarques* y fixent leur séjour. Jusques-là nous pouvions croire que l'Auteur a eu la France en vûë ; mais cette qualification *de la servitude même*, ne nous permet pas de nous arrêter sur cette idée, & nous oblige à nous transporter à Alger ou à Tunis.

Plus nous avançons, moins nous trouvons de ſujets d'envie; on nous dit que la Nation Angloiſe étant commerçante, elle a un nombre prodigieux de petits intérêts, & qu'elle peut choquer & être choquée d'une infinité de manières : cela peut être ſans nuire beaucoup à la ſociété. On dit qu'elle eſt ſouverainement jalouſe de ſon commerce. Paſſe encore pour cela. Elle a des Colonies, des Traités avec des Nations étrangères, des établiſſemens dans des régions éloignées; elle fait bien de conſerver ſes avantages & de défendre ſes droits. Mais on ajoute *qu'elle s'afflige plus de la proſpérité des autres, qu'elle ne jouit de la ſienne*. Oh! pour le coup, ce ſeroit un caractère abominable. Mais non; le miroir politico-œconomique ſe trompe encore ici. Les Anglois ne ſe repaiſſent point de ſentimens bas & mépriſables; livrés aux ſoins d'un commerce vaſte & légitime, ils le font avec honneur, ils laiſſent faire aux autres celui qui leur appartient,

To. 1. p. 514.

& ils ne sont point assez barbares pour se réjouïr des pertes de leurs voisins, ni assez dupes pour s'affliger de leurs succès.

En Angleterre, tandis que les femmes s'amusent à *être modestes & timides, les hommes sans galanterie se jettent dans une débauche qui leur laisse toute leur liberté & tout leur loisir*. Et, selon l'Auteur, cette liberté & ce loisir qu'ils ne trouveroient pas avec d'honnêtes femmes, ils les trouvent dans la débauche & la crapule. Cela est-il bien conséquent? Ces femmes modestes, timides, vertueuses, ne laisseroient-elles pas autant de liberté & de loisir à ces hommes d'Etat, que des femmes débauchées? Mais comment ces hommes d'Etat seront-ils capables de gouverner leur Empire? To. I. p. 520.

Dans la force de l'âge, ce penchant insurmontable au déréglement les occupera sans cesse: vieux, ils seront accablés par les infirmités, compagnes inséparables de la débauche;

ainsi loin d'y trouver ce loisir & cette liberté que l'Auteur y attache, & qu'il destine à l'administration des affaires publiques, nous les voyons d'abord entraînés par l'impétuosité des passions, & ensuite victimes languissantes de ces mêmes passions.

T. 1. p. 520. *Dans une Nation libre il est très-souvent indifférent que les particuliers raisonnent bien ou mal; il suffit qu'ils raisonnent. De-là sort la liberté, qui garantit des effets de ces mêmes raisonnemens.*

L'Auteur dit, dans le paragraphe précédent, qu'en Angleterre *tout le monde a part au Gouvernement & aux intérêts politiques*. Mais s'il est indifférent qu'on y raisonne bien ou mal; comment, avec cette indifférence pour la raison, les résolutions d'un tel État peuvent-elles être sagement & heureusement dirigées? Cette hypothèse est même contraire aux principes de l'Auteur.

Tom. 1. p. 67. Il dit ailleurs, *qu'une République composée de gens sages, se gouvernera sagement ; composée de gens heureux, qu'elle sera heureuse.* Donc une République composée de gens raisonnant mal, sera gouvernée comme ces gens-là raisonneront : & ce n'est pas la seule conséquence qui dérive du texte de l'Auteur.

La liberté sort de ces mêmes raisonnemens : donc il faut mal raisonner pour être libre.

Cette liberté sort des mauvais raisonnemens, & en même tems elle garantit de leur effet : donc les mauvais raisonnemens garantissent de l'effet des mauvais raisonnemens.

Donc enfin les Anglois, non-seulement peuvent mal raisonner, sans qu'il en résulte aucun inconvénient politique ; mais encore ils y sont obligés pour la conservation de leur précieuse liberté.

La plûpart (des Anglois) *avec de l'esprit sont tourmentés par leur esprit même. Ils ne se soucient de plaire à personne, ils s'abandonnent à leur humeur ; dans le dédain ou dans le dégoût de tou-* To. 1. p. 521.

tes choses, ils sont malheureux avec tant de sujets de ne l'être pas.

Si ce portrait est ressemblant, les Nations voisines ne doivent pas porter d'envie à celle-ci. Quel génie malheureux ! Un Anglois est donc son propre bourreau ? Cet esprit vaste & fécond qu'on lui donne, ne sert donc qu'à multiplier les objets de tristesse, d'ennui, de dédain, de dégoût qui font son supplice ? Sont-ce là les effets de cette liberté si vantée ? Gardons notre servitude. Mais quittons les peuples modernes, & suivons l'Auteur dans la profonde antiquité qu'il va parcourir.

To. 1. p. 260. *Si l'on veut lire l'admirable Ouvrage de Tacite sur les mœurs des Germains, on verra que c'est d'eux que les Anglois ont tiré l'idée de leur Gouvernement politique ; ce beau système a été trouvé dans les bois.*

La première idée qui se présente d'une chose trouvée dans les bois, n'est pas certainement celle d'un plan général de Gouvernement politique très-compliqué ; & en lisant *l'admirable Ouvrage de Tacite sur les mœurs des Germains*, personne n'y verra que les Anglois ayent fait cette découverte dans les forêts de la Germanie. Mais en supposant qu'il y ait quelques parties qui se ressemblent, un point suffit-il pour dire que l'un a été emprunté de l'autre? En ce cas l'Auteur pourroit faire ressembler le Gouvernement Anglois au Gouvernement de telle autre nation qu'il lui plairoit.

Il n'y a que trois espèces de Gouvernement, le Monarchique, le Démocratique, & l'Aristocratique, dont le mêlange a produit des Gouvernemens mixtes. Le Gouvernement Anglois est un composé des trois : il y a donc nécessairement dans le Gouvernement Anglois, quelque point qui ressemble au Gouvernement de toute autre nation policée quelconque. S'ensuit-il de-là, que le Gouvernement Anglois ressemble au Gouvernement de toute autre Nation quelconque ?

Cependant, pour prouver la légitimité de la filiation Germanique, l'Auteur cite ce paſſage de Tacite des mœurs des Germains : *De minoribus rebus Principès conſultant; de majoribus omnes.* Les Princes délibèrent ſur les petites choſes, & toute la Nation ſur les grandes : ce n'eſt qu'une partie du paſſage, nous reviendrons à l'autre dans un moment. Mais cette partie que ſignifie-t-elle ? Eſt-elle excluſivement applicable à l'Angleterre ? L'Auteur ſçait bien que non, puiſqu'à la page 478. de ce même premier Volume, il en fait le même uſage à l'égard des Francs, qu'il en fait ici à l'égard des Anglois. Rien ne l'empêchoit d'en faire autant pour le Gouvernement actuel de Pologne & de Suède ; & pour tous les autres Gouvernemens mixtes ſemblables. Venons à l'autre partie de Tacite.

Ità tamen ut ea quoque quorum penès plebem arbitrium eſt, apud Principes pertractentur. Enſorte cependant que les affaires ſur leſquelles le Peuple a le pouvoir de décider, ſoient agitées devant les Princes.

Acidale & Muret, très-habiles Commentateurs de Tacite, ont formé un doute ſur cet endroit. Il leur a paru qu'il faudroit lire *prætractentur*, au lieu de *pertractentur*. Car, diſent-ils, ſi le Peuple a la ſouveraine puiſſance, comment les affaires ſe traitent-elles au Tribunal des Princes? Et ſi elles ſe traitent au Tribunal des Princes, comment le Peuple a-t-il la ſouveraine puiſſance? Mais ne ſoyons pas plus ſcrupuleux que l'Auteur; prenons le paſſage tel qu'il le donne. Que devient l'application qu'il en fait à l'Angleterre? Les affaires ſur leſquelles le Peuple a le pouvoir de décider, ſont-elles agitées devant le Prince?

Du Gouvernement des Germains, l'Auteur paſſe au Gouvernement Gothique parmi nous.

Il avoit cet inconvénient, dit-il, *que le bas Peuple y étoit eſclave. La Coutume vint d'accorder des Lettres d'affran-* To. 1. p. 263.

chiſſement, & bientôt la liberté civile du Peuple, les prérogatives de la Nobleſſe & du Clergé, la puiſſance des Rois, ſe trouvèrent dans un tel concert, que je ne crois pas qu'il y ait eu ſur la terre de Gouvernement ſi bien tempéré que le fut celui de chaque partie de l'Europe, dans le tems qu'il ſubſiſta. Et en Note: *C'étoit un bon Gouvernement qui avoit en ſoi la capacité de devenir meilleur.*

Si ce Gouvernement étoit ſi bien tempéré; ſi toutes les prérogatives & la puiſſance étoient dans un ſi parfait concert; ſi l'Auteur qui doit ſi bien ſe connoître en Gouvernement, croit qu'il n'y en avoit pas de meilleur ſur la terre, il affoiblit conſidérablement ſon éloge par la réfléxion qu'il y ajoute.

En effet un Gouvernement qui n'a que *la capacité de devenir meilleur*, & dont la puiſſance n'a jamais été miſe en acte, eſt un Gouvernement, non-ſeulement imparfait, mais qui encore peut être très-vicieux.

Cependant

Cepndant pourquoi cette capacité eſt-elle toujours reſtée engourdie & ſtérile? Comment le concert admirable de la Nobleſſe, du Clergé & des Rois ne l'a-t-il pas contrainte à mettre au jour les fruits qu'elle portoit dans ſon ſein? Comment l'Auteur a-t-il connu les choſes auxquelles cette capacité pouvoit s'étendre? Et s'il les ſçait, pourquoi ne nous dit-il pas en quoi elles conſiſtoient? Ne doit-il pas craindre qu'on n'aille imaginer que ces connoiſſances ayant échappé aux Miniſtres éclairés, & aux grands Princes qui ont tenu dans ces tems les rênes du Gouvernement, il n'eſt pas à préſumer qu'il en ſçache plus qu'eux? Mais point de doute offenſant : venons à l'examen du texte.

En ſuppoſant que quelque Peuple veuille adopter le Gouvernement Gothique, comment pourra-t-il ſe flatter qu'il trouvera exactement le point de préciſion de cet heureux concert, qui doit régner entre ces trois Puiſſances? Si les doſes du mêlange ne ſont point faites dans une juſte proportion, & que la liberté civile du Peuple, ou les prérogatives de la Nobleſſe & du Clergé viennent à emporter la balance, on auroit mille uſurpateurs, mille tyrans pour un maître légitime; on tomberoit dans une anarchie cruelle; la fureur des guerres civiles détruiroit le Corps politique.

Pour juger ſi le Gouvernement dans lequel l'autorité ſera partagée eſt le plus avantageux, il n'y a qu'à jetter les yeux ſur l'Hiſtoire de France; on n'y verra que guerres inteſtines & étrangères, diviſions, déſordres, confuſion, meurtres, incendies, violences & injuſtices de toutes les eſpèces: de-là les incurſions de ces barbares du Nord qui firent périr les deux tiers de la Nation, & réduiſirent l'autre à ſe cacher dans les forêts; de-là ces confédérations particulières pour la conſervation de la ſociété qu'elles détruiſirent; de-là ce démembrement univerſel de la

Monarchie, & l'occupation du Royaume par les armes des Nations étrangères, ou plutôt par nos propres armes, que les divisions domestiques avoient tournées contre nous-mêmes.

La Monarchie simple étant le Gouvernement d'un seul, il est certain qu'il est exclusif de toute association de pouvoir & d'autorité. Il est encore certain que, considéré essentiellement, & abstraction faite des qualités du Monarque, il est le plus parfait & le plus accompli de tous les Gouvernemens. Enfin il est certain qu'il est le premier de tous ceux qui ont été connus parmi les hommes; mais les vicissitudes continuelles auxquelles l'Univers est soumis, ont produit des altérations & des changemens, qui ont donné naissance aux différentes formes de Gouvernemens connuës, qui, sans être exemptes des vices de la monarchie, en ont qui leur sont propres. Ensorte que le Gouvernement monarchique, pris dans sa véritable signification, doit être considéré, non comme un Gouvernement parfait, parceque la perfection n'est pas du ressort de l'humanité, mais comme le meilleur des Gouvernemens que la politique humaine ait pû imaginer.

Tout mêlange & association d'autorité bornant, limitant ou affoiblissant le pouvoir monarchique, il cesse d'être unique, & par-là perd son essence, change de nature, & par conséquent ne peut plus représenter le plus accompli des Gouvernemens.

Cette excellence du Gouvernement d'un seul, est si bien démontrée dans les Républiques mêmes, que celle de Rome, qui sera toujours le modèle des Gouvernemens de cette espèce, créoit un Dictateur si-tôt qu'elle étoit menacée de quelque danger : Magistrat qui exerçoit un pouvoir tout-à-fait monarchique, & plus étendu que celui des Rois qui avoient fondé cet Empire.

Plutarque, dans la vie de Lycurgue, confirme bien cette idée de la

Monarchie. » Eurytion fut le pre-» mier, dit cet Auteur, qui pour plai-» re au Peuple, se relâcha un peu » de la puissance absoluë des Rois; » relâchement qui produisit dans » Sparte une horrible confusion & » une licence effrénée, qui y cau-» sèrent des maux infinis pendant » long-tems; car le Peuple devint si » insolent que, si les Rois qui lui » succédèrent, vouloient employer » la force pour recouvrer leur autorité, » il se faisoient haïr; & si, par com-» plaisance ou par foiblesse, ils pre-» noient le parti de dissimuler, ils » s'attiroient le mépris de ces rébel-» les, de manière que tout étoit en » désordre, & qu'on n'écoutoit plus » les Loix. »

Ceux qui voudroient comparer ensemble les inconvéniens & les avantages de ces trois formes de Gouvernemens, n'auroient qu'à lire ce que le Père des Historiens (*a*) nous raconte au sujet de ce qui se passa dans

(*a*) Hérodote.

le Conſeil des ſept Grands de la Perſe, quand après la mort de Cambyſe, ils voulurent établir une nouvelle forme de Gouvernement, & punir le Mage, qui avoit uſurpé le trône ſous prétexte d'être Smerdis fils de Cyrus.

» Otanès opina qu'on fît une République de la Perſe, & parla en » ces termes : Je ne ſuis pas d'avis que » l'on mette le Gouvernement entre » les mains d'un ſeul; vous ſçavez juſ» qu'à quels excès Cambyſe s'eſt por» té, & juſqu'à quel point d'inſolence » nous avons vû paſſer le Mage. Com» ment l'Etat peut-il être bien gou» verné dans une Monarchie, où il eſt » permis à un ſeul de faire tout à ſa » fantaiſie ? Une autorité ſans frein » corrompt facilement l'homme le » plus vertueux, & le dépouille de » ſes meilleures qualités.

» L'envie & l'inſolence naiſſent » des biens & des proſpérités préſen» tes, & tous les autres vices décou» lent de ces deux-là, quand on eſt

» maître de toutes choses. Les Rois » haïssent les gens de bien qui s'op- » posent à leurs desseins injustes, & » ils caressent les méchans qui les fa- » vorisent. Un seul homme ne peut » pas tout voir par ses propres yeux. » Il écoute souvent les mauvais rap- » ports & les fausses accusations; il » renverse les Loix & les Coutumes » du pays; il attaque l'honneur des » femmes; il fait mourir les innocens » par son caprice & par sa puissance. » Quand la multitude a le Gouverne- » ment en main, l'égalité qu'il y a » parmi les Citoyens empêche tous » ces maux. Les Magistrats y sont élus » par le sort, ils y rendent compte » de leur administration, & y pren- » nent en commun toutes les résolu- » tions. Je crois que nous devons re- » jetter la Monarchie & introduire » le Gouvernement populaire, parce » qu'on trouve plûtôt toutes choses » en plusieurs qu'en un seul. »

Ce fut là l'opinion d'Otanès, mais Megabyse parla pour l'Aristocratie.

» J'approuve, dit-il, le ſentiment » d'Otanès, d'exterminer la Monar- » chie ; mais je crois qu'il n'a pas pris » le bon chemin, quand il a voulu » nous perſuader de remettre le Gou- » vernement à la diſcrétion de la mul- » titude ; car il eſt certain qu'on ne » peut imaginer rien de moins ſage » & de plus inſolent que la popula- » ce. Pourquoi ſe retirer de la puiſ- » ſance d'un ſeul, pour s'abandonner » à la tyrannie d'une multitude aveu- » gle & déréglée? Si un Roi fait quel- » que entrepriſe, il eſt du moins ca- » pable d'écouter les conſeils des au- » tres ; mais le peuple eſt un monſtre » aveugle qui n'a ni raiſon, ni capa- » cité ; il ne connoît ni la bienſéan- » ce, ni la vertu, ni ſes propres inté- » rêts ; il fait toutes choſes avec pré- » cipitation, ſans jugement & ſans » ordre, & reſſemble à un torrent » qui marche avec impétuoſité, & à » qui on ne peut donner des bornes. » Si on ſouhaite donc la ruine des » Perſes, qu'on établiſſe parmi eux

» le Gouvernement populaire. Pour » moi je ſuis d'avis qu'on faſſe choix » de quelques gens de bien, & qu'on » mette entre leurs mains le Gouver- » ment & la Puiſſance. »

Tel étoit le ſentiment de Mega-byſe. Après lui Darius parla en ces termes :

» Il me ſemble qu'il y a beaucoup » de juſtice dans le diſcours qu'a fait » Mégaybſe contre l'Etat populaire. » Mais il me ſemble auſſi que toute la » raiſon n'eſt pas de ſon côté, quand il » préfère le Gouvernement d'un pe- » tit nombre de perſonnes à la Monar- » chie. Il eſt conſtant qu'on ne peut » rien imaginer de meilleur & de plus » parfait que le Gouvernement d'un » homme de bien. De plus, quand » un ſeul eſt le maître, il eſt difficile » que les ennemis découvrent les » conſeils & les entrepriſes ſecret- » tes. Quand le Gouvernement eſt » entre les mains de pluſieurs, il eſt » impoſſible d'empêcher que la hai- » ne & l'inimitié ne prennent naiſ-

» ſance parmi eux. Car comme cha-
» cun veut que ſon opinion ſoit ſui-
» vie, ils deviennent peu à peu en-
» nemis. L'émulation & la jalouſie
» les diviſent; enſuite leur haine ſe
» porte juſques dans l'excès. De-là
» naiſſent les ſéditions, des ſéditions
» les meurtres; & enfin du meurtre
» & du ſang, on voit naître inſenſible-
» ment un Monarque. Ainſi le Gou-
» nement tombe toujours dans les
» mains d'un ſeul. Dans l'Etat popu-
» laire, il eſt impoſſible qu'il n'y ait
» beaucoup de corruption & de ma-
» lice. Il eſt vrai que l'égalité n'en-
» gendre aucune haine, mais elle
» fomente l'amitié entre les méchans
» qui ſe ſoutiennent les uns les au-
« tres, juſqu'à ce que quelqu'un qui
» ſe ſera rendu conſidérable au peu-
» ple, & qui aura acquis de l'autorité
» ſur la multitude, découvre leurs tra-
» mes & faſſe voir leurs perfidies. A-
» lors cet homme ſe montre véritable
» Monarque; & de-là on peut recon-
» noître que la Monarchie eſt le Gou-

» vernement le plus naturel, puiſque
» les ſéditions de l'Ariſtocratie, & les
» corruptions de la Démocratie, nous
» font revenir également à l'unité de
» la Puiſſance ſuprême. »

L'opinion de Darius fut approuvée, & le Gouvernement de la Perſe demeura monarchique.

On peut conclure des diſcours de ces Sages de l'Antiquité, que toutes les différentes formes de Gouvernement ſont ſujettes aux mêmes abus de l'autorité ſouveraine. Ces abus ne ſe trouvent pas ſeulement dans le Gouvernement d'un ſeul. Le Gouvernement des Ephores de Sparte, des Décemvirs de Rome, des Suffètes de Carthage n'étoit pas moins cruel & barbare, que celui de Néron & de Caligula.

La Démocratie d'Athènes, après le tems de Lyſandre, quand les trente Tyrans qu'il établit, en aſſocièrent trois mille autres à leur conſeil, (*a*) eſt une tyrannie qui révolte l'huma-

(*a*) *Xenophon de rebus Græcis.*

nité, c'eſt un maſſacre perpétuel des meilleurs Citoyens. Le traitement que la même République fit à Miltiade, à Ariſtide, à Thémiſtocle, à Periclès leurs meilleurs Généraux & les plus fidéles Citoyens, marque combien le pouvoir d'un peuple furieux & aveugle peut être tyrannique.

C'eſt par de ſemblables raiſons que les provinces de l'Empire Romain, loin de s'oppoſer à l'établiſſement du Gouvernement monarchique, parurent le recevoir avec joie; celui du Sénat & du Peuple leur étoit à charge, à cauſe des querelles continuelles des Grands, des combats du Sénat contre le Peuple, de l'avarice des Magiſtrats, des rapines & des extorſions des Préſidens, contre leſquelles on imploroit en vain le ſecours des Loix, qui cédoient à la force, aux brigues & à l'argent. (*a*)

(*a*) *Neque Provinciæ illum rerum ſtatum abnuebant, ſuſpecto Senatûs populique Imperio, ob certamina potentium, & avaritiam Magiſtratuum, invalido legum auxilio, quæ vi, ambitu, poſtremò pecuniâ turbabantur.* Tacit. Ann. Lib. 1. pag. 11. Tom. 1.

Plusieurs ont cru que le seul moyen de trouver le milieu entre ces deux extrémités, étoit le Gouvernement mixte, ou le partage de la souveraineté entre le Roi, les Nobles & le Peuple, entre un seul, plusieurs, & la multitude; afin que chacune de ces Puissances étant balancée par l'autre, elles restassent toutes dans un juste équilibre.

Rien ne paroît plus beau dans la théorie que ce mêlange de Puissances, & rien ne seroit plus utile dans la pratique, si l'on en pouvoit conserver l'harmonie; mais ce partage de la souveraineté, loin de faire un équilibre de Puissances, en cause souvent le combat perpétuel, jusqu'à ce que l'une d'elles ayant abattu les deux autres, réduise tout à l'abus du pouvoir ou à l'anarchie. C'est le sentiment d'un Historien célèbre, pour lequel l'Auteur témoigne, avec rai-

Edit. de Just. Lipf. qui ajoute dans ses notes. *Rapinas & extorsiones Præsidum in populi Imperio dissimulatas, aut invicem donatas.*

ſon, beaucoup d'eſtime. (*a*) Et le révolutions de la République Romaine & celles de l'Angleterre nou fourniſſent des exemples éclatans d cette vérité.

C'eſt l'Auteur de l'Eſſai ſur l Gouvernement Civil, ſelon les principes de M. de Cambrai, qui nous fourni la plus grande partie de ces remarques. Revenons à celui de l'Eſprit des Loix.

T. 1. p. 264. Il dit qu'en liſant le quatorzièm Chapitre du Liv. 3. des Politique d'Ariſtote, *l'embarras de ce Philoſoph paroît viſiblement, quand il traite de la Monarchie. Il en établit cinq eſpèces* dit-il, *il ne les diſtingue pas par la forme de la conſtitution, mais par des choſes d'accident, comme les vertus & le vices du Prince; ou par des choſes étrangères, comme l'uſurpation de la tyrannie ou la ſucceſſion à la tyrannie.*

(*a*) *Cunctas civitates & urbes populus, aut primores, aut ſinguli regunt: delecta ex his conſtitut Reipublicæ forma laudari faciliùs quàm evenire vel ſi evenit, haud diuturna eſſe poteſt.* Tacit. An Liv. 4. pag. 119. Edit Juſt. Lipſ.

Aristote ne donne point les vertus & les vices du Prince, comme un signe distinctif & caractéristique d'aucune Monarchie ; on ne trouve pas même un seul mot dans le Chapitre cité qui ait rapport aux vertus & aux vices du Monarque ; & Aristote ne paroît aucunement embarrassé quand il traite de la Monarchie. Il s'explique en homme instruit, & qui n'hésite pas : on en jugera par la récapitulation qu'il en fait, car il seroit trop long de rapporter le Chapitre entier.

» Il y a quatre sortes de Gouvernemens. Le premier, est celui qui » subsista dans les tems héroïques; l'o» béïssance étoit volontaire & limi» tée, le Roi étoit Commandant, » Juge, Maître & Arbitre de ce qui » appartenoit à la Religion. Le se» cond, étoit le Gouvernement bar» bare, c'est-à-dire, le Gouvernement » des familles, des Maîtres, qui est » le Gouvernement naturel. Le troi» sième, qu'on appelloit Æsymnétie, » est l'empire qui est fondé sur le

» choix & le ſuffrage du peuple. Le » quatrième, eſt le Gouvernement » Laconique, que j'expliquerai ſimplement & en peu de mots, en diſant que c'eſt le Gouvernement » militaire perpétuel. Telle eſt la différence qu'il y a entre ces quatre » Gouvernemens. Il y en a cependant une cinquième eſpèce; c'eſt » lorſque la ſouveraine Puiſſance eſt » réünie dans la perſonne d'un ſeul, » (de la même manière que nous » voyons chaque Nation, chaque » Ville avoir l'entière diſpoſition des » affaires publiques) & ce Gouvernement reſſemble dans la forme à celui des familles; car de même que » le Gouvernement des familles eſt » une eſpèce de Royaume, de même » le Royaume n'eſt autre choſe que la » manière de gouverner une Ville » ou une Nation, ou pluſieurs Villes » ou pluſieurs Nations. » (*a*)

(*a*) *Regni igitur hæc ſunt genera, quatuor numero: unum quod viguit heroïcis temporibus; hoc autem in eos quidem valebat qui ſponte ſuâ Imperio parebant,*

Peut-

Peut-on expliquer plus nettement ce que c'est que la Monarchie & la nature de son pouvoir, qu'en la comparant d'abord à l'autorité paternelle, & en conduisant ensuite l'esprit par degrés jusqu'au chef d'un corps de Nation ? Si cette route n'est pas la meilleure, si elle est obscure, embarrassante, pourquoi l'Auteur l'a-t-il suivie ? Pourquoi tout son quatrième Livre du Tome premier page 46. sur l'éducation, ou plutôt pourquoi tout ce qu'il dit sur les Gouverne-

sed ad res certas ac præfinitas. Rex enim erat Imperator & Judex & rerum divinarum dominus atque arbiter. Secundum, barbaricum ; hoc autem gentile Imperium est, herile, legitimum. Tertium, quod Æsymnetiam nominant ; hoc autem est tyrannis, in optione & suffragatione populi posita. Quartum est Laconicum ; hoc autem est, ut simpliciter & paucis verbis dicam, Imperium militare perpetuum. Hæc igitur hoc modo inter se differunt. Quintum autem Regni genus est cùm penès unum omnium rerum potestas (quemadmodum unaquæque gens & unaquæque civitas Reipublicæ compos & domina est,) quod regnum rei familiaris administrandæ rationem descriptione & ordine imitetur. Quemadmodum enim rei familiaris tuendæ procuratio regnum quoddam domûs est ; sic regnum civitatis & gentis unius aut plurium tuendarum atque administrandarum ratio est.

mens eſt-il fondé ſur le raiſonnement qu'il blâme ? Suivant lui *l'Etat eſt la*
To. 1. p. 46. *grande famille qui comprend toutes les familles particulières ; & ſi le peuple en général a un principe, les parties qui le composent, c'eſt-à-dire, les familles particulières l'auront auſſi.*

Par le terme de Monarchie ſtrictement pris, on entend le Gouvernement abſolu d'un ſeul ; & dans ce ſens étroit l'Empire Ottoman eſt une vraie Monarchie ; c'eſt le Gouvernement des familles, des maîtres ; & c'eſt celui qu'Ariſtote appelle naturel. Mais comme il s'eſt introduit diverſes modifications dans ces sortes de Gouvernemens, ſoit lorſqu'ils ont été formés, ſoit à cauſe des changemens, des événemens & des révolutions auxquels ils ont été expoſés, il ſe trouve entre-eux des différences aſſez ſenſibles, pour que l'on puiſſe les diſtinguer par certains caractères ſpécifiques ; leſquels toutefois ne ſont point incompatibles avec le principe fondamental de la

Monarchie, qui consiste dans l'exercice du pouvoir par un seul, & dans la soumission des familles particulières au chef de la grande famille.

La forme de ce Gouvernement, de même que de ceux de la Démocratie & de l'Aristocratie, n'est ni si resserrée ni si gênée dans ses limites, qu'il ne lui reste, pour ainsi dire, un espace raisonnable qu'il lui est permis de parcourir, sans dégénérer de son espèce; pourvû qu'elle ne s'éloigne que modérément du point fixe & central, de l'institution primitive, qui est, comme nous venons de le dire, pour tout Gouvernement quelconque, l'obéïssance & la soumission à la puissance souveraine, ou réünie, ou divisée : c'est le principe de toute société politique, & il ne peut souffrir d'altération sans causer leur dissolution. » (*a*) Nulle obligation sans » supérieur, nul supérieur sans force » ou sans puissance : ainsi la force & » la puissance entrent nécessairement

(*a*) Burlamaqui, principes du Droit Naturel.

» dans tout Gouvernement poli-
» tique. »

On a renfermé dans trois espèces toutes les formes de Gouvernemens possibles ; mais les unes peuvent emprunter plus ou moins des autres, sans changer de nature : aussi voyons-nous qu'il n'y a aucune Monarchie ou République aristocratique & démocratique, dont les parties comparées soient exactement semblables. Que résultera-t-il de-là ? Que ce sont des Gouvernemens absolument distincts, & auxquels on doit donner des dénominations particulières ? Nullement. Or ce sont ces différences légères & étrangères au principe fondamental de la Monarchie qu'Aristote a eu intention d'expliquer, & qu'il a fort bien expliquées ; & l'on peut croire qu'il en sçavoit assez pour être en état de traiter cette matière, sans être aussi embarrassé que l'Auteur le prétend.

Tom. I. p. 264. *Aristote met au rang des Monarchies & l'Empire des Perses & le Royaume de Lacédémone ; mais qui ne voit que l'un étoit un Etat despotique, & l'autre une République ?*

Aristote a eu très-grande raison de mettre au rang des Monarchies l'Empire des Perses : s'il avoit parlé autrement, on ne l'auroit pas entendu ; le Despotisme n'étoit pas alors plus qu'il l'est aujourd'hui une forme de Gouvernement.

Les Assyriens ont fondé la première Monarchie après le déluge ; les Médes, les Perses & les Grecs leur ont succédé. Ce sont, pour ainsi dire, différentes Dynasties dans la même Monarchie, & l'on ne trouvera dans aucun des Historiens, Chronologistes & Auteurs politiques, anciens & modernes, le terme d'Etat despotique, pour exprimer la Monarchie des Assyriens, des Perses, des Médes, des Grecs, des Romains, &c.

Lacédémone n'étoit point une République, mais un Royaume soumis pendant près de quatre cens ans à un ſeul Roi, & enſuite à deux juſqu'à la fin de la race des Héraclides : ce qui fait un eſpace de mille ans ; les Tyrans jouirent de la ſouveraine Puiſſance pendant trente-cinq ans. Les Romains lui rendirent la liberté ; & peu de tems après s'en rendirent les maîtres.

T. 1. p. 264. *Les Anciens qui ne connoiſſoient pas la diſtinction des trois pouvoirs dans le Gouvernement d'un ſeul, ne pouvoient ſe faire une juſte idée de la Monarchie.*

Il ſeroit bien ſingulier qu'Ariſtote & les hommes ſçavans qui l'ont précédé, ou qui ont été ſes contemporains, Thalès, Solon, Hérodote, Thucydide, Socrate, Platon, Xénophon, n'euſſent pas ſçu que la ſouveraineté réüniſſoit différens pouvoirs, & que ces pouvoirs pouvoient être exercés ou par une ou par pluſieurs perſonnes.

Comment ſeroit-il poſſible qu'Ariſtote qui étoit né dans une Monarchie, (*a*) qui avoit paſſé une partie

(*a*) A Stagyre, petite Ville de la Macédoine ou de la Thrace, ſur le Strymon.

de ſa vie dans une République, (*a*) qui avoit été le Précepteur d'Alexandre dans toutes les ſciences, & particuliérement en politique, qui avoit parcouru différens pays, qui ne pouvoit ignorer l'Hiſtoire & les différentes formes des Gouvernemens anciens & modernes, dont il étoit environné; de Thèbes, d'Argos, de Sycione, de Corinthe, de Bythinie, d'Epire, du Boſphore, de Pont, de Pergame, de Troye, &c. comment ſeroit-il poſſible qu'il n'eût pas connu les trois pouvoirs qui conſtituent la ſouveraineté ? Il n'y a perſonne qui ne ſçache que quoique la ſouveraineté ſoit une & ſimple, cependant elle renferme un aſſemblage de divers droits, & de divers pouvoirs diſtincts, qui peuvent être ſéparés en différentes mains; mais qui doivent être tous ſubordonnés à la Puiſſance ſouveraine, & concourir à la faire reſpecter.

Peut-être Ariſtote n'a-t-il pas don-

(*a*) Athènes, où il étudia long-tems.

né de ces pouvoirs une division aussi heureuse que celle de l'Auteur ; mais il ne peut être soupçonné d'avoir ignoré leur existence. Si elle lui a été connuë, il a dû connoître la possibilité de leur division ; & c'est en effet ce que l'on trouve dans le Chapitre que nous avons rapporté, & que l'Auteur donne comme une preuve qu'Aristote ne la connoissoit pas.

Dans les tems héroïques, dit Aristote, le Roi étoit Commandant, Juge & Arbitre des choses religieuses. Son pouvoir étoit donc renfermé dans ces trois parties ; il n'avoit donc pas le pouvoir législatif ; peut-être même n'avoit-il pas le pouvoir coërcitif, & l'on est fondé à le croire ainsi, puisqu'il dit que l'obéïssance étoit volontaire & limitée.

Le Gouvernement Laconique étoit purement militaire, dit encore Aristote, c'est-à-dire, que le pouvoir souverain étoit borné au pouvoir de faire la paix ou la guerre, d'envoyer ou de recevoir des Ambassades, d'établir la sureté publique, de prévenir les invasions. Voilà ce que l'Auteur entend par la seconde branche du pouvoir souverain, qu'il explique par les termes de Puissance exécutrice des choses qui dépendent du Droit des gens, ou simplement, dit-il, la puissance de l'Etat. Ainsi le Roi n'avoit ni la puissance législative, ni la puissance exécutrice des choses qui dépendent du Droit civil, que l'Auteur nomme autrement la puissance de juger. (*a*)

Aristote parle ensuite du Monarque qui réünit dans sa seule personne l'entière disposition de toutes les affaires publiques. Peut-on imaginer que ce Philosophe, ce Politique, cet homme profond, ait fait une Dissertation sur l'étenduë & les bornes de la Puissance souveraine, sans connoître les divers genres de pouvoirs qui lui appartiennent, & sans comprendre que quelques-uns de ces Rois jouis-

(*a*) Voyez, sur ces explications, la pag. 244. du Tom. 1. de l'Esprit des Loix.

ſant de tous enſemble, & les autres ſeulement d'une partie, ces pouvoirs étoient diſtincts, & pouvoient par conſéquent être diviſés & exercés par différentes perſonnes de l'Etat?

To. 1. p. 264. *Pour tempérer la Monarchie, Arribas, Roi d'Epire, n'imagina qu'une République.*

Arribas ne s'eſt point tourmenté l'imagination pour tempérer la Monarchie, & abbaiſſer la puiſſance du Monarque; il étoit Roi par droit héréditaire & ſucceſſif. Et ſi l'on croit l'Auteur, on ſera ſûr qu'il ne peut pas avoir abandonné ſon Royaume pour en faire une République. Car on trouve dans l'Eſprit des Loix qu'*on n'a jamais oui dire que les Rois n'aimaſſent pas la Monarchie*. Auſſi celui-ci, loin d'abandonner celle d'Epire, chercha à la rendre plus ſtable & plus durable par de bonnes Loix & de bons Réglemens, dont il avoit puiſé l'eſprit à Athènes où il avoit été élevé; & pour les faire exécuter il établit un Sénat & des Magiſtrats, non comme ſes maîtres, mais comme ſes ſujets. Il vêcut & mourut Roi. Il eut pour ſucceſſeur ſon fils Néoptolemus, qui fut père d'Olympias, mère d'Alexandre le Grand ; & les Rois d'Epire ont ſubſiſté avec toute leur puiſſance juſqu'à Paul Emile, qui détruiſit leur Empire. (*a*)

Les Moloſſes ne ſçachant comment borner le même pouvoir (de la Monarchie) *firent deux Rois ; par-là on affoibliſſoit l'Etat plus que le commandement, on vouloit des rivaux, & on avoit des ennemis.* To. 1. p. 264.

Pour appuyer cette propoſition, l'Auteur cite encore Ariſtote Chapitre 9. Politiques Liv. 5. Mais il ne paroît pas que le Philoſophe favoriſe le ſentiment de l'Auteur. Voici le paſſage : on en pourra juger.

» Moins ce pouvoir des Souverains eſt étendu, plus les Empires ſubſiſtent. Car les Rois, dont l'autorité «

(*a*) Voyez Ariſt. Hiſt. Anim. Lib. 3. Tom. 2. = Juſtin. Lib. 17. 18. & 19. = Plin. Lib. 4. = Strab. Lib. 7. = Ptolom. Lib. 5.

» n'eſt point abſoluë, comme celle » des maîtres, n'en ſont que plus diſ- » poſés par leurs mœurs à la juſtice » & à l'égalité, & ſe font moins d'en- » nemis parmi leurs ſujets. C'eſt par » cette raiſon que le Royaume des » Moloſſes a été conſervé ſi long-tems » dans ſon entier, auſſi bien que le » Royaume de Lacédémone, parce » qu'il avoit été diviſé en deux par- » ties dès ſon origine. » (*a*)

Loin que ce partage eût affoibli l'Etat, comme l'Auteur le ſuppoſe, on voit au contraire que, ſuivant Ariſtote, c'eſt à cela ſeul qu'il dut ſa conſervation, ſa force & ſa ſplendeur. Les Moloſſes diviſèrent avec

(*a*) *Quantò pauciorum rerum penès Principes ſit poteſtas, tantò diutiùs omnis principatus maneat neceſſe eſt; nam cùm ipſi minùs fiant dominorum in morem imperioſi, tùm moribus efficiuntur magis ad æquitatem æqualitatemque propenſi, tùm civibus minùs ſunt invidioſi. Propter hanc cauſam enim, & regnum Moloſſorum diù incolume permanſit & regnum Lacedæmoniorum, propterea quod imperium & ab initio in duas partes diviſum fuerit.* Ariſt. de Repub. Lib. 5. Cap. 11. pag. 406. edit. de Pariſ. 1629.

tant de ſageſſe les fonctions de leurs Rois, qu'ils ſe trouvoient engagés à travailler ſans rivalité pour l'avantage de la choſe publique.

Si l'intention de ces peuples n'avoit été que de faire des rivaux pour être mieux gouvernés, ils n'auroient fait que des ennemis qui les auroient détruits ; car en fait de ſouveraineté, rival & ennemi ſont ſynonimes, & cette idée étoit fort éloignée de celle d'Ariſtote. Il dit que, par la diviſion de la puiſſance Royale, ceux qui gouvernent ſont moins fiers, & ceux qui ſont gouvernés, moins jaloux. A-t-on des ennemis dans ces deux cas? Et n'eſt-ce pas au contraire le moyen de n'en point avoir que de tarir, par un partage qu'on croyoit propre à produire cet effet, la ſource des diviſions auxquelles Ariſtote ſuppoſe que le pouvoir unique donnoit lieu?

Deux Rois n'étoient tolérables qu'à Lacédémone ; ils n'y formoient pas la conſtitution : mais ils étoient une partie de la conſtitution. To. I. p. 265.

Ce Paragraphe eſt compoſé de deux membres qui ne paroiſſent pas plus intelligibles l'un que l'autre. Si les deux Rois des Moloſſes étoient néceſſairement ennemis, ſi par leur établiſſement on avoit affoibli l'Etat, pourquoi une pareille aſſociation étoit-elle tolérable à Lacédémone, & intolérable à Moloſſis? Ariſtote, de l'autorité duquel l'Auteur s'appuye, trouve que cette politique produiſit le même effet dans les deux Royaumes, & que c'eſt à elle qu'ils dûrent leur conſervation & leur longue proſpérité. Quelle eſt donc la raiſon pour ſoutenir le contraire? La voici, ſelon l'Auteur.

A Lacédémone, les deux Rois ne formoient pas la conſtitution, ils n'étoient que partie de la conſtitution. Mais en quelque endroit qu'il y ait eu des Rois, & en quelque nombre qu'ils ayent été, ils n'ont jamais formé la conſtitution, & ils ont ſeulement été partie de la conſtitution. Car la conſtitution d'un Etat ou de toute autre chose quelconque n'est & ne peut être que l'union, l'assemblage, l'ordre, l'arrangement & la disposition des parties qui doivent composer le tout. Dans l'Etat politique, c'est le Souverain, les Sujets, la nature du Gouvernement & les Loix relatives à toutes ces choses.

L'Auteur n'auroit-il point voulu dire que ce qui rendoit les deux Rois tolérables à Lacédémone, c'est qu'ils y avoient été établis dès l'origine, & que chez les Molosses ce changement n'avoit été fait qu'après coup ? mais cela ne se peut pas. Depuis Lélex jusqu'aux enfans d'Aristodémus de la race des Héraclides, il y a un espace de près de quatre cens ans, pendant lesquels il n'y eut qu'un Roi à Lacédémone. Voudroit-il dire que la nature du Gouvernement de Lacédémone permettoit le partage de la Royauté, & qu'il ne le permettoit pas à Molossis ?

Mais quand les Molosses se déterminèrent à mettre des bornes au pouvoir monarchique, ils étoient, sans doute, les maîtres & les plus forts: ils firent donc des Loix compatibles avec le partage & la division de l'autorité; sans quoi, loin de remédier aux inconvéniens de la trop grande Puissance monarchique, ils se seroient précipités dans un abîme de malheurs.

L'Auteur suppose que pour le succès de la réforme qu'ils avoient entreprise, il leur suffisoit d'établir une rivalité & une opposition perpétuelle entre les deux Princes. Sans avoir assisté au Conseil des Molosses, on pourroit assurer, par les raisons que nous venons de rapporter, que leur intention ne fut jamais d'avoir des rivaux pour Souverains, à moins qu'ils n'eussent intention de ruiner leur Patrie.

To. 1. p. 266. *Dans le Gouvernement des Rois des tems héroïques, les trois pouvoirs étoient mal distribués. Ces Monarchies ne pouvoient subsister: car dès que le peuple avoit la Législation, il pouvoit au moindre caprice*

price anéantir la Royauté, comme il fit par-tout.

Quel est en cela le garant de l'Auteur? Il n'en cite point. Mais Aristote assure que cette Royauté finit, *partim ipsis Regibus dimittentibus, partim multitudine detrectante*. Il n'est donc pas vrai que le moindre caprice du peuple ait anéanti la Royauté dans les tems héroïques, puisque les Rois y renoncèrent eux-mêmes en plusieurs endroits.

Des tems héroïques, l'Auteur passe à la distribution des trois pouvoirs sous le Gouvernement des Rois de Rome; & il dit que ce Gouvernement qui avoit quelque rapport à celui des Rois des tems héroïques, chez les Grecs, tomba comme les autres par son vice général, quoiqu'en lui-même & dans sa nature particulière il fût très-bon.

Ce début n'est aucunement facile à comprendre. La nature d'un Gouvernement est le Gouvernement même; c'est l'union & l'assemblage des qualités & propriétés essentielles dont il est formé. Or, si la nature particulière d'un Gouvernement est très-bonne, le vice des autres Gouvernemens ne sçauroit influer sur sa nature particulière, qui constituë par soi un tout parfait, accompli & indépendant.

Mais qui ignore que la Royauté ne finit à Rome que par la conduite tyrannique de Sextus Tarquinius? Et si on l'ignoroit, il n'y auroit qu'à lire ce que l'Auteur nous dit dans ses Considérations sur les Romains. » Tarquin, en violant Lucrèce, fit une » chose qui a presque toujours fait » chasser les Tyrans des Villes où ils » ont commandé ; car le Peuple à » qui une pareille action fait si bien » sentir sa servitude, prend d'abord » une résolution extrême. »

Ce n'est donc pas le vice général du Gouvernement des Rois des tems héroïques, qui fit tomber le Gouvernement des Rois de Rome. C'est une cause particulière ; & si de cette cause particulière on veut faire une cause générale, il faudra supposer que, dans chacun de ces Royaumes des tems héroïques, il y avoit un Tarquin & une Lucrèce.

Après la mort du Roi, le Sénat (de Rome) *examinoit si l'on garderoit la forme du Gouvernement qui étoit établie. S'il jugeoit à propos de la garder, il nommoit un Magistrat tiré de son Corps qui élisoit un Roi.* T. 1. p. 267.

L'Auteur cite les pages 242. & 243. du quatrième Livre de Denys d'Halicarnasse. Mais le sens de cet Ecrivain n'est pas exactement rendu. Voici ce qui y est dit :

» Après la mort du Roi, le Peuple » déféroit au Sénat le pouvoir d'éta» blir telle forme de Gouvernement » qu'il voudroit. Le Sénat nommoit » des Entre-Rois tirés de son Corps, » au nombre de dix : chacun de ces » Entre-Rois gouvernoit durant cinq » jours, & quand on étoit convenu » d'élire un Roi, l'Entre-Roi qui étoit » en tour de gouverner, le choisis-

» ſoit. » Peut-être même qu'il ne faiſoit que proclamer le choix ; car il ſemble que ce ſoit le ſens de Denys d'Halicarnaſſe.

Tom. I. p. 268. L'Auteur dit que *le Roi avoit la puiſſance de juger les affaires civiles*, & il renvoye au diſcours de Tanaquil, dans Tite-Live, Livre premier, Décade première.

Or Tanaquil, chez Tite-Live, ne dit pas un mot de ce fait. Elle excite ſeulement ſon mari Tullius à s'emparer du trône : *Songez à ce que vous êtes & d'où vous ſortez. Si vous ne pouvez pas vous déterminer à une prompte réſolution par vos propres conſeils, ſuivez les miens.* Quis ſis, unde natus ſis, reputa. Si tua, re ſubitâ, conſilia torpent, at tu mea ſequere.

Ibid. *Les Rois ne portoient point d'affaires au Peuple, qu'elles n'euſſent été délibérées dans le Sénat.*

L'Auteur prétend prouver ce fait par Denys d'Halicarnaſſe, Liv. 4. p. 276. Mais dans l'endroit qu'il cite il n'eſt queſtion que de Brutus, & non des Rois. Brutus y délibère avec le Senat, & donne son avis sur la forme du Gouvernement qui devoit être substituée à la Royauté, après l'expulsion de Tarquin le Superbe. » Pour » moi, dit-il, Lucretius & Collatinus, » & vous, illustres Citoyens, qui m'é» coutez, &c. » Pour appuyer une proposition sur la Royauté, l'Auteur auroit pû se dispenser de choisir le discours de Brutus, le plus grand ennemi de la Royauté.

Servius Tullius se dépouilla des Jugemens civils, & ne se réserva que les criminels. To. 1. 268.

Tullius ne s'étoit réservé que les affaires qui regardoient la République. Denys d'Halicarnasse, page 229. Livre 4. cité par l'Auteur, le dit expressément : *Læsæque Reipublicæ criminum se judicem fecit.*

Il soulagea le Peuple des taxes, & en mit tout le fardeau sur les Patriciens. Ibid.

Il est dit dans deux endroits de Denys d'Halicarnasse, pag. 215 & 223.

Livre 4. que Servius Tullius imposa les tributs suivant les biens & facultés des particuliers, *pro suo cuique censu*, dont chacun fut obligé de fournir sa déclaration détaillée & affirmée par serment, sous peine de confiscation de biens, du fouet & même d'être vendu à l'encan, en cas de fausse déclaration; Loi qui, suivant l'observation de Denys d'Halicarnasse, fut long-tems en vigueur parmi les Romains.

Il est vrai que, comme les Patriciens étoient les plus riches, Servius Tullius les mit dans la première Centurie, & leur fit supporter la plus grande partie du fardeau : mais il le falloit ainsi dans un tems où il n'y avoit point de trésor public, où tous les Citoyens étoient soldats, & où chacun servoit à ses dépens. Comment des hommes sans bien auroient-ils pû s'armer & pourvoir à leur subsistance?

Ainsi, à mesure que Servius Tullius affoiblissoit la Puissance Royale & l'au-

torité du Sénat, il augmentoit le pouvoir du Peuple.

L'Auteur parle toujours d'après Denys d'Halicarnaſſe. En voici la traduction :

» Tullius pour dédommager les riches, & prévenir leurs plaintes, (à cauſe du fardeau qu'il leur avoit imposé,) les rendit maîtres abſolus du Gouvernement de la République, & il en éloigna généralement tous les pauvres. Ceux-ci ne ſentirent pas d'abord de quel préjudice étoit pour eux cette politique, qui donnoit aux riches un ſouverain pouvoir dans les aſſemblées, où tout le Peuple avoit coutume de décider des affaires de la dernière conſéquence, &c. »

Trouve-t-on par cette inſtitution l'autorité du Sénat affoiblie & le pouvoir du Peuple augmenté ? C'eſt pourtant ce que l'Auteur affirme par ſon texte.

On croyoit que s'il (Servius Tullius) *n'avoit pas été prévenu par Tarquin, il* T. 1. p. p. 269.

auroit établi le Gouvernement populaire.

Il n'est personne qui, en lisant cette Note, ne croye que Tarquin avoit établi le Gouvernement populaire, avant que Servius Tullius eût pû mettre le même projet à exécution ; & que si celui-ci ne le fit pas, c'est parce que l'autre l'avoit prévenu. Sur quoi l'Auteur cite Denys d'Halicarnasse, Livre 4. page 243. Voici ce qu'on y trouve :

» On étoit persuadé, que si Servius Tullius eût vêcu plus longtems, il eût eu assez d'autorité pour changer l'ancienne forme de la République, & pour faire le Peuple unique arbitre du Gouvernement, &c. »

C'est ainsi que les bons Traducteurs François ont entendu les termes de *Præventus intestino scelere*, de la Traduction latine de Denys d'Halicarnasse. Car, en suivant le sens que l'Auteur leur donne, toute cette partie de l'Histoire de Servius & de Tarquin seroit inintelligible.

Tarquin ne se fit élire ni par le Sénat, ni par le Peuple; il regarda Tullius comme un usurpateur, & prit la Couronne, comme un Roi héréditaire. To. 1. p. 269.

Il s'ensuivroit de l'exposition de ce texte, que si Tarquin eût succédé à son père, il n'auroit eu besoin que de sa qualité d'héritier pour se mettre la Couronne sur la tête. Cependant nous lisons dans Denys d'Halicarnasse, au même endroit cité par l'Auteur, que » Servius Tullius fut le » premier, selon les Historiens Ro» mains, qui changea les Coutumes » & les Loix de la Patrie, s'étant fait » Roi, sans que le Sénat eût con» couru avec le Peuple à son élec» tion. »

Il n'y avoit donc point de droit héréditaire du tems de Tarquin, & il n'étoit donc pas extraordinaire qu'il n'eût point requis les suffrages du Sénat, puisque son prédécesseur avoit changé les Coutumes & les Loix de la Patrie. Voyez Denys d'Halicarnasse, Livre 4.

To. 1. p. 269. *Mais le Peuple se souvint un moment qu'il étoit Législateur, & Tarquin ne fut plus.*

Par ces termes : *Tarquin ne fut plus*, on croiroit que le peuple l'avoit mis à mort ; mais il n'y pensoit pas. Opprimé par Tarquin, il ne se croyoit plus en droit d'exercer son pouvoir.

Junius Brutus, sous des dehors de stupidité, médita vingt ans le dessein de délivrer Rome du joug que les Tarquins lui avoient imposé : il profita des circonstances de l'outrage fait à Lucréce par Sextus Tarquinius; il proposa son projet au Sénat, qui en approuva toutes les dispositions par différens arrêts, pour l'exécution desquels on requit le consentement du peuple, en lui rendant sa liberté : c'est toute la part qu'il y eut.

Il fut ordonné que les Tarquins ne seroient plus soufferts ni dans Rome, ni sur le trône. Mais leur exil, en délivrant Rome de ses tyrans domestiques, accrut au dehors le nombre de ses ennemis. Il lui fit perdre ſes alliés ; & cette Ville, deſtinée à être la maîtreſſe du monde, fut prête à rentrer dans le néant d'où elle étoit ſortie deux cens quarante-trois ans auparavant.

Cet Etat d'incertitude dura juſqu'à la fameuſe bataille de Régille, où les Romains vainqueurs achevèrent de détruire une famille que l'inhumanité & l'ambition avoient conduite à ſa perte. Le Roi Tarquin y étoit en perſonne, il n'y périt pas ; il ſe ſauva auprès d'Ariſtodème, Roi de la Campanie, où il mourut quelques mois après, âgé de plus de quatre-vingt-dix ans, quatorze ans après ſon expulſion ; ce qui ne s'accorde pas avec ces termes : *il ne fut plus.*

Ce que nous venons de voir s'applique, ſuivant l'Auteur, à la liberté politique, dans ſon rapport avec la conſtitution du Gouvernement ; & ce que nous allons parcourir doit s'appliquer à la liberté politique dans ſon rapport avec le Citoyen.

Il dit que cette ſorte de liberté

consiste dans la sûreté, ou du moins dans l'opinion qu'on a de sa sûreté, & que cette sûreté n'est jamais plus attaquée que dans les accusations publiques ou privées. C'est ce qui lui donne occasion d'examiner les Loix criminelles & les crimes : à quoi il il a employé trente Chapitres.

Si les expressions heureuses venoient au-devant de nous avec le même empressement qu'elles vont audevant de l'Auteur ; si, comme lui, nous avions le don de moissonner des fleurs à pleines mains dans les terrains les plus secs & les plus arides, nous le suivrions dans sa course. Mais privés des avantages dont il jouit, nous nous bornerons à quelques parties, pour ne pas ennuyer le Lecteur.

To. 1. p. 297. *Dans les lieux mêmes où l'on a le plus cherché la liberté, on ne l'a pas toujours trouvée. Aristote nous dit qu'à Cumes les parens de l'accusateur pouvoient être témoins.*

L'Auteur cite le Livre 2. des Potiques d'Ariſtote : il a oublié le Chapitre ; c'eſt le huitième.

Ariſtote dit dans l'endroit cité, qu'à Cumes : » Si l'accuſateur pro» duiſoit contre un homme accuſé » une multitude de témoins, ou la » plûpart des témoins, parens de lui » accuſateur ; l'accuſé étoit con» damné. »

C'étoit dans le cas d'un grand nombre de parens de l'accuſateur, que leur dépoſition pouvoit être admiſe. Peut-être cette Loi étoit-elle fondée ſur de bonnes raiſons, & comme la recherche de l'Eſprit des Loix eſt l'objet capital de l'Auteur, il eſt étonnant qu'il ait manqué à développer celui-ci ; & que, par les retranchemens qu'il y a faits, il ait mis les Lecteurs hors d'état de ſuppléer à ſon ſilence.

Sous les Rois de Rome la Loi étoit ſi imparfaite, que Servius Tullius prononça la Sentence contre les enfans d'Ancus Marcius, accuſés d'avoir aſſaſſiné le Roi ſon beau-père. To. 1. p. 297.

On lit dans le même garant que l'Auteur cite, c'eſt-à-dire, dans Denys d'Halicarnaſſe, 1°. Que Servius Tullius n'étoit pas encore Roi, quand il prononça ce jugement. C'étoit entre ſon élection & la mort de Tarquin l'ancien, que le peuple, ſur les diſcours de Tanaquil, croyoit dangereuſement bleſſé, mais encore vivant.

2°. Il eſt dit dans Denis d'Halicarnaſſe, Liv. 4. pag. 217. de l'Edition dont s'eſt ſervi l'Auteur, que ce fut le peuple qui condamna les fils d'Ancus Marcius: (*ipſis*) *aqua & igni interdicendum judicaſtis*. Ce ne fut donc pas Servius.

3°. Servius Tullius, dans l'occaſion préſente, n'étant conſidéré que comme le Lieutenant de Tarquin, ou Entre-Roi, juſqu'à ſon rétabliſſement, il étoit ſubordonné au peuple, & obligé de prononcer ce que le peuple avoit ſtatué.

4°. Le crime des enfans de Marcius étoit manifeſte. Ils s'avouèrent eux-mêmes coupables en prenant la fuite.

Il n'y a donc rien dans le trait de Servius Tullius rapporté par l'Auteur, qui prouve que la Loi de Rome fût aussi imparfaite qu'il le prétend. D'ailleurs, quelle est l'époque qu'il saisit? Un instant de trouble, d'horreur, de confusion & d'anarchie. Est-ce là un moment favorable de conclure, par la nature d'un jugement, de la perfection ou de l'imperfection des Loix? Tullius étoit perdu, s'il n'eût pas fait précipiter la condamnation des enfans de Marcius.

Toute action violente est ordinairement injuste & tyrannique; mais il y a des cas où elle est prudente, & l'effet de la nécessité. Et quand ce que l'Auteur rapporte seroit exactement vrai, il faudroit considérer ici Tullius comme politique, & non comme législateur.

Ce n'est que sur la pratique des connoissances (qu'on aura acquises dans quelques pays, ou que l'on acquérera To. I. p. 297.

dans d'autres, ſur les règles les plus ſûres que l'on puiſſe tenir dans les Jugemens criminels,) que la liberté peut être fondée; & dans un Etat qui auroit là-deſſus les meilleures loix poſſibles, un homme à qui on feroit ſon procès, & qui devroit être pendu le lendemain, ſeroit plus libre qu'un Bacha ne l'eſt en Turquie.

Si la liberté ne peut être fondée que ſur les règles les plus ſûres que l'on tient dans les Jugemens criminels, ou plutôt ſur la pratique des connoiſſances qu'on a de ces règles, la liberté doit être très-grande en Perſe, par exemple, car ces règles y ſont invariables; la punition des crimes y eſt déterminée par des uſages conſtans. Rien ne peut la ſuſpendre. Il n'eſt pas même au pouvoir du Souverain d'accorder la grace d'un homicide: la ſévérité & l'inflexibilité de la Loi, la connoiſſance qu'on en a, les moyens preſque infaillibles d'arrêter les coupables, contiennent ceux qui auroient des diſpoſitions à à le devenir. (*a*)

Il y a apparence que c'eſt ſur cette ſévérité que l'Auteur fonde la liberté qui fait l'objet de ſon paragraphe ; donc les ſujets du Royaume de Perſe jouiſſent de la plénitude de la liberté. Donc un Perſan qu'on devroit pendre le lendemain, ſeroit plus libre que ne l'eſt un Gouverneur, un Commandant, ou autres Chefs, qui, en Perſe, ſont équivalens aux Bachas de Turquie.

Quoique ces conſéquences ſoient diamétralement oppoſées au ſyſtême de l'Auteur, cependant elles paroiſſent découler naturellement des principes qu'il vient d'établir. Au reſte, quant au pendu dont il s'agit, ſi c'étoit une action de déſeſpoir, on pourroit croire que celui qui auroit pris cette réſolution ſeroit en effet plus libre qu'un eſclave. Mais que cela puiſſe ſe dire d'un Citoyen détenu dans les cachots, dont le procès eſt fait, qui doit être inceſſamment exécuté,

(*a*) Voyage de Chardin en Perſe.

qui après avoir perdu la liberté, est encore sûr de perdre la vie par un supplice infâme ; quelque agréable idée que l'Auteur se fasse d'une telle liberté, l'esclavage du Bacha nous paroîtra toujours préférable.

To. 1. p. 298. *Les Grecs & les Romains exigeoient une voix de plus pour condamner ; nos Loix Françoises en demandent deux. Les Grecs prétendoient que leur usage avoit été établi par les Dieux ; mais c'est le nôtre.*

L'Auteur cite le Jugement rendu contre Coriolan, rapporté par Denys d'Halicarnasse. Or, il faut considérer que ce Jugement fut rendu par Tribus. Les Tribus qui étoient présentes, dit cet Ecrivain, au même endroit cité par l'Auteur, ayant toutes donné leurs suffrages, quand on vint à compter les voix, on ne trouva pas beaucoup de différence entre les avis des vingt-une Tribus qui furent admises à opiner ; neuf furent pour absoudre Marcius (Coriolanus) ; ensorte que si deux autres fussent venuës à l'appui des neuf premières, la Loi le renvoyoit absous, en donnant aux suffrages de part & d'autre une égale autorité.

On ne trouve en effet, par ce récit, qu'une voix de plus pour la condamnation ; mais on voit en même tems que l'Auteur confond ici le suffrage d'une Tribu, avec la voix d'un seul homme.

Si les Grecs & les Romains pouvoient lire ceci, ne seroient-il pas en droit de dire à l'Auteur : Si vous voulez faire l'éloge de vos Loix, & blâmer les nôtres, nous vous conseillons de mieux choisir vos sujets. Considérez que deux hommes sont plus faciles à séduire & à corrompre, qu'une multitude d'hommes aussi nombreuse que celle dont nos Tribus étoient composées ?

Les Loix de la Chine décident que quiconque manque de respect à l'Empereur doit être puni de mort. Comme elles ne définissent pas ce que c'est que ce manquement de respect, tout peut four- To. 1. p. 306.

nir un prétexte pour ôter la vie à qui l'on veut, & exterminer la famille que l'on veut. Deux personnes de ce pays-là chargées de faire la gazette de la Cour, ayant mis dans quelque fait des circonstances qui ne se trouvèrent pas vraies, on dit que mentir dans une gazette de la Cour, c'étoit manquer de respect à la Cour, & on les fit mourir.

L'Auteur agite ici la question du crime de lèze-Majesté. Or, ç'en est un à la Chine, pour ceux qui sont chargés de faire la gazette de la Cour, que d'y rien ajouter ou diminuer, & sur-tout d'y insérer des choses fausses, parce qu'on n'imprime rien dans cette gazette qui n'ait été présenté & approuvé par l'Empereur, ou qui ne vienne de lui directement.

Deux raisons peuvent excuser cette sévérité; la première, que tout le monde sçachant que l'Empereur est l'Auteur ou le Censeur de cette gazette, c'est blesser sa réputation, c'est manquer au respect qu'exige sa dignité que de le présenter, comme un homme capable d'en impoſer à ſes ſujets par le menſonge & la fauſſeté.

La ſeconde, que l'action d'inſérer des ſuppoſitions & des fauſſetés dans cet Ecrit, eſt un acte purement volontaire, qui dénote une malignité & une méchanceté réfléchie, d'autant plus répréhenſible qu'elle a le Souverain pour objet.

Ainſi ce n'eſt point, comme l'Auteur le prétend, un crime vague, imaginé *pour ôter la vie à qui l'on veut, & exterminer la famille que l'on veut.*

L'Auteur cite pour garant le Père du Halde, Hiſtoire de la Chine. Nous parlons auſſi d'après ce même Hiſtorien ; & nous remarquons que ce n'eſt point deux perſonnes chargées de faire la gazette de la Cour qui furent condamnées à mort. » Mais un » Ecrivain d'un Tribunal, & un au- » tre Ecrivain employé au Bureau de » la Poſte: » D'autant plus blâmables, que non-ſeulement ils n'avoient aucun titre pour s'ériger en Compositeurs de gazette ; mais encore que cela leur étoit précisément défendu, comme à tous autres non autorisés.

L'écrit de ces deux particuliers pouvoit donc être considéré comme un libelle qui déshonoroit le Souverain. Et qui doute que dans tous les pays une pareille entreprise ne fût mise au nombre des crimes de lèze-Majesté, susceptible d'une peine plus ou moins grande, relativement aux circonstances qui l'auroient accompagnée ?

To. 1. p. 311. *Un Marsias songea qu'il coupoit la gorge à Denys, celui-ci le fit mourir.*

L'Auteur cite en marge Plutarque Vie de Denys. Remarquez que Plutarque n'a point écrit la Vie de Denys.

To. 1. p. 316. *Un ancien usage des Romains défendoit de faire mourir les filles qui n'étoient pas nubiles. Tibère trouva l'expédient de les faire violer par le bourreau... Tyran subtil & cruel, il détruisoit les mœurs pour conserver les Coutumes.*

L'Auteur cite Suétone, *in Tiberio.* Or, il y a dans Suétone : *More tradito nefas esset virgines strangulari.* Par où cet Ancien entend toute fille généralement qui n'avoit point été mariée, ou n'étoit point connuë pour courtisane ; & non *une fille qui n'est pas nubile :* Traduction qui rendroit la Loi inintelligible.

A Athènes & à Rome il fut d'abord permis de vendre les débiteurs qui n'étoient pas en état de payer. Solon corrigea cet usage à Athènes ; il ordonna que personne ne seroit obligé par corps. To. 1. p. 323.

Le Latin dit : *Ne quis fœneraret in corpus*, que personne ne s'obligeroit par corps ; & non pas que personne ne seroit obligé par corps.

Philippe de Macédoine ayant été blessé au siége d'une Ville, on trouva sur le javelot : Aster a porté ce coup mortel à Philippe. To. 1. p. 328.

L'Auteur cite les Œuvres morales de Plutarque, & voici ce qu'on y trouve : *Philippus Olynthum & Methonem oppugnaturus, dum trajicere San-*

danum fluvium vi contendit, sagittâ ictus est ab Astere Olinthio.

Ce n'eſt point au ſiége d'une Ville que Philippe fut bleſſé, mais lorſqu'il traverſoit le fleuve Sandanus pour aller attaquer les villes d'Olynthe & de Méthone.

On trouva ſur le javelot, dit l'Auteur : *Aſter a porté ce coup mortel à Philippe.* Il a ſuivi la Traduction d'Amyot ; mais Plutarque dit : *Ictus ab Aſtere Olynthio qui & dixit : Aſter lethale Philippo mittit ſpiculum.* Ainſi en ſuivant le texte Grec & la Traduction Latine, ce fut Aſter qui dit en tirant ſa fléche : *Aſter envoye à Philippe cette fléche mortelle.* Autrement il faudroit ſuppoſer qu'Aſter eût ſçû préciſément qu'il rencontreroit Philippe au paſſage du fleuve Sandanus, & qu'il eût fait faire une proviſion de fléches ornées du diſcours rapporté par l'Auteur ; à moins qu'il n'eût été ſûr de le tuer du premier coup.

L'Auteur dit dans une Note : *Ner-*

va, dit Tacite, *augmenta la facilité de l'Empire.*

Il eſt vrai qu'on lit dans la Vie d'Agricola: *Auget quotidie facilitatem Imperii Nerva.* Mais Juſte Lipſe croit qu'on doit lire *felicitatem*; du moins il préfère cette leçon à *facilitatem*, & celle de *felicitatem* eſt conforme au beau Manuſcrit de Veniſe. L'Auteur de l'Eſprit des Loix, qui a répandu tant de ſcience dans ſon Livre, auroit pû propoſer cette anecdote; il a fait des recherches plus éloignées de ſon ſujet que celle-ci ne l'eſt.

Quoique ce qui ſuit ne faſſe point partie du Livre XII. dans lequel l'Auteur traite des Loix criminelles & des crimes, cependant il paroît y convenir aſſez, pour n'en pas faire un article ſéparé.

Claude voulant ſe concilier les eſprits, déclara qu'il ſe garderoit bien d'être le Juge de toutes les affaires, pour que les accuſateurs & les accuſés dans les murs d'un Palais, ne fuſſent pas expoſés à l'unique pouvoir de quelques Affranchis. To. I. p. 126.

L'Auteur a mis des guillemets à cette partie de son texte, pour faire connoître que c'est la Version d'un passage du treizième Livre des Annales de Tacite, qu'il cite. Il ne lui en auroit pas plus coûté de traduire exactement son original ; & nous ne voyons pas ce qu'il gagne à y avoir placé des Affranchis, dont il n'est pas question dans Tacite. *Ne paucorum potentia grassaretur :* voilà les termes de Tacite.

Le Chapitre qui se trouve 13 pages après, est intitulé : *De l'Esprit du Sénat de Rome*, & il ne contient que dix lignes. Il falloit ou que l'esprit du Sénat de Rome fût très-borné, puisqu'on peut le renfermer dans un si petit espace ; ou il faut que l'Auteur n'en ait embrassé qu'une petite partie ; ou que s'il l'a entièrement saisi, il soit possible d'exprimer beaucoup de choses en peu de mots. Quoiqu'il en soit, voici ce Chapitre.

Tom. 1. p. 139.

Sous le Consulat d'Acilius Glabrio & de Pison, l'on fit la Loi Acilia, pour arrêter les brigues. Dion dit que le Sénat engagea les Consuls à la proposer, parce que le Tribun C. Cornelius avoit résolu de faire établir des peines terribles contre ce crime, à quoi le Peuple étoit fort porté. Le Sénat pensoit que des peines immodérées jetteroient bien la terreur dans les esprits; mais qu'elles auroient cet effet qu'on ne trouveroit plus personne pour accuser ni pour condamner; au lieu qu'en proposant des peines modiques, on auroit des Juges & des Accusateurs.

Il paroît que l'Auteur n'a pas bien connu cet esprit qu'il cherche à nous faire connoître.

Les brigues étoient parvenuës à un tel excès, que l'on jugea nécessaire d'en arrêter le cours. Les deux Consuls & la plûpart des Sénateurs avoient obtenu leurs dignités par cette voie; ainsi ils avoient grand intérêt de modérer les peines de la Loi. Le Peuple insistoit pour qu'elle passât dans toute la sévérité proposée. Que fit le Tribun Cornélius pour détruire l'objection du Sénat, & satisfaire le

Peuple ? Il proposa en même tems des récompenses pour les Accusateurs : *Honores*, dit Dion, livre 36.

Il semble, suivant l'Auteur, que cette Loi ne fut pas portée ; & cependant il est très-certain qu'elle le fut. Au reste ces explications remplissent-elles bien le titre de l'Esprit des Loix, qui annonce l'Esprit du Sénat de Rome ? Le Lecteur est-il satisfait ? Ne désire-t-il rien de plus ? Est-il maintenant en état de se rendre compte de l'Esprit du Sénat de Rome ?

L'Auteur dit qu'*il se trouve fort dans ses maximes, lorsqu'il a pour lui les Romains*. Il s'agit ici de l'Esprit des Loix Romaines sur les peines, & en particulier du supplice de Métius Suffétius. Voici le texte de l'Auteur.

Tite-Live dit sur le supplice de Métius Suffétius, Dictateur d'Albe, qui fut condamné par Tullus Hostilius, à être tiré par deux chariots ; que ce fut le premier & le dernier supplice où l'on témoigna avoir perdu la mémoire de l'humanité.

To. I. p. 140.

L'Auteur en cet endroit ne cherche l'Eſprit de ces Loix ſévères & de ces ſupplices rigoureux, que dans la nature du Gouvernement. Ce n'eſt pas tout-à-fait ainſi qu'en ont jugé les Anciens. Pour nous en convaincre, il ſuffit de rapprocher ce qu'Aulugelle a penſé de l'exemple en queſtion, c'eſt-à-dire, du ſupplice de Métius Suffétius Dictateur d'Albe.

Aulugelle, Livre 20. Chapitre 1. fait diſcourir Sextus Cécilius, ſur les diſpoſitions marquées dans les Loix des douze Tables. Phavorinus, un des aſſiſtans, n'approuve pas la rigueur de ces Loix. Sextus la juſtifie en diſant que la grandeur des ſupplices eſt ordinairement ce qui entretient la bonne diſcipline: *Acerbitas plerumque ulciſcendi maleficii, benè atque cautè vivendi diſciplina eſt.* Et il raconte à ce ſujet l'affaire de Métius Suffétius Dictateur d'Albe. Son ſupplice, ajoute-t-il, fut très-rigoureux. Qui pourroit n'en pas convenir ? Mais voyez ce qu'en dit le plus élégant de nos Poëtes (Virgile) : Roi d'Albe, que n'étiez-vous fidèle à vos promesses ? *Novum atque asperum supplicium quis negat ? Sed quid elegantissimus Poëta dicat, vide :*

...... At tu dictis, Albane, maneres!

Aulugelle dit que ce discours fut approuvé de tous ceux qui l'entendirent, sans en excepter Phavorinus: *Hæc atque alia Sextus Cecilius, omnibus qui aderant, ipso etiam Phavorino approbante atque laudante, disseruit.* Et tel est l'Esprit des Loix rigoureuses. Les Anciens ont cru que c'étoit le moyen d'empêcher certains crimes, de conserver l'ordre ; & ils n'ont pas songé à rapporter cette rigueur à la nature du Gouvernement.

To. 1. p. 142. *Le féroce & insensé Maximin irrita, pour ainsi dire, le Gouvernement militaire qu'il auroit fallu adoucir.*

Ceci n'est pas intelligible. On pourroit bien dire que le féroce & insensé Maximin avoit irrité la milice au lieu de l'adoucir ; mais on ne peut pas dire qu'il avoit irrité le Gouvernement militaire au lieu de l'adoucir; parce qu'ayant, par sa qualité d'Empereur, réüni & confondu dans sa personne toutes les parties du Gouvernement de l'Empire, elles n'étoient qu'une seule & même chose avec lui, & ne pouvoient par conséquent être irritées ou adoucies.

Ce que nous lisons dans Jules Capitolin que l'Auteur cite, & d'après lequel il parle, s'oppose encore à l'intelligence du texte de l'Esprit des Loix. « Telle fut l'adresse de Maxi- » min, dit Capitolin, que, quoiqu'il » gouvernât les soldats par la force, » cependant il en étoit très-aimé: » *Ea fuit astutia, ut milites non solum virtute regeret, sed etiam amantissimos sui redderet.* S'ils l'aimoient beaucoup, il ne les avoit donc pas irrités, au lieu de les adoucir.

Il est vrai, comme le dit l'Auteur, que par la suite il fit des exécutions terribles, *en faisant mettre les uns en croix, exposer les autres aux bêtes*, &c. en sorte, dit le même Capito- Ibid.

lin, qu'il voulut étendre la ſévérité de la diſcipline militaire aux affaires civiles; ce qui ne convient point à un Prince qui veut être aimé: *Diſciplinæ militaris exemplo civilia etiam corrigere voluit, quod non convenit Principi qui vult diligi.*

Mais Capitolin n'entend point parler ici directement des ſoldats, c'eſt-à-dire, de ce que l'Auteur appelle *le Gouvernement militaire*. Il n'y eſt queſtion que des choſes civiles; Capitolin obſerve que, par une ſévérité déplacée, Maximin vouloit les gouverner comme les affaires de la guerre, & qu'il s'éloignoit de la route qu'un Prince doit tenir pour ſe faire aimer de ſes ſujets.

En effet il fut tellement craint & haï, que les femmes & les enfans allèrent en foule dans les Temples prier les Dieux qu'ils ne lui permiſſent jamais d'entrer à Rome, de peur que, comme une bête féroce, il ne la remplît de ſang & de carnage. Mais tout cela n'a aucun rapport avec ce

que

que l'Auteur nous dit que Maximin irrita le Gouvernement militaire qu'il auroit fallu adoucir.

A la Chine, les voleurs cruels sont coupés en morceaux; les autres, non. Cette différence fait qu'on y vole, mais qu'on n'y assassine pas. To. 1. p. 144.

Pour garant de ces faits, l'Auteur cite le P. du Halde, T. 1. p. 6. c'est page 5. Mais ni dans l'une ni dans l'autre, ni même dans tout le Livre, il n'est fait mention de cette prétendue différence, qui fait qu'à la Chine on vole, & qu'on n'y assassine pas. Ainsi c'est uniquement aux bontés de l'Auteur que ces voyageurs volés sont redevables de la vie.

Il se présente encore une observation. La rigueur des supplices empêche ici les voleurs cruels d'assassiner, & l'on trouve à la page 131. que *c'est une remarque perpétuelle des Auteurs Chinois, que plus dans leur Empire on voyoit augmenter les supplices, plus la révolution étoit prochaine.* Et à la p. 134. *Que les vols sur les grands chemins étoient communs dans quelques Etats, qu'on voulut les arrêter, qu'on inventa le supplice de la rouë, qui les suspendit pendant quelque tems, & que depuis on a volé comme auparavant sur les grands chemins..... parce que l'imagination s'est faite à une grande peine, comme elle étoit faite auparavant à une moindre.*

Si tout cela est vrai, il s'ensuit que la proposition précédente ne l'est pas; & quoiqu'à la Chine on coupe les voleurs cruels par morceaux, ils y doivent nécessairement voler & assassiner comme auparavant, parce que leur imagination s'est faite à cette grande peine, comme elle étoit faite auparavant à une moindre, & que, suivant *la remarque perpétuelle des Auteurs Chinois*, plus on augmente les supplices dans leur Empire, plus la rèvolution, & par conséquent l'audace, la violence est prochaine.

To. 1. p. 166. *Les Romains n'avoient point, comme les Grecs, des Magistrats particuliers qui eussent inspection sur la conduite des femmes.... Le mari assembloit les parens de la femme & la jugeoit devant eux.*

L'Auteur dit que c'étoit une Loi de Romulus, & pour la vérification, il renvoye au second Livre de Denys d'Halicarnasse. Or cet Auteur nous apprend que, si une femme faisoit quelque faute, son mari offensé étoit maître de la punir, & maître de la grandeur de la peine; & que, quand il étoit question d'infidélité ou d'yvrognerie, les parens de la femme jugeoient avec le mari.

On voit donc que, dans les cas ordinaires, le mari jugeoit seul sans appeller les parens; & que dans les deux cas qu'on vient de dire, les parens étoient non-seulement appellés, pour que le mari jugeât devant eux, mais pour qu'il jugeât avec eux; d'où il faut conclure que cette Loi est renduë d'une manière très-imparfaite par l'Auteur de l'Esprit des Loix.

Une des principales tyrannies de Tibère, fut l'abus qu'il fit des anciennes Loix. Quand il voulut punir quelques To. I. p. 171.

Dames Romaines au-delà de la peine portée par la Loi Julia, il rétablit contre elles le Tribunal domeſtique.

L'Auteur appuie ce paragraphe de deux citations de Tacite ; il n'indique point de quelle partie des Ouvrages de Tacite, il a tiré la première ; & pour la ſeconde, il cotte le Livre ſecond des Annales ; elle ſe trouve au Livre 4e. Voici la première : *Proprium id Tiberio fuit, ſcelera nuper reperta priſcis verbis obtegere.*

L'Auteur de l'Eſprit des Loix l'applique aux *Dames Romaines* ; & il s'agiſſoit de Silius, ami de Germanicus, que Tibère avoit deſſein de faire périr: Varron, alors Conſul, accuſoit Silius ; celui-ci ſe défendoit en demandant que Varron fût obligé de ſurſeoir à l'accuſation, juſqu'à ce qu'il fût ſorti de charge. Mais Tibère répondit que, ſuivant les anciens uſages, les Magiſtrats pouvoient ajourner les Particuliers. Sur quoi Tacite fait la réflexion rapportée par l'Auteur : » Que le propre de Tibère

» étoit de couvrir les nouveaux crimes du prétexte des anciennes » Loix. »

Le ſecond paſſage de Tacite rapporté par l'Auteur, eſt :

Adulterii graviorem pœnam deprecatus, ut exemplo majorum propinquis ſuis ultrà ducenteſimum lapidem removeretur, ſuaſit ...... Adultero Manlio Italiâ atque Africâ interdictum eſt.

Les Dames Romaines, dont il s'agit dans le texte de l'Auteur, ſe réduiſent dans celui de Tacite à Apuleia Varilia, petite-fille de la ſœur d'Auguſte, accuſée du crime de lèze-Majeſté & d'adultère.

Quant au crime de lèze-Majeſté, Tibère voulut qu'il fût paſſé ſous ſilence, & par là Varilia fut déchargée de ce chef qui emportoit peine capitale.

A l'égard de l'adultère, il pria le Sénat & obtint, qu'en ſuivant les anciens uſages, « elle fût reléguée » par ſes parens à deux cens milles » de Rome, & que Manlius ſon

» corrupteur fût banni de l'Italie &
» de l'Afrique. »

D'où il suit 1°. que, comme nous l'avons déja dit, l'Auteur attribue *aux Dames Romaines* ce qui n'a de rapport qu'à Silius.

2°. Qu'au lieu que par *graviorem pœnam deprecatus*, il entend une aggravation de peine, on doit entendre au contraire une modération ou une diminution de peine.

3°. Qu'au lieu que Tibère ait abusé des anciennes Loix pour exercer sa tyrannie, dans cette occasion il rappella les anciennes Loix pour faire grace.

CHAPITRE XII.

Des rapports que la levée des Tributs & la grandeur des Revenus publics ont avec la liberté.

To. 1. p. 336. CE titre est celui du treizième Livre de l'Esprit des Loix. Nous avions lieu de croire que dans les dix-neuf chapitres qu'il contient, & qui ſont ſpécialement deſtinés à expliquer la nature des Tributs dans les divers Gouvernemens, nous trouverions non-ſeulement les rapports des Tributs avec la liberté, mais encore la juſtice & la néceſſité de ces Tributs, les motifs de leur établiſſement, l'eſprit des Loix par leſquelles ils ſont régis, la nature des biens ſur leſquels ils doivent être impoſés, & de quelle manière ils devroient être levés pour le plus grand avantage de l'Etat, & le plus grand ſoulagement des ſujets: mais le lecteur pourra ſe convaincre que ce n'eſt pas là ce qu'on y trouve.

Il étoit ſur-tout important de dire quelque choſe de précis & d'inſtructif ſur le Tribut de la Taille, parce qu'il eſt le premier, le plus conſidérable la baſe ſur laquelle la plûpart des autres ſont établis & la ſource des maux, dont on ſe plaint; mais on ne remarque, dans l'Eſprit des Loix, que trois ou quatre lignes faiſant mention de la ſolidité de cette Taille. Du reſte l'Auteur s'étend beaucoup ſur les Tributs dans les pays où le peuple eſt eſclave de la Glébe ; eſclavage qui depuis pluſieurs ſiécles, ne ſubſiſte plus parmi nous : ainſi nous ſommes fondés à croire qu'il ne réſulteroit de nos recherches ſur cette matière, que des choſes étrangères & indifférentes à ce qui ſe pratique actuellement ; & pour connoître ce qui pourroit y être utile, il nous ſuffira de partir de l'époque où la Taille a été renduë perpétuelle.

Sur le déclin de la ſeconde Race, qui fut le tems des inféodations à prix d'argent, la livre de cette matière, étoit de dix-ſept, dix-huit, & vingt ſols ; mais quand le ſol devint monnoie, ſans rapport à la valeur de l'eſpèce, & que le marc, ou la demi-livre, fut porté à cinquante ſols, l'inféodation d'un ſol ne fut plus que de la centième partie d'un ſol.

Sous Charles VII. le marc fut porté à huit livres quatorze sols huit deniers : le sol ne fit donc plus alors qu'environ la trois cent soixantième partie de la première inféodation : ce qui diminua tellement le produit des Fiefs, qu'au lieu d'une pleine subsistance qu'ils donnoient auparavant à leurs possesseurs, d'où s'ensuivoient l'obligation & la possibilité du service, à peine avoient-ils de quoi vivre ; & aujourd'hui que le marc est à cinquante livres, & la livre à cent livres, le sol de redevance, qui devoit être la vingtième partie de la livre, n'en est plus que la deux millième.

Charles VII. pressé par la nécessité des guerres, & par l'usurpation des Anglois qui occupoient presque tout le Royaume, se détermina l'an 1440. à déclarer, que les Tailles seroient à l'avenir un Tribut ordinaire & perpétuel, ordonnant qu'elles fussent levées sur tous les biens ruraux, *ex censu & patrimonio*, dans les provinces où elles avoient été réelles anciennement, & perſonnelles dans celles où elles l'avoient été auparavant; & ce, ſans égard à la poſſeſſion, ou plutôt à l'uſurpation des Seigneurs, à qui leurs ſujets la payoient depuis long-tems, pour en être protégés & défendus : le Souverain tranſportant par ce moyen à ſa ſeule perſonne, la défenſe commune des membres de l'Etat, comme étant le légitime défenſeur du Royaume, au titre de ſa dignité.

Si Charles VII. avoit été aſſez abſolu, il auroit ſans doute choiſi une forme plus ſimple, & moins ſuſceptible d'injuſtices, quant à la Taille perſonnelle; mais comme dans ces tems, l'autorité étoit malheureuſement diviſée, ſur-tout à l'égard des impôts, ſur leſquels le peuple ſe prétendoit en droit d'ordonner, puiſqu'il les payoit; ce Prince ne put ſe diſpenſer de le laiſſer maître de la répartition & de la levée : heureux encore qu'il voulût bien conſentir à en ſupporter la charge.

C'est ainsi que la nécessité fâcheuse où nos Rois se sont quelquefois trouvés, de condescendre à des vûes tumultueuses & populaires, a donné naissance à des réglemens pernicieux, qui n'ont pû devenir meilleurs par la suite, quelques soins que l'on y ait apporté, parce que ce qui est vicieux dans son principe, l'est perpétuellement dans ses conséquences ; & ce sont ces vices originaires que le peuple, & ceux qui parlent comme le peuple, sans vouloir se prêter aux circonstances qui les ont déterminés, attribuent à la négligence & à l'incapacité des Ministres de ces tems, & la continuation à ceux qui leur ont succédé.

Le fardeau de la Taille étant supportable dans les commencemens, chacun se rendoit justice, & se faisoit même un point d'honneur de payer au-delà du taux commun. Tant que cet esprit d'émulation & d'équité a subsisté, le mal n'a pas été fort sensible ; mais l'un & l'autre firent bien-tôt place à l'intérêt personnel. Ces mêmes hommes si justes dans la répartition de l'impôt, si empressés à l'acquitter, mirent tout en œuvre pour s'y soustraire : les plus puissans le rejettèrent sur les plus foibles ; les exemptions furent recherchées avec avidité ; les Rois trouvant par-là des secours prompts, faciles & abondans, les ont multipliées à l'infini ; le poids s'est appesanti, non-seulement par l'affranchissement des Taillables, mais encore par les droits qui ont été attribués aux acquéreurs de ces affranchissemens ; & ces diverses circonstances ont introduit tant d'abus & d'injustices dans la répartition de la Taille arbitraire, que l'on ne doit point être surpris de voir la misère extrême qui règne dans les Provinces soumises à cette forme. Et quoique nous ayons joui de plusieurs intervalles de paix, le désordre n'en a pas moins subsisté, parce que la paix n'en a pas détruit le principe.

L'incertitude de la répartition a tellement répandu la terreur dans l'esprit des peuples, qu'ils n'osent compter sur la possession de leurs héritages & de leurs denrées : ils n'osent se nourrir & se vêtir commodément; ils n'osent même faire rapporter à la terre tout ce qu'elle seroit capable de produire ; ils ne sçavent si leur cottisation n'absorbera pas leur dépouille entière. On les force à ne reconnoître que l'argent pour véritable richesse, & cette fatale préférence leur fait faire journellement par prudence, ce que nous voyons pratiquer aux banqueroutiers par mauvaise foi ; c'est-à-dire, vendre promptement & furtivement leurs denrées à vil prix, pour les soustraire aux poursuites, l'un du Créancier, & l'autre du Collecteur.

La diminution dans les richesses & dans le commerce a commencé avec les injustices de la Taille, & cette diminution devient sensible à mesure qu'elles se multiplient. Les maux sont connus ; mais il n'en est pas ainsi de leur cause : la plus grande partie même des personnes employées au maniment des affaires sont dans l'erreur à ce sujet. Ils attribuent ces maux à la quotité, c'est-à-dire, à la masse totale des impositions de toute nature qu'ils estiment trop lourde ; mais la crainte qu'inspirent l'incertitude & les vices de la répartition de l'imposition, cause peut être de plus grands maux que l'imposition même.

La Taille est beaucoup plus forte dans les Villes tariffées, que dans celles où elle est arbitraire ; non-seulement il faut lever la somme principale demandée par le Roi, mais encore y trouver les frais de la régie & la récompense du Régisseur ; cependant les lieux auxquels la faculté du Tarif a été accordée, sont tout d'un coup devenus riches & abondans : les Villes de Honfleur & du Pontaudemer en sont un exemple. (*a*)

(*a*) Voy. le Détail de la France.

On peut arbitrer à deux cens millions, année commune, tous les deniers qui se lèvent en France, ce qui ne revient guères qu'au dix-huitième des fruits de la terre & de l'industrie: En voici une preuve assez apparente.

M. de Vauban, & quelques autres qui ont écrit sur cette matière, prétendent qu'il y a environ vingt millions de Sujets dans le Royaume, qui y vivent des biens qu'il produit sans secours étrangers; & ils supposent que chacun de ces Sujets dépense dix sols par jour, le fort pour le foible, tant pour sa nourriture, que pour le vêtement, le logement, bâtimens de terre & de mer, réparations, améliorations d'héritages, &c. à compter depuis le Roi jusqu'au dernier Sujet. D'où il résulte que la France doit fournir annuellement trois milliards six cens quarante millions; en sorte que si le Roi lève deux cens millions, la cotte-part générale de l'imposition ne reviendra qu'au dix-huitième ou environ du produit total.

Les Anglois payent ſans murmure le cinquième du revenu de leurs biens. La contribution de la Hollande va preſqu'à la troiſiéme partie. Cependant on ne voit pas un pauvre dans l'un & l'autre pays; c'eſt-à-dire, que qui que ce ſoit n'y eſt mendiant par état.

On diroit que ceux qui ont établi la Taille, ont cherché à peſer ſur le peuple par la forme bien plus que par le fonds; mais pourquoi un établiſſement auſſi intéreſſant a-t-il été originairement ſi mal fait? C'eſt, comme nous l'avons déja dit, parce qu'il eſt populaire, non quant au ſubſide, mais quant à la forme de l'impoſition & de la perception. Le plus court & le plus avantageux en pareil cas, eſt de détruire & de réédifier ſur de nouveaux fondemens; c'eſt le ſentiment de tous ceux qui ont refléchi ſur cette impoſition, & particuliérement de M. de Sully, comme on le voit dans ſes Mémoires.

Pluſieurs Citoyens zélés pour le bien

bien public ont proposé divers moyens que nous allons parcourir, en donnant une idée très-succinte de leurs projets, & des inconvéniens auxquels ils pouvoient être sujets; ensuite avec la même brièveté, nous indiquerons ce qui nous paroîtroit plus convenable, pour faire disparoître les injustices qui résultent de la forme actuelle. Si nous sommes succints dans l'extrait des projets dont nous allons parler, c'est que nous craignons d'ennuyer, & que d'ailleurs nous les supposons connus de la plus grande partie des lecteurs.

Suivant M. le Bret, l'imposition sur les denrées est la plus juste & la plus égale, parce que tous les sujets, de quelque condition qu'ils soient, y contribuent à proportion de ce qu'ils reçoivent, vendent ou consomment.

On objecte que les nouveaux droits diminuent la consommation, altèrent le commerce, & ne peuvent être portés assez haut pour suffire à toutes les dépenses. Cela est vrai, mais en réduisant cette proposition aux Villes fermées, on pourroit en tirer une grande utilité.

La Dixme Royale de M. de Vauban souffriroit plusieurs difficultés dans l'exécution littérale ; mais c'est un canevas qui peut servir de base à une infinité d'excellentes opérations.

Le projet du sieur Guerin de Rademon part du même principe que celui de M. de Vauban, avec cette différence que le premier excède infiniment le juste produit des biens fonds, & ne porte pas assez haut celui de l'industrie.

Le sieur de la Jonchère part aussi du même principe ; mais il extravague dans ses conséquences ; ainsi il ne mérite aucune attention.

Le dessein que M. le Duc d'Orléans a eu de réformer la Taille, a été sans succès, parce que les moyens qu'il indiquoit étoient fondés sur les anciens réglemens vicieux dans leurs principes, & reconnus insuffisans.

Le projet d'un Anonyme sur la farine, est bon quant au fonds; la forme en est bien rédigée; mais il paroîtra toujours impraticable, par le danger qu'il y auroit d'opérer sur cette denrée.

M. de Boulainvilliers propose la suppression de la Gabelle & des Aydes, une Capitation générale pour tenir lieu de la première, & un abonnement de tous les Cabaretiers, pour remplacer la seconde; mais comme il n'indique point de pied certain pour l'un & pour l'autre, & que l'on retomberoit dans l'arbitraire, cette proposition ne peut être admise.

La Taille du Chevalier Renaud & du Marquis de Silly, exécutée à la Rochelle & à Pont-l'Evêque, ressembloit à la Dixme de M. de Vauban mise à prix de bail pour les fruits, & au Tarif de M. l'Abbé de Saint-Pierre pour l'Industrie : comme ces deux systêmes sont susceptibles de pluſieurs inconvéniens, il n'eſt pas étonnant que la réformation, qui partoit du même principe, n'ait pas réüſſi.

Le projet de Taille tariffée de M. l'Abbé de Saint-Pierre a été exécuté dans pluſieurs Généralités ; mais on l'abandonne preſque partout, parce que l'on a reconnu que ce n'étoit qu'un palliatif, qui non-ſeulement étoit incapable de guérir le fonds du mal, mais qui pouvoit en introduire de nouveaux. Ce projet ſemble au premier coup d'œil aſſurer une proportion avantageuſe ; mais ce n'eſt qu'une répartition arithmétique qui ne conſidère pas le riche comme riche, & le pauvre comme pauvre ; en ſorte que l'un ne donne qu'une portion de ſon ſuperflu, pendant qu'on enlève à l'autre ſa propre ſubſtance.

Le Prince doit employer toutes les reſſources dont l'eſprit humain eſt capable, pour chercher une proportion équitable, & un point fixe, duquel il ſoit impoſſible de s'écarter ; ſans quoi toutes les peines & toutes les dépenſes que l'on feroit, pour parvenir à l'établiſſement de l'impôt, deviendroient abſolument inutiles ; & il vaudroit mieux reſter dans l'état où l'on eſt, quelque ruineux qu'il ſoit, que de s'expoſer à un changement, qui n'étant pas fondé ſur des principes ſolides, ne ſerviroit qu'à ajouter des vices nouveaux à ceux qui exiſtent.

Le Corps politique de l'Empire François n'a d'autres richeſſes pour le Souverain, qu'un impôt proportionné aux facultés des Sujets ; plus cette proportion ſera exacte, plus la richeſſe de l'Etat ſera grande & aſſurée ; plus elle ſera vague & arbitraire, plus la perception ſera difficile, incertaine & couteuſe, & plus elle deviendra à charge aux redevables, & inſuffiſante aux beſoins du Gouvernement, à la défenſe & au ſoutien de la gloire de la Nation.

Les fautes que l'on fait en ce genre ne ſe manifeſtent pas ſur le champ ; mais elles n'en ſont pas moins réelles ; elles minent lentement & ſous-

œuvre, pour ainſi dire, les forces de l'Etat. Le Citoyen ne doit contribuer aux beſoins publics que du ſuperflu de ce que la nature demande pour la conſervation de ſon corps & de ſa ſanté; tout ce qui excède cette juſte Loi, tend manifeſtement à la ruine de l'édifice politique.

Il n'y a que deux objets pour aſſeoir les Impôts; les fonds de terre, & l'induſtrie. Ce ſont les deux ſources d'où découlent toutes les ſommes que le Prince leve ſur ſes Sujets; la terre fournit la matière, l'art & l'induſtrie la mettent en œuvre. C'eſt donc uniquement à ces deux parties qu'il faut s'attacher; mais comme il ne ſeroit pas juſte de faire payer la Taille pour quatre arpens à un homme qui n'en auroit qu'un, ni d'exiger pour quatre arpens de terre aride & ſabloneuſe, le même taux que payeroit le propriétaire de quatre arpens de terre graſſe & fertile; il s'enſuit que, pour connoître quelle partie de ſubſide chacun doit ſupporter, eu égard à l'étenduë, à la stérilité ou à la fertilité de son terrain, l'on doit le mesurer, & en constater la nature & la qualité. Voilà la Taille réelle, qui est l'unique moyen d'imposer les fonds de terre avec équité.

Quant à l'Industrie; nous nous servirons du même raisonnement. Il ne seroit pas juste de faire payer à un simple Journalier ou Manœuvre le même taux qu'à un bon Marchand, à un riche Orfévre, ou à un gros Cabaretier. Il faut donc connoître la différence de l'un & de l'autre, établir des classes & des degrés entre-eux, & par conséquent faire un dénombrement exact des peuples & de leurs professions.

C'est de cette double opération sur les terres & sur les Sujets, que doit résulter cette proportion si recommandable. Sans elle ces Sujets se refusent au travail & à la culture, ils se privent des commodités de la vie, & des secours qui pourroient contribuer à la leur conserver. Ils périssent ou désertent.

On ignore en France quelle est la qualité & la quantité des terres qui composent la masse générale des biens fonds ; on ignore également le nombre & la qualité des peuples de la Monarchie. La plûpart des autres Etats de l'Europe en sont bien instruits ; & cette connoissance nous donneroit toutes celles dont nous manquons pour asseoir les Impositions avec équité.

Le Cadastre a été pratiqué par les Gouvernemens anciens, adopté par les Gouvernémens modernes, & il a lieu dans une partie des Provinces du Royaume. Cette manière de répartir les Impôts se présente d'abord à l'idée pour la substituer à celle de la Taille arbitraire, dès que l'on insiste sur sa suppression ; elle a beaucoup de partisans ; mais aussi elle n'est pas sans contradicteurs. Ceux-ci conviennent à la vérité qu'elle est sujette à bien moins d'injustices & de corruption que la Taille arbitraire ; mais ils trouvent que l'ignorance & l'infidélité des Arpenteurs & Eſtimateurs peuvent la rendre ſuſceptible de l'un & de l'autre; que ce ſyſtême exige de grands détails, dont l'application ne peut ſe faire qu'à un petit Etat, & non à un Royaume d'une auſſi vaſte étenduë ; que la dépenſe de ſon établiſſement deviendroit immenſe ; que les opérations en ſeroient d'une trop longue durée, & qu'il faudroit recommencer les eſtimations au moins tous les vingt ans, à cauſe des changemens que le tems & les accidens produiſent néceſſairement ſur la ſurface de la terre.

Auguſte inſtitua le Cens ou dénombrement dans tout l'Empire, qui étoit dix fois auſſi grand que la France. Il n'y avoit jamais eu d'arpentage ni d'eſtimations faites dans la Gaule ; ce n'étoit point un renouvellement ni une réformation facile ; jamais cette méthode n'avoit été uſitée, (*a*) & les Gaulois n'en avoient

(*a*) *Divus Auguſtus Cenſus per Gallias inſtituit, opus novum & inauditum Gallis.*

jamais entendu parler; toute la Gaule étoit auparavant dans la plus affreuse désolation. Cependant, par l'effet naturel du dénombrement, le revenu en fut presque doublé, sans que personne eût aucun sujet de se plaindre.

Le faux intérêt particulier s'oppose presque toujours aux établissemens les plus avantageux; la multitude qui ne raisonne jamais, se laisse aveuglément entraîner par le préjugé & la suggestion. Le peuple crie plus fort contre le remède que contre le mal: c'est un malade qui accable le medecin d'injures, parce que la cure est douloureuse; mais le Prince qui va au bien général, ne doit pas s'arrêter à ces vains bruits; la bonté & l'utilité de ses opérations les feront bien-tôt cesser.

Il n'y a point de difficultés que l'on ne surmonte par la vigilance & par l'assiduité. Ce n'est pas à la vérité le caractère de la Nation; les François veulent voir au premier pas la fin d'une entreprise : mais un Chef sage & prudent sçaura modérer leur vivacité naturelle, & inspirer son esprit à ceux qui travailleront sous lui.

Ce n'est point par une supériorité de génie, ni par le secours d'une longue expérience que M. de Sully excella dans le gouvernement des Finances; ce fut par les seules lumières du bon sens, qu'il reconnut le mal & qu'il le détruisit; sa science & son talent ne furent autre chose que son zèle pour le bien public : la simplicité & l'intégrité furent ses guides. » Henri IV. disoit à ce sujet, » qu'il avoit trouvé ses Finances très-» mal régies par de très-habiles gens, » & qu'il avoit choisi un ignorant pour » raccommoder ce que les habiles » gens avoient gâté. »

On ne disconviendra pas que les objections qui viennent d'être faites sur la Taille réelle n'ayent quelque fondement : mais elles ne prouvent pas qu'il faille pour cela rejetter cette forme d'imposition; elles prouvent ſeulement qu'il n'y en a point de parfaite. S'il n'eſt pas permis à la foibleſſe humaine d'atteindre à la dernière préciſion, au moins doit-on faire en ſorte d'en approcher le plus qu'il ſera poſſible. C'eſt par la comparaiſon qu'il faut ſe décider; ſi d'un côté on fait attention aux maux ſans nombre de la Taille arbitraire, aux déſordres & au préjudice ineſtimable qu'elle cauſe, & que de l'autre il ne ſe trouve, comme on eſt forcé d'en convenir, que quelques erreurs à craindre lors des eſtimations, qu'un travail de quelques années, & les dépenſes de l'arpentage; le dernier parti ne ſeroit-il pas préférable à la ruine des Paroiſſes, & à la perte d'une infinité de Sujets, que la misère chaſſe, tuë, ou rend incapables de ſervice?

On ſuppoſe qu'il en coûteroit quinze ou vingt millions pour la formation des Cadaſtres; c'eſt au premier coup d'œil un objet effrayant, dans un Gouvernement où les dettes, la dépenſe courante & indiſpenſable, & la fortune des ſujets ne permettent ni d'œconomiſer, ni d'impoſer une ſomme ſi conſidérable ; mais pour peu que l'on y veuille réfléchir, il ne ſera pas difficile de reconnoître en même tems la poſſibilité & l'utilité de cette dépenſe.

Comme cet ouvrage ne pourroit être fait en moins de douze ou quinze années, il ne s'agiroit que de retrancher, ſur le moins néceſſaire, onze à douze cens mille livres par an : ce qui deviendroit inſenſible. Voilà donc la poſſibilité reconnuë ſans nouvelle charge pour le peuple, & ſans expoſer aucune partie intéreſſante du ſervice à ſouffrir.

Quant à l'utilité, il n'y a qu'à examiner les frais de contrainte des Huiſſiers & Garniſonniers : ils ſont connus, & l'on ne craint point d'outrer les choſes, en diſant qu'ils égalent au moins les onze à douze cens mille livres, eſtimées néceſſaires, pendant douze ou quinze ans ſeulement, aux opérations de la réformation propoſée : quand on n'y gagneroit que la ceſſation de la perpétuité de ces frais, il ſemble que ce ſeroit un avantage aſſez conſidérable pour ſe déterminer. Mais ces frais ne ſont rien en comparaiſon de ceux auxquels ils donnent lieu, & deſquels le Conſeil n'a & ne peut avoir aucune connoiſſance ; ce ſont ceux des Collecteurs contre les Contribuables.

On allégue encore la néceſſité, par conſéquent la peine & la dépenſe du renouvellement des Cadaſtres, qui ne peuvent, dit-on, ſe ſoutenir plus de vingt ans, à cauſe des changemens que le tems & les accidens produiſent; il ſuffit de connoître la pratique des Provinces cadaſtrées pour réſoudre facilement cette dernière objection. Perſonne n'ignore que, dans les cas particuliers de ſubmergement, peſte, deſtruction totale d'un terrain, ou d'une grande partie, on y remédie annuellement par des moyens, & une procédure établie à cet effet ; en ſorte que le cas général ne peut ſe préſenter qu'après un laps de tems fort conſidérable ; & ſi enfin par l'accumulation des événemens la rénovation du Cadaſtre paroiſſoit indiſpenſable, il y auroit toujours plus des trois quarts de l'ancien ouvrage qui ſubſiſteroient, parce que les changemens ne peuvent jamais influer ſur le total, mais ſeulement ſur quelques cantons épars çà & là ; & ce genre de travail étant devenu familier par l'exercice, depuis le premier établiſſement des Cadaſtres, on trouveroit alors des ouvriers expéditifs & intelligens : ainſi l'opération ſeroit prompte, sûre & peu couteuſe.

L'inégalité des Impoſitions étoit parvenuë à un tel point en Provence l'an 1471. que la ruine entière de ce pays étoit inévitable, ſi on ne l'eût prévenuë par l'établiſſement du Cadaſtre ; & l'événement fit découvrir que plus de la moitié des Citoyens étoit opprimée par l'autre. Les Habitans de cette Province & ceux d'Alſace, de Languedoc, de Guyenne & de Flandre, les Vénitiens, les Gènois, les Piémontois, les Allemands, les Hollandois, les Anglois, ſeroient fort fâchés de voir changer leurs maximes & d'être aſſujettis à la Taille arbitraire; & ſi quelques-uns crient à l'injuſtice & à la vexation, ce n'eſt que parce que leurs Cadaſtres & dénombremens, ſont devenus défectueux par leur caducité. La négligence, ſur-tout en France, eſt la ſeule cauſe du mal, quoique nous ayons quinze fois plus de Cenſeurs que les Romains, chez leſquels deux ſuffiſoient à toutes les opérations qu'exigeoit la vaſte étenduë de leur Empire. (*a*)

Les priviléges des exempts & privilégiés par charge, commiſſion, & finance, paroiſſent à pluſieurs une difficulté preſque inſurmontable dans le changement propoſé. Mais pourquoi ſe faire un monſtre de la choſe la plus ſimple & la plus facile à régler,

(*a*) Il y a trente-un Intendans dans les Provinces & Généralités du Royaume.

ou

ou plutôt qui eſt déja réglée ; ſans ſortir du Royaume ne trouvons-nous pas cette règle toute établie dans les Provinces où la Taille réelle a lieu ?

Il fut décidé tout d'une voix au Conſeil du Roi en 1608. ſur une queſtion d'exemption de la Taille réelle, miſe en avant par les Villes & Communautés de Languedoc, que les Princes, les grands Officiers de la Couronne & le Roi lui-même, n'étant pas exempt de la payer pour les biens ruraux qu'ils poſſédent, les Villes & Communautés ne pouvoient l'être. (*a*) Voilà une grande partie réglée par cette diſpoſition.

En attendant que le Roi ſoit en état de réduire les Privilèges à titre de finance, ne peut-on pas, après avoir reſtraint les autres dans les juſtes bornes de leur première inſtitution, ſe modéler ſur la Province qui a le réglement le meilleur & le plus avantageux à l'intérêt commun ; ou

(*a*) Mémoires de Sully.

puiser la matière de la Jurisprudence nécessaire à cet établissement, dans les différentes Ordonnances qui subsistent actuellement? Qu'auroient à alléguer les esprits inquiets? Sont-ils moins sujets de la Couronne que les habitans de Guyenne, Languedoc, Provence, Alsace, &c. pour n'être pas soumis aux mêmes Loix?

Les Fiefs de la Noblesse, les Emphytéotes de ces mêmes biens, &c. seroient, par exemple, déclarés exempts de Taille, quand les propriétaires les feroient valoir par leurs mains. Quand ils seroient exploités par des fermiers, ils seroient imposés à la portion colonique, qui est la moitié de ce qu'ils devroient payer, si ces fermiers étoient propriétaires. Tous les autres fonds d'héritage, sans aucune exception, seroient sujets à la Taille, de quelque qualité & condition que fussent les propriétaires. A l'égard des Titulaires des Charges & Offices d'un certain rang, leur Privilège d'exemption auroit lieu, ſur un nombre de charuës proportionné à l'état, dignité & prix de la Charge & Office; & les autres pourvûs d'Offices ou emplois ne jouiroient que de l'exemption perſonnelle.

L'Impoſition ne ſçauroit être trop générale, & cette maxime d'Etat eſt parfaitement d'accord avec la juſtice diſtributive, qui veut que tous les membres de la ſociété contribuent, ſuivant leur pouvoir, aux charges impoſées pour la défenſe & la conſervation de cette ſociété. Les Privilèges ſont autant d'infractions contre la loi, & d'efforts qui attaquent & renverſent cette règle & cette proportion ſi recommandables. Les exempts le reſſentent très-réellement, & le contre-coup leur eſt plus à charge, par la diminution de leurs revenus, que s'ils ſupportoient directement la contribution. Comme les plus riches, ils ont le plus grand intérêt à la conſervation de l'équilibre; mais un préjugé bâti ſur des principes vicieux ne leur permet pas de voir les maux qu'ils causent à la société & à eux-mêmes.

Cependant il y auroit de l'injustice à supprimer les priviléges sans distinction, parce qu'ils ont été acquis à titre onéreux ; & lorsqu'ils seront réduits à leurs justes bornes, ils ne seront pas incompatibles avec la Taille réelle, qui avec cette modification doit être considérée comme le remède le moins dangereux, le moins capable de causer de l'ébranlement & de la commotion dans le corps systématique de l'Etat, le plus prompt, le plus efficace & le plus utile que l'on puisse opposer aux ravages de la Taille arbitraire.

A l'égard de l'Industrie, celle des Villes est la plus difficile à taxer, & la plus susceptible d'injustices, même involontaires. Dans plusieurs Villes d'Allemagne & d'Alsace, le Magistrat distribuë l'imposition demandée par le Souverain sur les Corps des Maîtrises, dont les Syndics & Jurés font ensuite la répartition sur les membres en droit soi, suivant la connoissance qu'ils ont du négoce & commerce des Particuliers, qui se règle sur le nombre des Compagnons, & sur la consommation des matières propres à chaque art, connuës par le registre que chaque Maîtrise fait tenir à cet effet.

Mais en France, il seroit plus simple d'accorder la faculté du Tarif à toutes les Villes closes dans une dûë proportion, avec la charge que l'on estimeroit devoir leur imposer, à laquelle la contribution actuelle pourroit servir de base.

Ces Villes étoient presque toutes fortifiées autrefois; elles levoient des droits sur elles-mêmes, & comme ces revenus servoient souvent d'occasion & d'aliment à la révolte & à la sédition, on les en a privées peu à peu : mais en négligeant de donner des bornes à cette politique, on les a renduës si nécessiteuses, que la plûpart n'ont pas de quoi satisfaire aux dépenses les plus urgentes. Et si l'on n'y remédie, loin d'en tirer des secours, elles tomberont dans une ruine & une dégradation si universelles, qu'il sera impossible de les en retirer.

Pour les gens de la campagne, on doit les diviser en deux classes; sçavoir, les Fermiers & Colons, & les simples Journaliers & Manœuvres. On pourroit taxer les premiers au quinzième, vingtième ou vingt-cinquième de leurs baux, en évaluant en argent ceux qui seroient en fruits; & les simples Journaliers & Manœuvres pareillement au quinzième, vingtième ou vingt-cinquiéme du produit total de leurs journées, sur le pied de deux cens jours ouvrables par an, fixés à un prix général & commun d'hyver & d'été, pour chaque Election ou Généralité. Et dans le cas où il se trouveroit de ces Journaliers & Manœuvres qui tiendroient à ferme quelque petite portion d'héritage, comme cela arrive assez souvent, les imposer en outre pour raiſon de ce dans la proportion mentionnée pour les Fermiers & Colons, en établiſſant pour principe invariable, dans la fixation de l'impôt, quelque forme que l'on lui donne, que la ſubſiſtance de tout contribuable & de ſa famille doit être priſe avant toutes choſes ſur le produit de ſon travail. Le néceſſaire à la vie des Citoyens eſt éminemment le principal beſoin de l'Etat ; c'eſt ſur lui que tous les autres doivent ſe régler, & toutes les fois qu'un Prince s'écartera de cette loi fondamentale de politique, loin d'augmenter ſes richeſſes & ſes revenus, il en tarira la ſource par la ruine & la deſtruction de ſon peuple.

Quels avantages ne réſulteroient pas de ces établiſſemens, ou de tels autres meilleurs que l'on pourroit imaginer ? On couperoit pié à mille injuſtices, qui ſe renouvellent tous les ans ; on rendroit la paix aux familles, qui ſe perſécutent par des ſurcharges qu'elles ſe renvoyent alternativement, & ſous leſquelles

elles ſuccombent à la fin ; on étoufferoit cette hydre de procédures & les frais de contrainte. Une jeuneſſe nombreuſe,qui n'oſe peut-être ſe marier de peur d'augmenter ſes maux, donneroit des Sujets à l'Etat. Un champ bien cultivé, tréſor inépuiſable pour le Sujet & pour le Prince, fourniroit à l'entretien des familles & à l'éducation des enfans. L'abondance procureroit la conſommation, la conſommation procureroit le commerce, & le commerce enrichiroit toutes les parties du Corps politique.

La liberté, cet état pour lequel la nature inſpire tant de paſſion, eſt celui où perſonne n'eſt ſujet qu'à la Loi, & où la Loi eſt plus puiſſante que les hommes. Ce ſeroit donc rendre la liberté à tous les ſujets du pays de Taille arbitraire ; ce ſeroit les faire jouir du plus précieux des biens, que de les ſouſtraire à l'injuſtice de leurs Concitoyens, en établiſſant des règles certaines pour la diſtribution de l'impôt, & en donnant aſſez de force & de puiſſance à la Loi, pour qu'ils ne puſſent pas en tranſgreſſer les bornes.

Les difficultés & la longueur du tems néceſſaire à l'exécution, ne doivent point détourner d'une entrepriſe auſſi importante. Pour diſſiper les craintes, qu'on pourroit avoir ſur le trouble qu'une forme nouvelle pourroit cauſer, & ſur la rentrée conſtante des deniers, on pourroit ſe contenter de travailler ſur une ſeule Généralité, même ſur une ſeule Election, en choiſiſſant celle dont le terrain ſeroit le plus varié, afin d'y trouver des modèles de toutes les opérations, dont il ſeroit facile de faire enſuite l'application ſur les autres terrains qui ſeroient de ſemblable nature.

Quoique nous n'ayons qu'effleuré la matière, nous craignons de nous être encore trop étendus; mais nous n'avons pû réſiſter à l'importance du ſujet. Il nous a fait abandonner pour un tems le texte de l'Eſprit des

Loix. Revenons-y.

Des dix-neuf Chapitres que nous avons dit être contenus dans le treizième Livre du premier Tome, le premier de ces Chapitres porte pour titre : *Des Revenus de l'Etat* ; & l'Auteur s'explique ainsi :

T. 1. p. 336. *Les revenus de l'Etat sont une portion que chaque Citoyen donne de son bien pour avoir la sûreté de l'autre portion, ou pour en jouir agréablement.* Et il ajoute, *que pour bien fixer ces revenus, il faut avoir égard & aux nécessités de l'Etat, & aux nécessités des Citoyens ; qu'il ne faut point prendre au peuple sur ses besoins réels pour des besoins imaginaires de l'Etat.*

Par ce qui a été ci-devant dit, il est facile de concevoir que nous sommes d'accord avec l'Auteur sur la distribution des Impôts. Reste à sçavoir ce qu'il entend par les besoins imaginaires de l'Etat. Le voici :

To. 1. p. 337. *Ces besoins imaginaires sont ce que demandent les passions & les foiblesses de ceux qui gouvernent, le charme d'un projet extraordinaire, l'envie malade d'une vaine gloire, & une certaine impuiſſance d'eſprit contre ces fantaiſies. Souvent ceux qui, avec un eſprit inquiet, étoient ſous le Prince à la tête des affaires, ont penſé que les beſoins de l'Etat étoient les beſoins de leurs petites ames.*

Les Souverains ne ſont pas infaillibles, ils peuvent faire un mauvais choix; mais quand malheureuſement il eſt tombé ſur d'auſſi pitoyables ſujets que ceux dont on nous parle, il ſemble qu'ils ne doivent pas reſter long-tems à la tête des affaires. Dans quel pays eſt-on dans l'uſage de prendre une envie malade, une impuiſſance d'eſprit, un eſprit inquiet pour les beſoins de l'Etat? Dans quel pays les caprices ou l'avarice de tels hommes, (car on ne ſçait pas trop ce qu'on doit entendre par les beſoins de leurs petites ames) ont-ils été confondus avec les beſoins du Gouvernement?

Pour le payement des Tributs, on

To. 1. p. 341. *avoit divisé à Athènes les Citoyens en quatre classes . . . . la quatrième ne payoit rien.*

L'Auteur cite Pollux ; mais il devoit donc dire la raison que Pollux en donne. C'est qu'ils étoient de purs mercenaires qui n'avoient rien : il n'est pas étonnant qu'ils ne payassent rien. C'est la même chose par-tout.

Après cette petite excursion que l'Auteur vient de nous faire faire dans l'Orient, il nous ramène dans

To. 1. 343. nos pays, & dit que *les droits sur les marchandises sont ceux que les peuples sentent le moins.*

Il est vrai que par-là chacun contribuë à proportion de ses facultés, de son négoce & de sa consommation. La plûpart des revenus des Athéniens, consistoient dans un semblable Tribut, comme le remarquent Thucydide & Démosthène. Mais il seroit impossible que les Marchandises supportassent aujourd'hui toutes les charges de l'Etat, par les raisons que nous en avons ci-devant données.

Il y a deux Royaumes en Europe, où l'on a mis des impôts très-forts sur les boissons. Dans l'un le Brasseur seul paye le droit ; dans l'autre il est levé indifféremment sur tous les sujets qui consomment. To. 1. p. 343.

Supposons que ces deux Royaumes soient la France & l'Angleterre. Et voyons ce qui se passe à cet égard dans l'un & dans l'autre.

Le droit sur les boissons n'est point levé en France directement sur le Consommateur ; il se léve sur celui qui vend, lequel augmente à proportion le prix de sa denrée, de la même manière que le Brasseur Anglois augmente la sienne.

Dans le premier, personne ne sent la rigueur de l'Impôt ; dans le second, il est regardé comme onéreux. Ibid.

En Angleterre, le Brasseur & le Consommateur sentent la rigueur du droit, puisque l'un est obligé d'en faire l'avance, & l'autre de la lui rembourser en achetant. S'il est vrai, comme l'Auteur le dit, que ce droit paroisse onéreux en France, & agréable en Angleterre, on n'en peut alléguer d'autre raison que le caprice; & l'on ne doit pas juger d'après le caprice.

En France & en Angleterre, c'est la même chose quant à la forme: mais elle est fort différente quant au fonds; car en Angleterre le moindre droit sur les boissons est de plus de trois fois la valeur de la denrée; (*a*) & en France, le plus fort est seulement du cinquième dans une très-petite partie, du huitième dans une autre, & il ne s'en paye point dans plus de la moitié du Royaume.

En Angleterre, *le Citoyen ne sent*

(*a*) Na. L'entrée en Angleterre d'un tonneau de vin de France, conduit par un vaisseau Anglois, coute 55. livres 16. sols 8. deniers sterling, faisant monnoie de France 1286. livres 8. sols; & par un vaisseau étranger 61. livres 15. sols 10. deniers sterling, faisant 1423. livres 13. sols 6. deniers. Ces droits exorbitans ont engagé les Anglois à contrefaire toutes les boissons, & liqueurs naturelles avec toutes sortes d'herbes & de drogues, dont la plûpart peuvent être malfaisantes.

que la liberté de ne pas payer ; (en France,) *il ne ſent que la néceſſité qui l'y oblige.* To. 1. p. 343. & 344.

Ceci eſt une répétition de ce qui précède.

Mais enfin l'Anglois ne peut ſentir la liberté de ne pas payer, que quand il a pris la réſolution de ne point boire de vin , & le François ne ſentira point la néceſſité qui l'oblige à payer, s'il ſe détermine à en faire autant.

D'ailleurs pour que le Citoyen paye, il faut des recherches perpétuelles dans ſa maiſon, rien n'eſt plus contraire à la liberté. To. 1. p. 344.

En Angleterre le Braſſeur eſt aſſujetti au payement du droit ; il l'eſt auſſi aux recherches. Quoique cela ſoit contraire à la liberté Angloiſe, les Anglois ne le trouvent pas mauvais ; on fait de même en France chez le Cabaretier : juſques-là tout eſt égal entre les deux Nations.

Ceux qui établiſſent ces ſortes d'Impôts, n'ont pas le bonheur d'avoir à cet Ibid.

égard rencontré la meilleure ſorte d'administration.

Les Anglois ne jouiſſent donc pas de ce bonheur, puiſqu'ils nous imitent, ou que nous les imitons dans la plus conſidérable partie. Il eſt vrai que dans l'autre il y a plus de gêne & de contrainte parmi nous qu'en Angleterre; mais c'eſt une différence qui doit ſa cauſe à la différente nature des productions des deux Royaumes, & non aux vices de l'adminiſtration.

Il n'y a point de vignes en Angleterre, leurs boiſſons ſont factices & compoſées. Les Braſſeurs connoiſſent par un long uſage, l'étenduë de la conſommation, & ſur cela ils règlent leur fabrication. La gelée, la pluie, le froid, le chaud & toutes les irrégularités des ſaiſons leur ſont preſque indifférentes : leur récolte eſt toujours la même, ou plûtôt elle eſt tant & ſi peu abondante qu'ils le veulent, elle ſe fait dans un petit nombre de maiſons; ainſi il eſt aiſé de de connoître les fabricateurs, de lever tel Droit que l'on veut imposer sur chaque mesure de liqueur, & de réduire l'exercice de ce Droit à une forme simple. Mais il n'en est pas de même en France : nous ne sommes point les créateurs de nos boissons ; il faut que nous les recevions des mains de la nature, quelquefois libérale, quelquefois avare. Ces boissons croissent dans presque toutes les Provinces du Royaume ; les terrains qui les produisent, sont épars dans toute l'étenduë de ces Provinces ; ils appartiennent à un nombre infini de sujets, & la récolte se resserre dans un nombre infini de maisons : si on n'eût pris aucunes précautions, quelle espérance d'en connoître l'emploi, & de lever le Droit de consommation ?

Il a donc fallu les assujettir à des reconnoissances, par lesquelles on pût constater le produit des récoltes : pourquoi il a été ordonné par le Roi Jean, ensuite par Charles VI.

en 1418; par la Déclaration de François I. du 15. Juin 1534. & par les Rois ſucceſſeurs, que ceux qui vendent leurs vins en gros, en feront déclaration, & qu'il ſera fait des viſites dans les caves & celliers, pour ſuivre les enlévemens & la marche de ces boiſſons.

L'Auteur auroit dû penſer à la différence des deux boiſſons dont il s'agit, avant que d'en faire le parallèle; Et s'il eſt uniquement queſtion de la Bierre, il auroit pû s'informer ſi la manière de percevoir en France les droits de cette eſpèce de boiſſon, eſt différente de ce qui ſe pratique en Angleterre? On lui auroit dit qu'en France, comme en Angleterre, ce droit ſe lève dans les Braſſeries, c'eſt-à-dire, ſur le Braſſeur & non ſur le Conſommateur, & qu'il n'y a d'autre différence que dans la quotité du Droit, qui en Angleterre eſt exceſſif, & qui à Paris n'eſt que de trente-ſept ſols ſept deniers par muid, & de trente ſols dans les autres Villes, Bourgs

& Paroisses du Royaume, conformément à l'Ordonnance de 1680. S'il avoit été possible de suivre la même règle pour le vin, ne l'eût-on pas fait pour la commodité des Sujets, & le plus grand avantage des Finances de l'Etat?

Au reste, il est très-vrai que la perception actuelle des Droits sur nos boissons auroit besoin de réforme. Plusieurs personnes ont fait des projets pour en rectifier les vices; mais aucuns n'ont paru assez refléchis ni assez solides pour hazarder de renverser l'ancien etablissement, maintenant trop intéressant & trop indispensablement nécessaire aux dépenses de l'Etat. L'Auteur lui-même en connoît le danger, & l'explique fort bien dans sa Préface: *On sent*, dit-il, *les abus anciens, on voit la correction: mais on voit encore les abus de la correction même; on laisse le mal, si on craint le pire; on laisse le bien, si on doute du mieux.*

C'est sans doute cette sage timidité qui lui a fait garder le ſilence ſur les moyens que l'on pourroit propoſer; mais quand on ne veut ou qu'on ne peut adminiſtrer au malade les remèdes qui pourroient opérer ſa guériſon, autant vaudroit-il ſe taire que d'aigrir ſon mal, par de triſtes & inutiles réflexions.

To. I. p. 344. *Pour que le prix de la choſe & le Droit puiſſent ſe confondre dans la tête de celui qui paye, il faut qu'il y ait quelque rapport entre la valeur de la Marchandiſe & l'Impôt, & que ſur une denrée de peu de valeur on ne mette pas un Droit exceſſif. Il y a des pays où le Droit excède de dix-ſept ou dix-huit fois la valeur de la marchandiſe.*

Pour être en état d'examiner cette propoſition, il a fallu commencer par chercher à quel pays & à quelle denrée elle pouvoit avoir rapport. Eſt-ce à la France? Eſt-ce au Sel & au Tabac qui s'y débitent?

En ſuppoſant un rapport de valeur entre la choſe & le Droit, il s'enſuivroit qu'il faudroit conſidérer le Sel &

le Tabac comme une marchandiſe de commerce ordinaire, qui doit avoir une proportion de valeur avec le prix; ce ſeroit un principe nouveau. Y a-t-il jamais eu de proportion entre la Taille que tous les Sujets du monde payent à leurs Souverains, & la marchandiſe que ceux-ci leur livrent? Il n'y en a pas non plus entre les Droits ſur le Sel & ſur le Tabac, mais du moins l'acheteur a quelque choſe pour ſon argent; & ſi le produit de ces Droits venoit à manquer, l'Etat ayant beſoin de tous ſes revenus, pour ſubvenir aux dépenſes dont il eſt chargé, il faudroit alors les remplacer par une augmentation de Taille, pour laquelle il n'auroit rien du tout.

L'un de ces Droits eſt très-ancien; il y a long-tems qu'il fait une des plus conſidérables parties des revenus de la Couronne, & de la fortune des Particuliers, auxquels il eſt ſpécialement affecté, pour acquitter les arrérages des capitaux qui leur ſont dûs, à quoi même il ne suffit pas.

L'autre est très-moderne, mais c'est une denrée qui n'est point nécessaire à la vie, & à l'achat de laquelle personne n'est forcé. Entrons un peu plus dans le détail de ces Droits.

Les Seigneurs jouissoient anciennement du droit de Gabelle, & l'on a vû bien avant sous la troisième Race, de simples Seigneurs Hauts-Justiciers, l'exercer sur leurs Vassaux, par une suite ordinaire des usurpations devenuës faciles dans ce tems, où la Souveraineté avoit été si honteusement ravalée. Ainsi pendant les troubles & les divisions, les peuples étoient assujettis envers les Seigneurs particuliers, au payement d'un droit qui devroit paroître aujourd'hui plus légitime, puisqu'il est dans la main du Souverain, qui l'a revendiqué sur les usurpateurs?

La Loi civile n'interdit pas aux particuliers la possession, & la propriété des Salines; mais la disposition du Droit commun, veut que le débit n'en puisse être licite, sans le vouloir & la permission du Prince; & ce seroit ignorer les faits de l'antiquité les plus connus, que de croire les Rois de France inventeurs de cette contribution. On la voit dans tous les tems, & dans toutes les Républiques, unie au Fisc & perçûe au nom du Souverain.

Quand Artaxerxès, Roi des Perses renvoya Esdras en Jérusalem, il ordonna entre autres choses, que les Fermiers du Sel lui en fourniroient sans compte, & sans payer.

Démétrius, Roi de Syrie, pour gagner l'amitié des Juifs, contre Alexandre, fils d'Antiochus, leur remit la Gabelle, ou Impôt sur le Sel : & son fils leur en abandonna les greniers.

Au rapport d'Athenée, Lysimaque, Roi de la Troade, mit un Impôt sur le Sel, qui lui fournit de grands secours; & ce n'est que par le produit de cette contribution, que la ville de Palmyre, avoit acquis des richesses si prodigieuses, que le récit en paroîtroit fabuleux, si ses ruines ne nous prouvoient encore les merveilles de sa grandeur & de sa magnificence.

Dès la naissance de Rome, Ancus Martius regarda comme droit Royal le privilége de vendre le Sel, & en fit une Ferme exclusive. Il fut remis au peuple par Valerius Publicola, après la guerre des Tarquins; il fut rétabli & éteint plusieurs fois, suivant les besoins du Gouvernement, jusqu'à la Dictature de Fabius Maximus, qu'il fut remis sur pied par M. Livius Censeur, qui par cette raison fut surnommé Salinator, ou le Saunier.

Depuis ce tems, le Sel fit toujours partie des revenus du Fisc des Romains, comme nous le voyons par plusieurs monumens, & notamment par la *Loi* 11. *Cod. de Vectig. & Com.* qui nous apprend, que tous Particuliers, de quelque qualité qu'ils fusſent, étoient obligés d'acheter le Sel du Fermier de la République, & non d'autres. L'Art. XIX. de l'Ordonnance de François I. du mois de Juillet 1544. ſemble copié ſur celle des Romains.

Les Salines d'où les Romains tiroient leur ſel, étoient près d'Oſtie; & le ſupplice des femmes dont les crimes n'étoient pas capitaux, étoit d'y être condamnées, comme celui des hommes, de l'être aux mines.

Cependant, nous n'avons commencé à connoître la Gabelle en France, que depuis l'an 1286. Quelques Hiſtoriens prétendent qu'elle doit ſon établiſſement à Philippe-le-Bel; mais le plus grand nombre, & tels ſont, le Bret, Beſchffer, Corbin, Ducrot, &c. l'attribuent à Philippe-le-Long. Ce fut lui, à ce qu'ils aſſurent, qui mit un double (*a*) par li-

(*a*) *Nota.* Dans ce tems le marc d'argent valoit 3. livres 7. ſols 6. deniers, à la taille de 282. deniers au marc: ce qui, à raiſon d'un double par livre peſant, feroit pour un minot du poids de 100. livres, 19. livres de notre monnoie actuelle, à raiſon de 49. livres 16. ſols le marc.

vre pesant sur le Sel, par un Edit de l'an 1318. où il déclara que la Gabelle, ou Impôt sur le Sel, étoit un Droit domanial & royal; copiant pour cette disposition *la Loi* 17. *Cod. de Vectig. & Com.* comme nous venons de voir que François I. avoit copié la onzième.

Pasquier, Guillaume de Nangis, Gaguin, le Pére Petau & autres rapprochent cette époque jusqu'à Philippe de Valois. Ce qui est certain, c'est que ce Prince imposa quatre deniers par livre pesant, & qu'il institua les Greniers & le débit exclusif du Sel, comme il est prouvé par les Annales d'Aquitaine : d'où Edouard, Roi d'Angleterre, prit occasion de l'appeller, par raillerie, l'Auteur de la Loi Salique.

Ce Prince avoit promis d'abolir cet Impôt, si-tôt qu'il seroit délivré de ses ennemis; mais il y a apparence qu'il ne put satisfaire à cet engagement, dont il remit l'exécution à son successeur le Roi Jean, qui en effet paroît avoir laissé libre le commerce du Sel, ainsi qu'on peut l'inférer de son Règlement rapporté dans le premier volume des Ordonnances; Titre *des Marchands*, sous l'année 1350.

Les Etats assemblés à Paris accordèrent au Dauphin son fils l'ancien Impôt de quatre deniers par livre pesant, pour être employé au payement de la rançon du Roi; mais devenu Roi lui-même sous le nom de Charles V. il réünit à perpétuité le commerce du Sel au Domaine royal: & depuis ce tems, il est constamment demeuré dans la main du Souverain.

Le Sel étant une denrée absolument nécessaire à la vie, & dont chacun fait une consommation proportionnée à son bien & à ses facultés, il est constant qu'en établissant sur cette consommation un droit auquel personne ne pût se soustraire, on auroit trouvé le secret important d'une contribution générale & proportionnée, qui rendroit le Roi le plus riche & le plus puiſſant Prince de l'Univers & ſes Sujets les plus heureux. Cette proportion eſt le ſeul avantage qui manque au Royaume, & il ſeroit à ſouhaiter que les génies ſupérieurs employaſſent leurs veilles & leurs talens à la recherche d'un établiſſement ſi utile. Il n'y a aucun mérite à dire, ce que chacun ſçait, & ce que chacun ſent. Il y en auroit beaucoup à trouver le remède & à l'indiquer.

Les néceſſités de l'Etat, & l'augmentation de la valeur numéraire de l'eſpéce, & des matières d'or & d'argent, ont obligé nos Rois à augmenter ſucceſſivement le prix du Sel. Perſonne n'ignore qu'il en réſulte des inconvéniens qui ceſſeroient, ſi on pouvoit trouver les moyens de le réduire.

François I. crut y avoir réüſſi en rendant le Sel marchand; mais une partie du Royaume s'y oppoſa, le Roi ne tira aucun avantage de l'autre, parce que tout le Sel se vendoit en fraude de son Droit : & ce nouvel établissement fut l'occasion d'un nouveau monopole; plusieurs particuliers achetèrent tout le Sel des Salines, & comme on étoit forcé de passer par leurs mains, ils le vendoient arbitrairement. Ce n'est pas le premier monopole de cette espèce; nous avons une Ordonnance de Louis Hutin du 12 Septembre 1315. pour la recherche de pareils magasins, & confisquer tous les amas de Sel, ensemble les biens de ceux à qui ils appartiendroient.

Le Cardinal de Richelieu, dont les vûës ne se bornoient pas aux seules affaires politiques, avoit fait plusieurs réflexions sur les avantages que l'on peut tirer de la proportion qui résulte de la consommation du sel; il avoit projetté de rendre le Roi propriétaire ou fermier de tous les Marais salans du Royaume, & de mettre sur le Sel qui y seroit enlevé une Imposition égale, quelle que pût être sa destination pour les différentes parties du Royaume ; il avoit même dessein d'en faire l'Imposition générale & unique de l'Etat ; mais le torrent des affaires ne lui permit pas d'exécuter son projet.

M. de Sully avoit eu les mêmes intentions avant le Cardinal de Richelieu. M. de Colbert forma dans son tems le dessein d'exécuter ce projet. Il a été goûté de tout le monde, & désapprouvé par le seul Auteur du Testament politique de M. de Louvois, qui a cru que ces deux Ministres ne s'étant pas accordés pendant leur vie, il ne falloit pas les faire paroître de même avis après leur mort.

M. de Boulainvilliers, qui sans doute avoit de bonnes intentions, avoit proposé en 1716. de rendre le Sel marchand, & d'y substituer un Droit d'amortissement, qui n'est autre chose qu'une Capitation générale distribuée pas classes, laquelle auroit produit, selon lui, plus de deux cens vingt millions, sans être onéreuſe ; mais comme il n'indique aucune règle fixe, ni aucun pié certain, pour établir & maintenir la proportion de ces claſſes, ſon projet péche dans la partie la plus eſſentielle.

Le ſieur de Fougerolles avoit propoſé à peu-prés la même choſe dès l'année 1711. & c'eſt apparemment d'après ſes Mémoires, que M. de Boulainvilliers avoit fait les ſiens. Les uns & les autres ont été examinés & rejettés ; parce que, de même que pluſieurs autres qui les ont précédés ou ſuivis, ils ont été trouvés fort éloignés de la ſolidité des principes du projet du Cardinal de Richelieu, qui eſt demeuré juſqu'à préſent en poſſeſſion de l'unanimité des ſuffrages.

A l'égard du Tabac, il n'eſt connu en France que depuis 1560. tems auquel les Eſpagnols l'apportèrent de l'Amérique. La conſommation de cette plante fit peu de progrès pendant le reſte du ſeizième ſiècle & les premières années du dix-ſeptième ; & ce ne fut qu'au mois de Décembre 1674. que le Roi en établit la vente & distribution exclusives : » A ce déterminé, par l'exemple des » Princes voisins, & parce que le » Tabac n'étant point une denrée né» cessaire pour la santé & l'entretien » de la vie, il trouvoit un moyen fa» cile de soulager ses peuples d'une » partie des dépenses de la guerre. » Ce sont les termes de la Déclaration & le produit de cette denrée, qui fut presque insensible dans ces commencemens, fait maintenant un objet important dans les Finances du Roi.

Chaque Citoyen perd toujours un peu de sa liberté dans l'exécution des Loix ; mais cette perte est ordinairement compensée par quelques avantages. La vente exclusive du Tabac est une contrainte ; mais elle est nécessaire pour la levée d'un Droit auquel cette consommation est assujettie ; & ce Droit est le moins à charge de tous ceux que l'on peut mettre

su

ſur les denrées.

Pour lors le Prince ôte l'illuſion à ſes Sujets. To. 1. p. 344.

S'il y a des cas où l'illuſion convienne, c'eſt à la politique à les connoître, & à en faire l'application; mais il n'en peut être queſtion ſur le Sel & ſur le Tabac. Le Roi achète le Sel de ſes Sujets; ils ſçavent ou peuvent ſçavoir ce que le Tabac coûte en Hollande, en Angleterre & en Alſace. Ce ne ſont point des Marchés ſecrets; on ne peut donc pas leur faire illuſion ſur le prix d'achat.

A l'égard de celui de la vente, le Roi l'a fait connoître, quant au Sel, par l'Ordonnance du mois de Juin 1680. & pour le Tabac par celle du mois de Juillet 1681. & autres Règlemens ſubſéquens, enregiſtrés dans tous les Tribunaux; ainſi nul déſir, nulle néceſſité de faire illuſion. Tous les Actes émanés du Souverain ſont & doivent être publics. Et comment pourroient-ils ne l'être pas? Cette authenticité n'eſt-elle pas indiſpenſable pour autoriſer les uns, faire obéïr les autres, recevoir, payer, compter & juger ?

To. 1. p. 344. *Ils voyent qu'ils ſont conduits d'une manière qui n'eſt pas raiſonnable, ce qui leur fait ſentir leur ſervitude au dernier point.*

Les beſoins de l'Etat ont obligé les Rois à mettre un Impôt ſur les denrées, ces mêmes beſoins ſubſiſtent, parce que les circonſtances n'ont pas permis de les ſupprimer. Pourquoi inféreroit-on de-là que les peuples ne ſont pas conduits d'une manière raiſonnable, & qu'on ſe plaît à leur faire ſentir leur ſervitude au dernier point ? Il y a des Impôts ſur le Sel dans tous les Etats de l'Europe, & il y en a peu où il n'y en ait ſur le Tabac. Ces Impots ne ſont pas proportionnés à la valeur de la choſe : tous les Etats qui y ſont aſſujettis ſeroient donc gouvernés ſans raiſon, & tous les Sujets y éprouveroient donc la ſervitude au dernier point ? Se pourroit-il que la tête eût tourné à tous les

Souverains, & que toute l'Europe fût esclave ?

La fraude étant dans ce cas très-lucrative, la peine naturelle, celle que la raison demande, qui est la confiscation de la marchandise, devient incapable de l'arrêter ; d'autant plus que cette marchandise est pour l'ordinaire de vil prix. Il faut avoir recours à des peines extravagantes, & pareilles à celles que l'on inflige pour les plus grands crimes.... Des gens qu'on ne sçauroit regarder comme des hommes méchans, sont punis comme des scélérats ; ce qui est la chose du monde la plus contraire à un Gouvernement modéré. To. 1. p. 345.

Il est certain que, si l'Etat pouvoit se passer des Droits imposés sur les denrées, les fraudeurs ne seroient pas exposés aux peines prononcées par la Loi. Reste à sçavoir si cela se peut. C'est une question qu'apparamment l'Auteur ne laissera pas indécise.

Les Règlemens ont prononcé peine de mort contre ceux qui font la contrebande, attroupés & armés ;

mais c'eſt plus à cauſe de l'attroupement & du port des armes, qui a toujours été puni capitalement, qu'à cauſe de la fraude ſimple, dont la peine, hors ce cas, eſt une amende convertible cependant en peine afflictive à défaut de payement : étant néceſſaire que la déſobéïſſance & le crime ſoient punis d'une manière, quand ils ne peuvent pas l'être de l'autre. On en uſe de même dans les autres Monarchies & dans les Républiques. A Gènes, la fraude ſur le droit de la viande eſt punie des galères ; en Angleterre, il règne une contrebande ſi effrénée, que la ſûreté publique en eſt troublée, & que l'on fait fuſiller les contrebandiers par les Troupes, & pendre quand ils ſont pris vifs ; ils ſont punis comme des ſcélérats, & cependant on n'y regarde pas ces éxécutions comme la choſe du monde la plus contraire au Gouvernement modéré, mais comme juſtes, pour punir la déſobéïſſance & la violation de la loi, & pour empêcher la ruine du commerce & des revenus publics : ce ſont les motifs de l'acte du Parlement d'Angleterre aſſemblé à Weſtminſter le premier Décembre 1741. qui, en renouvellant les anciens Réglemens, inflige contre les fraudeurs des peines bien autrement rigoureuſes que celles qui ont été prononcées par les Réglemens de France. Nous allons en donner un extrait.

» Tous fraudeurs & contrebandiers armés & attroupés au nombre » de trois ou plus, & ceux qui ſe déguiſeront pour eſcorter des marchandiſes de contrebande, & empêcher les Commis d'exercer leurs » emplois, ſont condamnés à mort & » exécutés comme pour crime capital.

» Sur la ſeule dénonciation qu'un » homme eſt contrebandier, on lui ordonne de ſe rendre en priſon dans » quarante jours par un mandement » inſéré dans deux gazettes conſécutives de Londres. S'il n'obéit pas » dans le délai preſcrit, ou ſi après

» s'y être soumis, il s'évade de la pri-
» son, il est *ipso facto* déclaré atteint
» & convaincu de crime capital, &
» puni de mort sans pouvoir réclamer
» aucun privilège.

» Ceux qui donnent azile aux con-
» trebandiers, sont condamnés à être
» transportés aux Colonies pour sept
» ans, & punis de mort s'ils enfrai-
» gnent leur ban.

» S'il y a des Employés battus,
» blessés ou tués dans les fonctions de
» leurs emplois, les habitans du can-
» ton du délit, sont condamnés à
» payer cent livres sterling, aux
» ayant cause de ceux qui ont été
» tués, & quarante livres à ceux qui
» ont été battus ou blessés, avec les
» dommages & intérêts de la Doua-
» ne dont l'imposition est faite sur eux,
» & en outre, suivant les cas de mort
» ou de blessure, ces Employés ou
» leurs représentans ont une récom-
» pense de cent livres, ou de cin-
» quante livres sterling payables
» pour le compte du Roi, par le Re-

» ceveur général de la Douane ou de » l'Excise. Pour exciter d'autant plus » à détruire ces fraudeurs & contre- » bandiers, il est accordé par le Gou- » vernement à ceux qui les arrêteront » cinq cens livres sterling, & cin- » quante livres à ceux des fraudeurs, » qui dénonceront & feront arrêter » leurs complices, avec décharge de » toutes peines encouruës. »

Pour faire un parallèle des loix de deux Nations, par rapport aux Tributs, il est nécessaire d'en bien connoître les principes, les détails de l'exploitation, & les règles de l'administration : ces différens objets se trouvent-ils remplis par ce que l'Auteur en dit ? c'est au lecteur à en juger.

J'ajoute que plus on met le peuple en occasion de frauder le Traitant, plus on enrichit celui-ci, & plus on appauvrit celui-là. To. I. p. 345.

C'est en vain qu'on s'efforce de comprendre ce que cela signifie. Si on considère ce que c'est qu'un Droit imposé par le Souverain sur les denrées, on trouve que le but de l'Imposition est l'augmentation de ses revenus ; que la consommation de ces denrées en est la source ; que plus on en vend, plus les revenus sont grands, & que plus il y a de fraude, plus ils diminuent. On trouve encore que plus on met le peuple en état de frauder, plus on appauvrit celui qui léve le droit, & plus on enrichit le fraudeur : ce qui est le contraire de ce que dit l'Auteur.

Le fraudeur vend la denrée pour son compte : or s'il vend le quart, la moitié ou la totalité de la consommation possible, il doit s'enrichir dans la proportion exacte de la fraude qu'il aura faite, & appauvrir, dans cette même proportion, celui qui a intérêt d'empêcher la fraude, étant de fait que le fraudeur reçoit la valeur ou presque la valeur du Droit, & que l'autre en est privé ; & si cela n'est pas ainsi, il faudra donc dire que, quand le Roi aura adjugé la perception d'un Droit quelconque, l'intérêt de l'adjudicataire sera de protéger & de multiplier les fraudeurs, pour qu'ils l'enrichissent à force de lui faire perdre ses Droits: ce qui choque la raison.

Pour arrêter la fraude, il faut donner au Traitant des moyens de vexation extraordinaires, & tout est perdu. To. 1. p. 345.

Si on lui donne des moyens de vexation extraordinaires pour arrêter la fraude, il faut croire du moins qu'il ne les sollicite pas; car il iroit directement contre ses intérêts, puisque l'Auteur dit que plus on met le peuple en occasion de frauder le Traitant, plus on enrichit le Traitant, & plus on appauvrit le peuple; & d'un autre côté quels sont ces moyens extraordinaires de vexation? Celui qu'on appelle le Traitant ne peut pas vexer par lui-même, il faudra donc qu'il donne de l'argent à d'autres pour vexer, qu'il mette sur pied beaucoup de gens, qui seront peut-être les premiers à le tromper. Si quelques-uns d'eux travaillant avec fidélité, arrêtent des fraudeurs, les frais seront en pure perte, parce qu'il n'y a que des miſérables & des vagabonds, qui, au lieu de chercher leur ſubſiſtance dans les métiers & dans les travaux ordinaires de la ſociété, ſe livrent par libertinage & par débauche à la licence & aux dangers d'un tel commerce; & ſi quelques-uns payent les amendes auſquelles ils ſont condamnés, ce Traitant n'en ſera pas plus riche, étant obligé de les diſtribuer à ceux qu'il employe à ce ſervice.

Si l'on étoit obligé d'en venir aux excès que l'Auteur ſuppoſe, il n'eſt que trop vrai que *tout ſeroit perdu :* ce ſeroit une preuve, que les fraudeurs ſeroient auſſi forts que le Roi; ſes revenus ſeroient anéantis, ſes caiſſes pillées, & le peuple expoſé à toutes ſortes de violences, comme au tems de la *Jacquerie* & de la *Praguerie*.

Quand on ne punit pas la fraude, c'eſt récompenſer l'injuſtice, parce que le fraudeur profite de la violation de la loi, aux dépens de l'utilité publique. Il eſt malheureux qu'il y ait une profeſſion, dont les ſalaires ſont fondés ſur une déſobéïſſance continuelle aux Ordres du Souverain; mais un autre malheur, c'eſt que les fraudeurs trouvent par-tout des complices & des protecteurs; chaque Sujet devroit conſidérer un autre Sujet comme une partie indiviſible de lui-même, & ſe conſidérer les uns les autres comme des parties indiviſibles de l'Etat dans lequel ils vivent. Cette communauté de maux & de biens ne ſe manifeſte pas à la vérité, ni directement, ni dans le même inſtant, mais elle n'en eſt pour cela ni moins certaine, ni moins indiſpenſable. Et tous les différens Ordres de la République (même les Auteurs Politiques) devroient penſer que les choſes qu'ils écrivent, la négligence, la colluſion des particuliers peuvent priver l'Etat de ſes revenus, & tarir par conſéquent la ſource de leurs richeſſes & de leur propre ſubſiſtance, parce que l'Etat ne ſubſiſte que par l'Etat; mais loin d'imaginer cet enchaînement, & cette dépendance, leur erreur va jusqu'à regarder la police & la sévérité des règlemens, comme une tyrannie à laquelle ils se croiroient dèshonorés de prêter leur ministere.

» Tu ès né, dit l'Empereur Antonin le Philosophe, pour remplir & » parfaire un même corps de société: » toute action qui ne se rapporte pas à » cette fin, sépare & divise cette so» ciété, & l'empêche d'être une: » enfin elle est *séditieuse* comme ce» lui qui fait une sédition & une ré» volte dans un Etat, en rompant, au» tant qu'il dépend de lui, sa concor» de & son harmonie. »

Nous avons dit, au commencement de ce chapitre, que nous ne parlerions point des tributs qui se lévent dans les pays où le peuple est esclave de la Glébe, parce que l'esclavage ne subsistant plus parmi nous, il ne résulteroit de nos recherches sur cette matière que des choses étrangères & indifférentes à notre pratique actuelle; cependant nous ne pouvons nous résoudre à passer entièrement sous silence ce que l'Auteur dit au Sujet des Elotes de Lacédémone. Il les fait Colons partiaires du Maître; il établit entr'eux une société de perte & de gain, au moyen de laquelle, dit-il, *ceux qui sont destinés au travail se réconcilient avec ceux qui sont destinés à jouir*. Ce que nous dirons bien-tôt fera juger de l'union & de la concorde qui régnoient entre le Maître & l'Esclave, du bonheur & de la félicité dont celui-ci jouissoit.

Lorsqu'une République a réduit une Nation à cultiver les terres pour elle, on n'y doit point souffrir que le Citoyen puisse augmenter le tribut de l'Esclave : on ne le permettoit point à Lacédémone, on pensoit que les Elotes cultiveroient mieux les terres, lorsqu'ils sçauroient que leur servitude n'augmenteroit pas; on croyoit que les maîtres seroient meilleurs Citoyens, lorsqu'ils ne désireroient que ce qu'ils avoient coutume d'avoir. T. 1. p. 339.

Pour prouver la vérité de cette police de la République Lacédémonienne, l'Auteur met en marge le nom de Plutarque ſans indiquer l'ouvrage de cet ancien, d'où le fait en queſtion a été tiré : nous l'avons trouvé dans la vie de Lycurgue, mais d'une manière qui fait paroître la condition des Elotes bien différente de ce que l'Auteur nous en dit.

Peut-être n'étoit-il pas permis d'augmenter le Tribut qu'ils payoient, quoique ſon garant n'en diſe rien. Mais y a-t-il penſé, quand il nous repréſente les Lacédémoniens comme un peuple attentif à ne point augmenter la ſervitude de ſes Eſclaves ? & ne voit-on pas au contraire, dans la même vie de Lycurgue, qu'ils les faiſoient ſervir de jouet aux convives dans leurs repas ; qu'ils ne s'en tenoient pas à la honte & à l'ignominie dont ils les couvroient, mais qu'ils exerçoient contre eux des cruautés inconnuës aux nations les plus barbares, les plus cruelles & les plus féroces ? Les jeunes gens munis de poignards & de vivres se disper-soient dans la campagne, ils se ca-choient le jour dans les bois & dans des cavernes, & la nuit ils se jet-toient dans les grands chemins & égorgeoient tous les Elotes qu'ils rencontroient, ce qui étoit autorisé, & s'appelloit *l'embuscade*. Quelque-fois même en plein jour ils atta-quoient & tuoient ceux qui leur pa-roissoient les plus forts & les plus ro-bustes. Les Ephores n'étoient pas plûtôt en place qu'ils leur décla-roient la guerre, pour qu'on pût les tuer sans crime, & Thucydide nous apprend dans son histoire liv. 4. que les Lacédémoniens ayant pro-mis la liberté aux plus vaillans d'en-tre les Elotes qui voudroient aller à la guerre, il s'en présenta deux mille, qu'on les couronna de fleurs, qu'on les mena dans tous les Temples, & que peu après ils disparurent, parce qu'on les avoit égorgés.

Que l'on juge maintenant si la po-litique de Lacédémone étoit de ne point augmenter l'esclavage des Elotes ; que l'on juge des avantages de cette heureuse société de perte ou de gain que l'Auteur établit entre le maître & l'esclave ; que l'on juge si, comme il le prétend, les maîtres en devenoient meilleurs ; que l'on juge enfin si l'histoire de la police Lacédémoniène est bien renduë.

CHAPITRE XIII.

D'une mauvaise sorte d'impôt.

To. I. p. 345. CE titre est le même que celui que l'on trouve dans l'Esprit des Loix, & par là on voit d'abord que l'Auteur condamne un établissement, qu'on a jugé cependant utile, non-seulement à l'accroissement des finances de l'Etat, mais encore au repos & à la tranquillité des familles ; du moins ce sont les motifs des Edits & Déclarations dont voici les termes.

» Etant important pour le repos des

» des familles que les contracts & les » titres, qui établissent la propriété des » biens, ne pussent recevoir d'atteinte dans la suite des tems, par des » doutes, par des contestations, par » des suppositions ou des antidates, » les Rois Henri III. par Edit du » mois de Juin 1581. & Henry IV. » par celui du même mois 1606. a» voient ordonné l'établissement du » Contrôle des titres ; mais comme » ces Edits ne devoient avoir lieu » que dans certaines Provinces du » Royaume, où les inconvéniens » avoient paru plus ordinaires, le Roi » Louis XIV. ayant jugé cette for» malité indispensable dans tout le » Royaume, ordonna par son Edit du » mois de Mars 1693. que tous actes » indistinctement seroient assujettis au » Contrôle dans toutes les Provinces, » Terres & Seigneuries de son obéis» sance. »

Pour l'exercice de ce Droit, il fut publié un Tarif par la Déclaration du 20. Avril 1694 lequel fut rectifié autant qu'il a été possible par celles de 19 Mars 1696. 14. Juillet 1699. 20 Mars 1708. & autres Réglemens subséquens, qui ont été refondus dan celui du 29. Septembre 1722. suivant lequel la perception se fait actuellement.

Nous parlerons en passant, dit l'Auteur, *d'un Impôt établi dans quelque Etats sur diverses clauses des contrac civils : il faut, pour se défendre du Traitant, de grandes connoissances; ces chose étant sujettes à des discussions subtile. Pour lors le Traitant, interprète des Réglemens du Prince, exerce un pouvoi arbitraire sur les fortunes.*

To. 1. p 345.

Si ce Droit est si mauvais, il méritoi que l'Auteur y fit plus d'attention qu'il n'en parlât pas en passant, qu' recherchât, qu'il indiquât quelles e sont les parties vicieuses ; il mérito un chapitre de plus de huit lignes.

Quoique l'on présente ici cel qui lève le Droit comme maître d'interpréter à son gré le Réglement d Prince, il est cependant certain que dans ce Réglement ou Tarif, il y a une grande quantité d'articles qui sont simples, sans équivoque, & sur lesquels il ne peut y avoir de discussion. Mais comme les Actes sont susceptibles de toutes les conventions & stipulations que l'idée des hommes peut fournir, il n'est pas étonnant qu'il se trouve d'autres articles qui manquent de précision : c'est ce qui a occasionné toutes les rectifications qui ont été faites depuis son établissement jusqu'à présent. A mesure que les cas se présentent, le Souverain y pourvoit par des Arrêts de son Conseil ; mais n'étant pas possible de tout prévoir, il reste toujours à statuer : c'est ce qui, joint à l'indisposition naturelle du peuple, a fait naître quelques plaintes ; on connoît le mal, on cherchoit le remède ; l'Auteur l'indique.

L'expérience a fait voir qu'un Impôt sur le Papier sur lequel le Contract doit s'écrire, vaudroit beaucoup mieux. To. I. p. 346.

L'expérience a fait voir précisément le contraire. Cet établissement a été fait à Paris par Déclaration du 27. Avril 1694. parce que cette grande Ville étant le mobile de l'Etat, il a fallu conſerver le ſecret néceſſaire au commerce des affaires qui s'y traitent. On avoit eu le même deſſein pour les Provinces, ainſi qu'il paroît par la Déclaration du 19. Mars 1673. & le tarif du 12. Avril audit an, ſuivant lequel le prix du timbre avoit été proportionné à l'importance des objets auxquels il étoit deſtiné; mais indépendamment de la perte que ſouffrirent les produits du Droit, c'eſt que ces mêmes contraventions entrainant pour la plûpart la nullité des Actes, la fortune des contractâns ou de leurs héritiers auroit été expoſée par les ſuites à des événemens ſi fâcheux, que le Roi fut obligé de le ſupprimer par Edit du mois d'Août 1674. en laiſſant ſubſiſter cependant les empreintes du timbre, pour aſſurer d'autant plus la véritable datte des Actes & prévenir les fauſſetés & les ſuppoſitions; & le droit a été converti en celui du contrôle, qui est celui que l'Auteur annonce sous le titre de mauvaise sorte d'impôt.

CHAPITRE XIV.

Sur le rapport de la grandeur des Tributs avec la liberté.

Regle générale, on peut lever des Tributs plus forts à proportion de la liberté des Sujets, & l'on est forcé de les modérer à mesure que la servitude augmente; cela a toujours été, & cela sera toujours. To. I. p. 348.

Les Tributs, plus ou moins forts, qui peuvent se lever sur les peuples, dépendent de plusieurs circonstances, dans lesquelles la servitude ou la liberté paroissent fort indifférentes; & ces circonstances dépendent principalement de la fertilité du pays, de l'étenduë du commerce qui s'y fait, de la richesse & de l'industrie des habitans, de la nature du

Gouvernement & des besoins de l'Etat. L'Angleterre & la Hollande payent de grands Tributs, parce que leur commerce est très-grand, & que ces Etats ont de grandes dettes passives, & de grandes charges. Ceux qui se payent en France, quoique moindres, eu égard aux proportions, sont cependant considérables, parce que le pays est bon, que l'Etat doit, & que le Royaume est d'ailleurs assujetti à de grandes dépenses. Dans les Républiques qui ne sont point endettées, dont les dépenses ordinaires ne sont pas considérables, les Tributs sont médiocres. A quoi serviroient en effet des trésors enfouis dans des coffres, si ce n'est à affoiblir l'Etat? Quand une guerre malheureuse ou d'autres événemens exigent de grandes dépenses, alors les Républiques, comme les Monarchies, exigent de grands secours.

Carthage, qui dans le tems de sa grandeur, connoissoit à peine les Tributs, en paya d'immenses, lorfqu'il fallut se défendre contre les Romains ; non parce que Carthage étoit libre, mais parce que la nécessité de son existence le requéroit.

La Suisse semble y déroger, parce qu'on n'y paye point de Tributs ; mais on en sçait la raison particulière, & même elle confirme ce que je dis. Dans ces montagnes stériles, les vivres sont si chers, & le pays si peuplé, qu'un Suisse paye quatre fois plus à la nature, qu'un Turc ne paye au Sultan. To. 1. p. 348.

Si c'est à la stérilité du terrain, à la cherté des vivres & à la pauvreté des habitans que l'on doit attribuer la non-contribution des Suisses, ce n'est donc pas la liberté ou la servitude, qui, selon l'Auteur, constituent à cet égard des règles invariables. Mais examinons si cette stérilité & cette pauvreté sont réelles.

A l'exception des grandes montagnes, qui s'étendent depuis le Valais jusques dans les petits Cantons, on trouve, dans toutes les différentes parties de la Suisse, une quantité prodigieuſe d'herbages, de prairies & de bétail; on trouve des fabriques de toiles, d'ouvrages de ſoye & mêlés de ſoye qui ſuffiſent au pays, aux voiſins, & dont le ſurplus ſe porte aux Indes Eſpagnoles. Les plaines, les collines, les rochers même y ſont cultivés. En général le bled ne ſuffit pas à la nourriture de tous les habitans; mais le commerce des autres denrées y ſupplée. On y recueille une grande quantité de toutes ſortes de légumes, des fruits de toute eſpèce, & du vin en pluſieurs endroits; celui de la côte dans le pays de Vaud a beaucoup de réputation. Les Rivières & les Lacs y ſont en grand nombre, fort poiſſonneux & très-utiles au commerce. Enfin ce pays que l'on connoît mal, & que l'on regarde comme une roche ſéche & aride, offre par-tout une multitude d'aſpects & de payſages ſi agréables, des Villes & des Bourgs en ſi bon état, qu'il mériteroit autant la curioſité des voyageurs que beaucoup d'autres.

Si la Suiſſe, en état de payer des Tributs, n'en paye point, c'eſt que lors de l'établiſſement des Républiques qui s'y ſont formées, elles approprièrent à l'utilité commune, les Terres & Seigneuries des Souverains, contre leſquels elles ſe révoltèrent. Depuis le Calviniſme, celles qui ſont profeſſion de cette Religion ſe ſont auſſi emparé des biens de l'Egliſe & des Moines. Elles ſont plus riches & plus peuplées que les autres. Enfin, toutes n'ayant ni Guerre à ſoutenir, ni dépenſes à faire, n'ont point demandé de ſubſides à leurs peuples. Mais ſi le beſoin le requéroit, ils ſeroient en état d'en payer comme ceux de Savoye, du Dauphiné, de Franche-Comté, de Souabe & de l'Etat de Veniſe, leurs voiſins, parce que le ſol de la Terre eſt à peu-près le même. Telle eſt la nature des Loix fondamentales de la Suiſſe, qui n'ont point varié, parce que leur ſituation paiſible eſt toujours la même.

Au reste, les vivres ne sont pas plus chers en Suisse qu'ailleurs, eu égard à la valeur numéraire de l'espèce, si ce n'est pour les étrangers, que les Cabaretiers sont dans l'usage de rançonner.

Quant au Suisse, qui paye quatre fois plus à la nature, qu'un Turc ne paye au Sultan, si l'Auteur entend par-là que la Suisse étant un pays de montagnes, les hommes, pour en tirer leur subsistance, y sont obligés à quatre fois plus de travail que ceux des autres pays, nous venons de le dire, & chacun le sçait que, si on excepte ce qu'on appelle les glacières, ces montagnes sont presque par-tout fertiles & abondantes en pâturages & autres productions; & nous ajouterons que le Tirol, la Savoye, le Bugey, le Valromey, le Dauphiné, la haute-Auvergne, le haut-Languedoc, partie de la Franche-Comté & de la Lorraine, sont également remplis de montagnes, moins fertiles que celles de Suisse; que les habitans de ces pays ne payent point quatre fois plus à la nature, qu'un Turc ne paye au Sultan, & qu'ils sont même plus à leur aise que ceux de la plaine.

Si l'Auteur entend autre chose que ce que nous venons de dire, nous sommes hors d'état d'y répondre faute de le concevoir.

CHAPITRE XV.

Que la nature des Tributs doit être relative au Gouvernement.

L'Impôt par tête est plus naturel à la servitude; l'Impôt sur les marchandises est plus naturel à la liberté, parcequ'il se rapporte d'une manière moins directe à la personne. To. I. p. 350.

Pour ne pas confondre les objets, nous n'examinerons d'abord que l'Impôt par tête, & nous parlerons ensuite de ce qui regarde l'Impôt sur les marchandises.

Si l'Impôt par tête étoit naturel à la ſervitude, ce ſeroit un grand malheur pour bien des peuples. Je paye l'Impôt par tête, donc je ſuis eſclave; cette conſéquence eſt trop affligeante, pour ne pas chercher à en approfondir la vérité.

Dès que les hommes réünis en corps de ſociété politique, eurent reconnu la néceſſité des Impôts, les Souverains s'appliquèrent à rechercher & à établir une proportion, qui partant du principe le plus certain, & le moins ſuſceptible d'injuſtice, ne donnât aucune occaſion aux plaintes & aux murmures, & maintînt par une juſte balance l'union & la concorde entre les Citoyens. Le Dixième des biens leur parut très-propre à remplir cette vûë; & c'eſt en effet l'Impôt dont on trouve les premières traces dans l'antiquité: *Hoc erit jus Regis, qui imperaturus eſt vobis... ſegetes veſtras, & vinearum reditus addecimabit...* (*a*) *greges quo-*

(*a*) Voyez le I. Livre des Rois. Chap. 8.

que vestros addecimabit.

Les Babyloniens & les Egyptiens, le payèrent à leurs Rois ; (*a*) les Athéniens à Pisistrate ; (*b*) les Citoyens & tous les peuples de la République Latins & Alliés, au Fisc Romain. (*c*) *Decimæ non tantùm à civibus Romanis, sed & ab omnibus Latinis & sociis exigebantur.*

Mais comme le produit de cette Imposition n'étoit pas toujours suffisant pour subvenir aux charges de l'Etat, & que d'ailleurs l'équité & la politique demandoient que l'Industrie contribuât en dûë proportion avec les fonds de terre, sans quoi l'Agriculture auroit couru risque d'être abandonnée ; les Souverains établirent une Imposition personnelle, qui est la Capitation & cet établissement est très-ancien.

Nous voyons dans l'Exode que Moyse fit un dénombrement des

(*a*) Arist. = Diod. de Sic. & Strabon. (*b*) = Suidas. = (*c*) Ciceron, troisième Oraison contre Verrès. = Sigonius, *Lib.* 1. *de Jure Rom.*

enfans d'Israël, & leva un Tribut sur tous ceux qui seroient âgés de vingt ans & au-dessus. Isidore rapporte qu'Ammon qui régna sur le peuple Juif, fit une pareille cottisation. Et Benjamin, dans ses Voyages, dit que cette Nation paya le même Tribut au Roi de Perse, Tribut qui étoit alors d'un écu pour chaque mâle, âgé de quinze ans.

Cette espèce de contribution étoit connuë des Romains, ainsi qu'il paroît par la Loi *de Censibus & Censitoribus*, & même on trouve que dès l'an 359. de la fondation de Rome, sous la censure de Camille, tous les Citoyens y furent assujettis jusqu'aux orphelins. (*a*) Elle se levoit outre & pardessus les deux espèces de Tributs, qui étoient le *Tributum* & le *Vectigal*. Auguste, après les guerres & les horreurs du Triumvirat, voulant regagner l'affection des peuples réduisit cette contribution à un statère ou deux dragmes, au lieu qu'au-

(*a*) Moeurs & Usages des Romains, p. 357.

paravant elle étoit de douze dragmes & demie.

La Capitation fut une des branches la plus considérable des revenus de l'Empire Romain, tous les Sujets y furent indistinctement soumis, comme on le reconnoît par les Loix des Empereurs.

Cette Imposition fut portée à vingt-cinq sols d'or par tête de Citoyen dans les Gaules sous l'Empire de Constance; mais Julien, qui y commandoit alors, en modéra l'excès & fixa la cottisation à sept sols pour toutes choses. (*a*) Et suivant le Code Théodosien, elle devoit être d'un écu d'or pour un homme, & de la moitié pour une femme. (*b*)

Une Imposition égale pour tous les Sujets paroîtroit aujourd'hui bien injuste, & seroit sujette à bien des

(*a*) *Primitùs eas partes ingressus pro capitibus singulis Tributi nomine vicenos quintos aureos reperit flagitari, discedens verò septenos munera omnia complentes.* Amm. Marcell. Hist. lib. 16.

(*b*) *Tributum capitis erat pro mare integer aureus, pro fœminâ medius.* Tit. 16. de Ann.

non-valeurs, n'étant pas possible que, dans une société toute composée d'hommes libres, il n'y en ait plusieurs dans l'indigence. Mais dans ces tems, la société étant composée d'hommes libres & d'esclaves, il n'y avoit point de Citoyen, qui ne pût subsister commodément, tant par son industrie, que par le travail de ses esclaves, & qui ne fût par conséquent en état de payer une contribution raisonnable ; & si par mauvaise conduite, ou par quelqu'autre événement, il se trouvoit sans biens, il cessoit d'être Citoyen & n'étoit plus sujet à l'Impôt.

Ce seroit s'exposer à une grande erreur, que de supputer ce que produiroit aujourd'hui en France une Capitation semblable à celle qui s'imposoit du tems des Empereurs, en supposant que les Gaules fussent aussi peuplées alors, que la France l'est aujourd'hui, parce qu'alors il y avoit peu de Citoyens & beaucoup d'esclaves, & qu'aujourd'hui il y a beau-

coup

coup de Citoyens & point d'esclaves; & d'ailleurs lorsque les Empereurs étoient informés que les peuples étoient hors d'état de payer une si forte contribution, ils la diminuoient, non en réduisant la somme fixée par tête, mais en associant deux ou trois Citoyens, pour ne faire qu'une tête. Constantin, par exemple, réduisit à dix-huit mille, les vingt-cinq mille cottes-parts de la Cité d'Autun, qui comprenoit alors un bien plus grand pays, que n'est aujourd'hui son Diocèse; en sorte que le bienfait du Prince ne consistoit pas en ce qu'il eût exempté sept mille Citoyens de la Capitation, mais en ce qu'au lieu d'exiger vingt-cinq mille fois la somme à laquelle chaque tête de Citoyens étoit imposée, il s'étoit réduit à dix-huit mille.

De la même autorité que le nombre de ces cottes-parts pouvoit être diminué, il pouvoit aussi être augmenté, quand les besoins le requéroient. Il y en a plusieurs exemples, mais un entre autres fort connu, qui nous a été conservé dans les vers de Sidonius Apollinaris Evêque de Clermont.

Cet Evêque ayant embrassé le parti d'Avitus contre Majorien, celui-ci après avoir enlevé l'Empire à Avitus, voulant témoigner son mécontentement à Sidonius, il le chargea de trois cottes-parts de Capitation, qui donnèrent lieu à une Requête en vers de la part de Sidonius, dans laquelle il dit que ce n'est plus le tems des Géryons, & que ne pouvant vivre avec ces trois têtes monstrueuses de Tribut, il faut que Majorien ait la bonté de les lui ôter sur le champ.

Geryones non esse puta, monstrumque Tributum,
Hîc capita, ut vivam, tu mihi tolle tria. (a)

L'Imposition sur les terres est la Taille réelle; l'Imposition sur les personnes est la Taille personnelle. Lorsque la première n'a pas suffi pour acquitter les charges, on a eu recours à des cruës ou accroissemens

(a) Sidon. Apoll. ad Major. Epig. 13.

de Tailles, comme les Romains le pratiquoient. *Super indictum imponebatur supra inductum, vel propter fertilitatem, vel propter publicam necessitatem.* (*a*) Et on en a usé de même lorsque la Taille personnelle a été insuffisante. C'est ce qui a donné lieu à la Capitation, & cette Capitation est une véritable Taille. *Est Tributi & muneris ordinarii augmentum & accessio, pro rerum eventu, prioribus indictionibus.* (*b*)

Il y a toute apparence que la Capitation telle qu'elle se perçoit aujourd'hui, n'a été imaginée que pour se prêter à la chimère des privilégiés. Un Gentilhomme, un Officier de Justice, ou autre privilégié, paye tranquillement l'Impôt qui s'appelle Capitation pendant qu'il se croiroit deshonoré, si on vouloit lui faire payer l'Impôt qui s'appelle Taille : ils regardent tous comme une marque de liberté, ce que l'Auteur regarde com-

(*a*) *De Indict. T.* 17.
(*b*) Leg. *nova Vectig. instit. non posse.*

me le sceau de la servitude.

La nécessité de s'accommoder au préjugé des hommes, a forcé les Princes à déguiser & par-là à multiplier les Tributs; mais le préjugé devroit-il avoir prise sur des Ecrivains familiarisés avec l'esprit & l'expérience de tous les siècles?

Dans les cas urgens l'Angleterre que l'on représente comme l'empire de la liberté, impose sur le Royaume seul d'Angleterre une Capitation de soixante & dix mille livres sterling par mois, ce qui peut faire pour toute l'année un total d'environ vingt-deux millions de notre monnoie; & cet usage n'est pas nouveau, puisque nous trouvons qu'il eut lieu en 1388. sous le règne de Richard II. La Hollande Gouvernement Républicain, ne vient-elle pas d'imposer sur elle une Capitation considérable, s'étant trouvé obligée par la violence du peuple de supprimer les autres subsides? Ces exemples & celui des Juifs & des Romains, qui ne se prétendoient pa esclaves, prouvent que la Capitation ou l'Impôt par tête ne dénote pas plus la servitude, que les autres Tributs. Mais il y a plus, dans la Perse & dans tout l'Orient, où le peuple, suivant l'Auteur, est accablé de la plus dure & de la plus affreuse servitude, non-seulement on n'y connoît pas l'Impôt par tête, mais encore aucune taxe personnelle; (*a*) ce qui établit précisément le contraire de la proposition de l'Auteur, & renverse les conséquences de son principe.

Le Tribut naturel au Gouvernement modéré, est l'Impôt sur les marchandises; cet Impôt est réellement payé par l'acheteur, quoique le Marchand l'avance.... En Angleterre, un Marchand prête réellement à l'Etat cinquante à soixante livres sterling par tonneau de vin qu'il reçoit. Quel est le Marchand qui oseroit faire une chose de cette espèce dans un pays gouverné comme la Turquie? Et T. I. p. 351.

(*a*) Voyages de Perse du Chevalier Chardin, Tom. 6. p. 143.

quand il l'oseroit, comment le pourroit-il avec une fortune suspecte, incertaine & ruinée?

Quel est le pays que l'on a intention de représenter sous l'emblême de la Turquie? Quel qu'il soit, demandons comment il seroit possible que le commerce supportât seul toutes les charges de l'Etat; comment on feroit dans un Gouvernement qui n'auroit qu'un commerce médiocre, & qui par conséquent produiroit peu, quoiqu'il y eût de grandes dépenses à soutenir; comment on feroit agréer ces Impôts aux Puissances avec lesquelles il y auroit des Traités de commerce & des Tarifs arrêtés en conséquence? Demandons comment on remplaceroit le vuide de la contribution que causeroit l'exemption, ou l'extrême modération des Droits sur les marchandises? car l'Etat a souvent intérêt de faire sortir, ou d'attirer certaines marchandises pour l'aliment de ses Manufactures; & il a intérêt d'en éloigner d'autres par des Droits appel-

lés Excluſifs, à cauſe de leur exorbitance. Demandons enfin comment l'Auteur ſe concilieroit avec ce qu'il dit ailleurs, que la Finance détruit le To. 2.
commerce par l'excès de ce qu'elle p. 13.
impoſe & par les difficultés & les formalités qu'elle exige ?

Abſtraction faite des difficultés inſurmontables, dont nous venons de faire mention, & accordant la faculté de pouvoir rejetter ſur les marchandiſes la totalité des Tributs, le Commerce ne ſeroit-il pas détruit par l'excès des Droits que l'on ſeroit obligé d'impoſer, puiſque ces Droits devroient être en France dix-neuf fois plus forts qu'ils ne le ſont aujourd'hui, ceux qui ſe lèvent actuellement, ne faiſant pas plus du vingtième du total des revenus ordinaires de la Couronne ? Les attentions & les formalités pour empêcher la fraude, n'augmenteroient-elles pas à proportion de l'étenduë & de l'importance de ces Droits, puiſque leur produit venant à manquer, toutes les ressources manqueroient en même tems ? Cette fraude devenuë plus séduisante par le plus grand bénefice qu'il y auroit à la faire, n'obligeroit-elle pas à une telle augmentation de surveillans, que la dépense absorberoit les produits ; & les avances immenses que les Négocians se trouveroient dans le cas de faire, avec l'intérêt de ces avances, ne chargeroient-elles pas les marchandises, de manière qu'ils ne les vendroient que très-difficilement aux Sujets, & que l'Etranger les rebuteroit entièrement?

L'exemple du Marchand Anglois qui prête à l'Etat cinquante à soixante livres sterling à chaque tonneau de vin qu'il reçoit, pourroit n'en être point un pour la France. La quantité de vin qui paye ce Droit en Angleterre n'est pas considérable ; on en peut juger par la différence des Droits de consommation qui se lèvent sur le vin, d'avec ceux qui se lèvent sur les boissons factices ; les premiers ne rapportent guères plus de cent cinquante mille livres de notre monnoye, & les autres montent au moins à vingt millions. Il n'y a guères que les vins de France qui ſoient extrêmement chargés; ceux des autres pays coutent moins d'entrée. Mais quoiqu'en général les Droits en ſoient beaucoup plus forts qu'en France, il y a pour l'Angleterre une exception particulière, c'eſt qu'elle fournit toutes les matières, & toute la main d'œuvre de ſes boiſſons factices; ainſi elle a pû s'oppoſer à l'entrée des boiſſons étrangères par l'impoſition d'un Droit exorbitant, non-ſeulement pour procurer la conſommation des ſiennes; mais encore pour empêcher l'argent de ſortir. Le Gouvernement Anglois ne compte pas plus ſur cette eſpèce de Droit excluſif, que nous comptons ſur ceux que nous avons impoſés ſur certaines marchandiſes que nous devons éloigner. Et l'Angleterre connoît ſi bien l'impoſſibilité de rejetter la totalité des Tributs ſur les marchandiſes, qu'il y en a de quinze ou vingt autres espèces.

Mais quel est donc le pays où le Marchand ne fasse pas à l'État l'avance des Droits pour avoir la liberté d'y faire entrer ses denrées & marchandises? Quel est le pays où il n'y ait point parmi les Marchands de fortune suspecte, incertaine, ruinée? Par-tout les Princes soutiennent & protégent le commerce. Mais cela n'empêche pas & ne peut pas empêcher que dans tous les Gouvernemens, il n'y ait des hommes téméraires, ignorans, indociles, négligens, ineptes, indiscrets, malheureux; il s'en trouve de cette espèce en Allemagne, en Hollande, en Angleterre, en France; de nouveaux Commerçans prennent la place de ceux qui sont forcés de se retirer. Les consommations ne diminuent pas par leur abandon; la masse du commerce n'y perd rien, ils avancent également à l'Etat les Droits de leurs chargemens au premier Port ou Bureau de la frontière où ils se présentent; & un petit nombre de ces Marchands, dont l'Auteur a parlé ci-devant, avec une fortune suspecte, incertaine & ruinée, n'avance-t-il pas annuellement, pour les seuls Consommateurs de la ville de Paris, les Droits de plus de deux cens mille muids de vin, sans compter l'eau-de-vie, les liqueurs fortes & les vins étrangers?

CHAPITRE XVI.

Sur l'abus de la Liberté.

LEs grands avantages de la Liberté ont fait que l'on à abusé de la Liberté même; parce que le Gouvernement modéré a produit d'admirables effets, on a quitté cette modération; parce qu'on a tiré de grands Tributs, on en a voulu tirer d'excessifs; en méconnoissant la main de la Liberté, qui faisoit ce présent, on s'est addressé à la servitude qui refuse tout. To. 1. p. 352.

Il paroît assez difficile de se prêter à la supposition d'une telle conduite dans ceux qui gouvernent, & d'imaginer qu'ils ayent volontairement abandonné la bonne route pour en suivre une mauvaise. Les Ministres les plus bornés savent que les trop grandes Impositions diminuent les revenus, quoique d'abord elles semblent les augmenter : mais ils ne sont les maîtres ni des événemens, ni des circonstances.

Des discordes intestines, une guerre longue & malheureuse, auront pû causer les maux dont on se plaint ; l'abondance de l'or & de l'argent, venu en Europe depuis la découverte du nouveau Monde, qui sembloit devoir enrichir le Souverain & les Sujets, aura peut-être produit un effet contraire.

Suivant des calculs faits avec soin, (*a*) Louis XV. dont les revenus annuels en tems de paix, sont estimés à

(*a*) Voyez Réfléxions politiques sur les Finances & le Commerce, T. 1.

deux cens millions, eſt moins riche que Louis XII., qui n'en avoit que treize à quatorze.

Il eſt de fait que la quantité de denrées que nous pouvons avoir avec notre argent, fait notre richeſſe ou notre pauvreté. Or ſuivant des vérifications exactes, la différence du prix des denrées ſous les Règnes de Louis XII. & de Louis XV. eſt d'un à vingt-deux.

Des treize à quatorze millions de Louis XII. il en entroit dans l'épargne, charges déduites, ſept millions ſix cens cinquante mille livres : des deux cens millions de Louis XV. il n'en rentre que cent

Vingt-deux fois ſept millions ſix cens cinquante mille livres font cent ſoixante & huit millions trois cens mille liv. de notre monnoie actuelle; donc Louis XV. eſt moins riche que Louis XII. de ſoixante & huit millions trois cens mille livres, étant certain que Louis XII. jouiſſoit réellement de cent ſoixante & huit millions trois cens mille livres, puiſque pour lui payer ſept millions ſix cens cinquante mille livres, ſes Sujets étoient obligés de vendre alors la même quantité de denrées qu'il faudroit vendre aujourd'hui pour payer cent ſoixante & huit millions trois cens mille livres, & ceux auxquels ce Prince faiſoit diſtribuer ſept millions ſix cens cinquante mille livres, pouvoient ſe procurer leurs beſoins au même dégré que pourroient faire aujourd'hui ceux auxquels Louis XV. diſtribueroit cent ſoixante & huit millions trois cens mille livres, puiſque ce qui ne valoit qu'un, vaut vingt-deux.

Si l'on conſulte le calcul du poids des eſpèces, on trouvera que du tems de Louis XII. le marc d'or fin étoit à cent trente livres: les ſept millions ſix cens cinquante mille livres à quoi montoit ſon revenu net, faiſoient 58. 770. $\frac{4}{5}$ marcs. Le marc de cette même matière eſt aujourd'hui à ſept cens quarante livres neuf ſols un denier; d'où il ſuit qu'une livre numéraire du tems de Louis XII. en vaut aujourd'hui cinq $\frac{11}{16}$; or les denrées ayant haussé d'un à vingt-deux, & les espèces d'un à cinq $\frac{11}{16}$ il en résulte que les denrées ont haussé trois $\frac{79}{91}$ fois plus que les espèces; c'est-à-dire, que ce qui coûtoit un marc d'or en ce tems-là, en couteroit trois $\frac{79}{91}$ aujourd'hui; sur ce pied les 58 770 $\frac{4}{5}$ marcs d'or, que recevoit annuellement Louis XII. sont équivalens à 227 333 $\frac{1}{5}$ marcs de notre tems.

Les cent millions dont jouit Louis XV. à raison de sept cens quarante livres neuf sols un denier, le marc d'or, font cent soixante & deux mille quatre cens soixante quatorze marcs; donc Louis XV. attendu ses charges, est aujourd'hui moins riche que n'étoit Louis XII. de soixante & quatre mille huit cens cinquante neuf $\frac{1}{5}$ marcs d'or, eu égard à la valeur des denrées des deux Règnes, & à l'augmentation des monnoies.

Est-ce de l'abandon des bons effets

du Gouvernement modéré, eſt-ce *d'avoir méconnu la main de la liberté qui faiſoit ces préſens*, eſt-ce de *s'être addreſſé à la ſervitude qui refuſe tout*, que provient l'excès du prix des denrées, & leur défaut de proportion avec les matières d'or & d'argent qui fait tout notre mal?

Ce que l'Auteur a eu intention de dire, il ne pouvoit l'exprimer avec plus d'énergie; mais cette énergie nous conduira-t'elle à la ſource des événemens? nous découvrira-t'elle la cauſe du mal & le remède qu'il conviendroit d'y apporter?

T. 1. p. 352. *Les Monarques de l'Aſie ne font guères d'Edits, que pour exempter chaque année de Tributs quelque Province de leur Empire: les manifeſtations de leur volonté ſont des bienfaits; mais en Europe les Edits des Princes affligent, même avant qu'on les ait vûs, parce qu'ils y parlent toujours de leurs beſoins & jamais des nôtres.*

Les Monarques d'Aſie font comme les Monarques des autres parties du du monde, des Edits pour avoir des ſecours de leurs peuples, ſuivant les beſoins de l'Etat; & ils en font d'autres pour leur accorder des diminutions ou des remiſes d'Impôts, quand ces peuples ſont en général dans l'impuiſſance de payer, ou lors qu'en particulier il eſt arrivé quelques événemens malheureux à des Provinces, ou à des cantons de ces Provinces. (a) Car s'ils ne faiſoient que des Edits d'éxemption, il y a long-tems que leurs Provinces ſeroient exemtes de toutes ſortes de tributs. Ce que les Princes d'Orient font aujourd'hui, n'eſt autre choſe que ce que tous les Princes de la terre ont fait dans tous les tems & font actuellement; & pour en être convaincu il n'y a qu'à jetter les yeux ſur l'hiſtoire ancienne & moderne.

L'Hiſtoire ancienne nous apprendra que les remiſes d'Impôts ſont d'un uſage de tout tems pratiqué par les Souverains, & connuës dans les

(a) Voyage du Chev. Chardin, p. 126. Tome 6.

anciens titres ſous le nom *d'Indulgences*. Il étoit ordinaire d'en accorder à la naiſſance des Princes: *Solent Reges, nato ſibi filio, indulgentiam in regno ſuô donare.* (*a*) On en accordoit auſſi quelquefois à cauſe de l'impuiſſance des peuples, & d'autrefois par des raiſons politiques.

L'Empereur Adrien à ſon avénement à l'Empire remit vingt-deux millions cinq cens mille écus d'or à toutes les Provinces de l'Empire. (*b*)

Les Panégyriques de Conſtantin & de Théodoſe, & les Loix & Ordonnances de Juſtinien nous apprennent qu'ils avoient fait la même faveur aux peuples de leur Empire.

Si nous voulions pouſſer plus loin les recherches hiſtoriques, la matière ne ſeroit pas ſi-tôt épuiſée; mais la ſeule raiſon ſuffit pour nous convaincre que, quand nous ne trouverions rien d'écrit, les choſes auroient dû néceſſairement ſe paſſer de la ſorte.

(*a*) *S. Chriſoſt. Hom. in Matth.*

(*b*) Tillemont ſur Adrien.

Quant à ce qui s'eſt pratiqué de nos jours, nous ſçavons que Henri IV. accorda une remiſe de vingt millions, en 1596. Nous connoiſſons celles des années 1634. 1640. & 21. Décembre 1719.

Toutes les fois que des Provinces, des Elections ou des Paroiſſes ont éprouvé quelques événemens fâcheux, il y a toujours été pourvû ; ce que ſans doute on auroit fait plus ſouvent & d'une manière plus ſenſible, ſi les circonſtances dures & malheureuſes, dans leſquelles le Gouvernement s'eſt fréquemment trouvé, n'avoient forcé de proportionner les graces à la ſituation des affaires.

D'une impardonnable nonchalance que les Miniſtres de ces pays-là tiennent du Gouvernement & ſouvent du climat, les peuples tirent cet avantage, qu'ils ne ſont point accablés par de nouvelles demandes ; les dépenſes n'y augmentent point parce qu'on n'y fait point de projets nouveaux ; & ſi par hazard on y en fait, ce ſont des projets dont on voit la fin & To. 1. p. 353.

non des projets commencés.

Si, comme le dit l'Auteur, les Ministres d'Asie tiennent du climat cette nonchalance impardonnable & bienfaisante, ils ne méritent pas plus de louange que ceux des autres pays ne méritent de blâme de leur inutile activité. C'est la différence du dégré de la sphère sous lequel vivent ces différens Ministres, qui constituë la différence de leur caractère & de leurs opérations.

Une violence physique produit une action involontaire ; cette violence en est la vraie & unique cause : l'Agent est purement passif, & l'action bonne ou mauvaise ne peut pas plus lui être imputée, qu'à l'instrument dont on se seroit servi pour réjouir ou pour tuer quelqu'un.

To. I. p. 353. *En Asie ceux qui gouvernent ne se tourmentent pas sans cesse eux-mêmes ; mais pour nous il est impossible que nous ayons jamais de régle dans nos Finances, parce que nous sçavons toujours que nous ferons quelque chose & jamais ce que nous ferons.*

Ne paroîtra-t'il pas surprenant que, dans ces pays Asiatiques, où, suivant l'Auteur, celui qui commande & ceux qui obéïssent doivent être parfaitement ignorans, où ils ne doivent avoir aucune connoissance ni sçavoir, (a) les opérations du Gouvernement soient conduites avec toute la sagesse & la prudence imaginables; & que, dans les Etats d'Europe, où ce même Auteur trouve des Princes éclairés & des Ministres habiles, rompus aux affaires, & dans une agitation perpétuelle, (b) il soit impossible qu'il y ait jamais de régle & qu'on y sache jamais ce qu'on aura à faire? L'ignorance & l'inaction seroient donc plus propres au gouvernement des Empires, que l'intelligence, l'expérience & l'activité.

On n'appelle plus parmi nous un grand Ministre celui qui est le sage dispensateur des revenus publics; mais celui qui est homme d'industrie, & qui trouve T. 1. p. 353.

(a) Voyez l'Esprit des Loix tom. 1. page 52.
(b) L'Esprit des Loix tome 1. page 45.

ce qu'on appelle des expédiens.

Quelqu'injuste que l'on suppose le Public, jamais il n'a refusé le titre & l'éloge de grand Ministre à ceux qui ont été les sages dispensateurs des revenus publics. Toute la Nation a reconnu pour grands Ministres le Cardinal d'Amboise, Messieurs de Sully, Colbert & autres ; & nous appellerons grands & très-grands ceux qui auront assez d'intelligence & de ressources dans l'esprit, pour trouver des expédiens heureux capables de soutenir l'Etat dans ses besoins. Si la difficulté consiste à dépenser sagement, elle ne consiste pas moins à recueillir sagement ; & tout homme qui a de l'ordre dans sa recette, en a dans sa dépense, parce que c'est le même esprit qui conduit l'une & l'autre : ainsi les Ministres, qui seront grands par la première partie, le seront infailliblement par la seconde, & le traducteur de Joshua Gée, fort connu de l'Auteur, va confirmer notre sentiment.

» Les vûës de Henri IV. ont été » ſuivies avec ſuccès par le grand » Colbert, ſous le régne de Louis » XIV. Ce grand Miniſtre a perfec- » tionné ce que Henri IV. avoit laiſ- » ſé imparfait : c'eſt par le ſecours de » ce grand Miniſtre que Louis XIV. » s'eſt vû en état de ſoutenir la guerre » contre la plus puiſſante ligue qui eût » jamais été, d'entourer ſon Royaume » d'une enceinte de places de guerre » les plus redoutables qu'il y ait en » Europe, d'entretenir une Armée de » trois cens mille hommes pendant » deux longues guerres, & de diſputer » l'Empire de la Mer aux Puiſſances » réünies de Hollande & d'Angle- » terre. Avant ce tems, ce Royau- » me n'auroit pas ſoutenu le tiers de » cette dépenſe. Par des meſures ſa- » ges & politiques, les François ſont » devenus la plus riche Nation de » l'Europe. Les François nos Ri- » vaux (c'eſt un Anglois que le Tra- » ducteur fait parler) peuvent ſe » glorifier que nous tenons tout

» d'eux ; c'eſt certainement un de » leurs principaux avantages, que » la dépendance dans laquelle ils » nous tiennent. Je pourrois allé- » guer une multitude de preuves, » pour faire voir que les François » ont employé bien de l'artifice pour » s'élever au-deſſus de toutes les Na- » tions ; s'ils ne réüſſiſſent pas par un » moien, ils en mettent un autre en » uſage. Les meſures que la France » a priſes pour ramener tous les éta- » bliſſemens des Colonies à ſon uti- » lité, ſont concertées avec tant de » juſteſſe, qu'on ne ſçauroit ſe pro- » poſer un meilleur modèle : il s'en » faut bien que nous (*Anglois*) ayons » la même attention à nos intérêts, » nous ne ſuivons jamais que les im- » preſſions de la néceſſité, &c. (*a*)

Nous remarquons que la plûpart des Auteurs nationaux ont un très-grand penchant à dire du mal de leur propre pays, & du bien de leurs voi-ſins : pour remédier à cette eſpèce

(*a*) *Joshua Gée, pages* 17, 23, 57 & 131

de fatalité, & pour que chaque nation ſe trouvât traitée avec impartialité, peut-être conviendroit-il que les Anglois fiſſent écrire l'eſprit de leurs Loix par un François, les François par un Anglois, &c. L'humeur & l'inquiétude ſeroient bannies de la narration, & chacun jouiroit des droits qu'il a ſur la vérité.

CHAPITRE XVII.

Sur la Solidité de la Taille.

A L'égard de la Solidité entre les habitans, on a dit qu'elle étoit raiſonnable, parce qu'on pouvoit ſuppoſer un complot frauduleux de leur part; mais où a-t-on pris que ſur des ſuppoſitions, il faille établir une choſe injuſte par elle-même & ruineuſe pour l'Etat? To. 1. p. 356.

On n'a jamais oui dire que la Solidité ait été établie ſur un ſoupçon de complot frauduleux. Cette Solidité ne tire point ſon origine d'un *dit*. Elle n'eſt point injuſte par elle-même ni par ſes acceſſoires ; loin qu'elle ſoit ruineuſe pour l'Etat, elle eſt indiſpenſable pour empêcher que l'Etat ne ſoit ruiné ; elle n'eſt point fondée ſur des ſuppoſitions, mais ſur le Droit public, ſur le Droit civil & ſur la Juriſprudence des Edits & Ordonnances.

La Taille eſt une dette commune de la Paroiſſe, qui a pour cauſe la défenſe & les dépenſes communes de l'Etat, enſorte que chacun des débiteurs eſt engagé pour la dette entière envers la ſociété politique, & que le Chef de cette ſociété eſt en droit de l'exiger en entier de celui qu'il voudra choiſir.

Mais pour éviter l'inquiétude que l'incertitude de ce choix auroit pû cauſer à chaque Particulier, les Romains nommèrent des Repréſentans, qui furent les Décurions, chargés non-ſeulement de la levée des Tributs publics, mais encore des affaires & du revenu des Villes & Communautés.

En France, avant l'an 1379. les Elus choisis alors par les Etats, & qui représentoient le Corps du peuple, nommoient ces Décurions, ou Collecteurs; mais Charles V. ordonna par ses Lettres du 20. Novembre de ladite année 1379. qu'ils le seroient à l'avenir par les habitans de chaque Paroisse, étant juste qu'ils choisissent eux-mêmes ceux qui devoient être chargés de leurs intérêts, & dont ils étoient les garants naturels.

Ces Officiers ainsi nommés sont tenus d'accepter la charge à laquelle ils sont nommés, & d'en exercer les fonctions avec soin, diligence & fidélité; & ils sont tous obligés solidairement & de droit envers la Communauté, qui de son côté demeure solidairement & de droit responsable de leur gestion envers le Prince, non-seulement comme garante du choix qu'elle a fait, mais encore comme débitrice véritable, principale & originaire ; en ſorte qu'à défaut de payement de la part de ſes Repréſentans, la contrainte ſolidaire eſt ouverte contre elle, ſans aucune difficulté. (*a*) Cependant les Rois ont reſtraint cette Solidité naturelle & légitime aux ſeuls cas ſuivans.

Lorſqu'il y a eu rébellion des habitans, juridiquement prouvée ; que par leur négligence, il n'a été fait ni rôle, ni aſſiette, ni nomination de Collecteurs dans le tems preſcrit, & qu'il y a diſſipation & inſolvabilité deſdits Collecteurs, établie par diſcuſſion ſommaire de leurs biens & priſon d'un mois. (*b*)

Telles ſont les Loix de la Solidité entre les habitans, pour raiſon des Tributs publics : Loix rarement miſes en uſage, Loix juſtes, conformes à ce qui s'eſt toujours pratiqué dans

(*a*) *Leg. I. §. 1. ff. ad munic. Leg. II. ff. ad id. Leg. XIV. ad idem. Leg. VIII. ff. de muner. & honor. Leg. II. ff. I. ad munic.* = Art. 26. de l'Edit. de Crémieu de 1536. Art. 7. de celui de Juin 1559.

(*b*) Art. 34. de l'Edit. de 1600. & 55. du Réglement de 1634.

tous les tems & dans tous les Gouvernemens policés : Loix néceſſaires & indiſpenſables pour le ſoutien de la République.

S'il ſuffiſoit à la Communauté de nommer un Collecteur ſans garantie, & que ce Collecteur vînt à diſſiper les déniers, ce qui arriveroit très-fréquemment par colluſion, ou par infidélité ; comment acquitteroit-on les charges de l'Etat ; comment les armées ſeroient-elles entretenuës ; comment les frontières ſeroient-elles défenduës & le commerce protégé ?

CHAPITRE XVIII.

Qu'eſt-ce qui eſt le plus convenable au Prince & au Peuple, de la Ferme, ou de la Régie des Tributs ?

IL s'agit dans ce Chapitre de ſçavoir lequel convient le mieux au Prince & à ſes Sujets, ou que les

Tributs soient levés par Régie, ou que ce soit en vertu de résultats & prix de Baux.

Il semble que, pour être en état de choisir le meilleur parti, il auroit fallu discuter & peser les avantages & les inconvéniens de l'une & l'autre forme ; mais on n'a pas suivi cette route, on a même cru inutile d'établir l'état de la question, & elle se trouve décidée, dès le premier mot, d'une manière aussi affirmative que si elle n'étoit susceptible d'aucun doute. Cependant elle n'en est pas exempte.

To. I. p. 357. *La Regie* des revenus de l'Etat *est l'administration d'un bon père de famille qui lève lui-même avec œconomie & avec ordre ses revenus.*

Une Régie ne suppose point que ce soit le propriétaire qui régisse lui-même. Le Régisseur peut n'avoir ni ordre, ni œconomie, & cependant ce n'en sera pas moins une Régie. Le Roi, dans le cas de l'administration de ses revenus, ne peut être comparé au père de famille. Cette définition n'est donc pas juste.

Par la Régie le Prince est le maître de presser, ou de retarder la levée des Tributs, ou suivant ses besoins, ou suivant ceux de ses peuples. To. 1. p. 357.

Par la Régie le Prince n'est point le maître de presser ses peuples ; les recouvremens ordinaires ont des termes fixes que la convention du Souverain avec ses Sujets ne permet pas d'anticiper ; ils sont assez quand ils payent ce qu'ils doivent & quand ils le doivent.

Si le Prince se relâche sur les termes de la convention, ces termes s'accumuleront & formeront une masse que les contribuables ne pourront plus acquitter ; ce qui jettera le désordre & la confusion dans toutes les parties du service. Cela regarde les revenus fixes.

A l'égard des revenus casuels qui entrent pour près de moitié dans la totalité de ceux de l'Etat, on sent qu'il n'est pas possible de presser des débiteurs inconnus ; qui presseroit-on ? ni de refuser leur argent quand ils l'apportent ; où les retrouveroit-on ?

To. 1. p. 357. *Par la Régie on épargne à l'Etat les profits immenses des Fermiers, qui l'appauvrissent d'une infinité de manières.*

Il semble qu'il n'y a qu'un seul cas où la Régie doive être admise, c'est lorsqu'il y a quelques nouveaux Droits, dont les produits ne sont pas assez connus pour former un prix de Bail. Hors de-là, on croit qu'une Régie est plus onéreuse qu'utile. Il faut le même nombre de Régisseurs, de subalternes, de bâtimens, de magazins, &c. par conséquent les mêmes frais. S'il y a une mauvaise récolte ou quelqu'autre événement fâcheux, qui est-ce qui avancera les déniers nécessaires aux besoins journaliers & indispensables de l'Etat ? Et quand il seroit possible qu'il n'arrivât aucun de ces accidens, est-il sûr que des hommes, qui ne sont garans de rien, se donneront autant de peine

que

que si c'étoit leur affaire personnelle. En le supposant même, ils y trouveroient de grandes difficultés.

Ne pouvant rien décider de leur chef, ainsi que l'exige cette forme d'administration, ils seroient obligés de se pourvoir au Conseil du Prince, qui de son côté toujours chargé d'affaires importantes, ne peût donner à celles-ci qu'un tems limité à jours réglés; en sorte qu'il en résulteroit nécessairement des longueurs préjudiciables au Souverain & même aux Particuliers : Double inconvénient qui s'est fait sentir toutes les fois que l'on a voulu tenter des Régies.

La preuve s'en trouve dans le préambule de la Déclaration du 9. Juillet 1726. donnée à ce sujet, dans lequel Sa Majesté expose : » Que de » quelque nécessité qu'eût paru la » Régie dans les conjonctures où » elle fut établie; (*a*) elle ne pou- » voit cependant la regarder que

(*a*) C'est celle qui fut établie en 1719. & qui a duré jusqu'au mois d'Octobre 1726.

» comme une nouveauté qui avoit » interverti l'ordre que les Rois ses » Prédécesseurs, & particulièrement » le feu Roi, (*a*) avoient si sagement » prèscrit au sujet de la distribution » des deniers, dont le recouvrement » & le payement exact étoient en- » core plus assûrés par les Baux & » Résultats ; que cette considération » avoit déterminé Sa Majesté à sup- » primer & à révoquer ladite Régie, » ensemble plusieurs dépenses qui en » étoient la suite ; en sorte que cette » première diminution des dépenses » de l'Etat, & les attentions que les » Comptables apporteroient à ac- » célérer les recouvremens, méri- » teroient de plus en plus la confian- » ce de Sa Majesté & celle du Pu- » blic, par l'exactitude de leurs paye- » mens, &c. »

Mais si cette Régie est aussi avantageuse qu'on le suppose, pourquoi voyons-nous tous les Seigneurs & Propriétaires de terres affermer, au

(*a*) C'étoit l'ordre établi par M. Colbert.

lieu de régir ? Pourquoi voyons-nous que Philippe Auguste donna, sur la fin de son règne, les Prevôtés & les Baillies à ferme, & notamment la Prevôté de Paris ? C'est parce que l'expérience lui avoit fait reconnoître que la Régie étoit à charge à ses finances. Philippe Hamelin & Nicolas Harrode, pour lors Prevôts de Paris, en furent les Fermiers, & leur gestion est consignée dans les Livres de la Chambre des Comptes. (*a*) Pourquoi enfin voyons-nous les Fermiers Généraux sous-fermer toutes les différentes parties qui peuvent être hors de leurs mains ? seroient-ils assez dupes pour négliger des profits qu'il ne dépendroit que d'eux de garder ?

Par la Régie, on épargne au peuple le spectacle des fortunes subites qui l'affligent. To. 1. p. 357.

Dans tous les tems il s'est fait des fortunes, & il y a eu des dérangemens de fortune, tant dans la Finance que

(*a*) Brussel, usage général des Fiefs de France, Liv. 2. Chap. 34. pag. 482. Tom. 1.

dans les autres professions. Et, dans celle-là comme dans toute autre, il n'y a rien d'extraordinaire si après trente ou quarante ans de travail, quelques gens sages ont augmenté & arrangé leur fortune. La plûpart de ceux qui exercent la Finance, n'y tiennent pas uniquement ; ils font des entreprises de commerce maritime, de Manufactures & autres. Si par leur intelligence, par leur crédit, par leur expérience, ils y trouvent leur avantage, l'Etat y trouve aussi le sien.

To. 1. p. 357.
Par la Régie, l'argent levé passe par peu de mains ; il va directement au Prince, & par conséquent revient plus promptement au Peuple.

Cette assertion ne suppose pas des connoissances fort étenduës dans le métier de la Finance. S'il s'agit des Impositions ordinaires, que ce soit Régie ou non, les deniers viendront-ils se placer d'eux-mêmes dans les coffres du Trésor ? Ne faut-il pas des Collecteurs dans chaque Paroisse, un

Receveur particulier dans chaque Election, & un Receveur général dans chaque Généralité? Y en a-t-il plus actuellement que du tems de la Régie? Y en a-t-il moins en Angleterre?

En France, le Collecteur a pour son Droit quatre deniers pour livre; les Receveurs Généraux & les Receveurs Particuliers, chacun autant, dont ils ont acquis plus de la moitié à prix d'argent; ce n'est donc qu'un vingtième au total, moyennant lequel les deniers entrent au Trésor. Qui est-ce qui fait valoir ses terres à meilleur marché?

Quant aux parties affermées & revenus casuels, voyez ce que nous en avons dit ci-devant, & pour peu qu'on y réfléchisse, il sera facile de reconnoître que les deniers rentrent plutôt par la stipulation des termes fixes, que par la Régie; que l'argent retourne plus promptement au peuple, & que par conséquent la proposition contraire n'est pas juste.

To. 1. p. 357. *Par la Régie, le Prince épargne une infinité de mauvaises Loix, qu'exige toujours de lui l'avarice importune des Fermiers, qui montrent un avantage présent pour des Réglemens funestes à l'avenir.*

Le Prince n'épargne point de Loix pendant la Régie; car pendant la dernière, il s'est plus fait de Réglemens en six ans qu'elle a duré, que pendant les vingt-quatre années qui l'ont suivie. La preuve en est aux Greffes du Conseil, & les Causes en sont naturelles. Dans un Bail tout est & doit être réglé; sans quoi l'Adjudicataire ne sçauroit de quelle manière, ni de quoi il devroit jouïr. Les Tarifs des Droits soumis à sa gestion, sont publics, affichés & connus de tout le monde. Si ses Commis les excèdent, il y a des Juges subalternes & supérieurs pour s'y opposer, faire restituer ce qu'ils auroient exigé de trop, & punir.

Le seul cas où il y ait à demander quelques Loix, c'est lorsque l'on attaque le fonds du Droit; alors l'Adjudicataire est obligé de le dénoncer, & le Roi y pourvoit selon sa sagesse; semblable en cela au Fermier d'une Terre à qui on contesteroit les redevances portées par son cueilleret, lequel est obligé de le dénoncer à son Bailleur.

Comme celui qui a l'argent est toujours le maître de l'autre, le Traitant se rend despotique sur le Prince même; il n'est pas Législateur, mais il le force à donner des Loix. Tom. I. p. 357.

La maxime qui commence cette phrase, peut avoir sa vérité de particulier à particulier, même de Nation à Nation, par la facilité des entreprises que peut faire le possesseur de l'argent; mais pour l'appliquer du Sujet au Souverain, pour rendre le Monarque l'esclave de l'avidité, le jouet de quelques particuliers, & l'instrument des malheurs de son peuple, il faut être extrêmement familiarisé avec l'inexactitude & l'exagération.

To. I. p. 357. *Dans les Républiques les revenus de l'Etat sont presque toujours en Régie.*

Si la Régie est si avantageuse, pourquoi ne pas dire que toutes les Républiques ont préféré cette forme à l'autre ?

Nous n'en pouvons compter que quatre en Europe, Venise, Gènes, la Hollande & les Suisses, que l'on ne considerera ici que comme une seule République. Car pour la Pologne, c'est un Gouvernement sans ordre & sans règle. Raguse, Lucques & S. Marin, sont des Etats d'une trop petite étenduë pour être mis en ligne de compte.

Ce qui se passe à Venise ne nous est pas bien connu. A l'égard de Gènes, la plûpart des revenus ont été aliénés à la Banque, qui par-là est Fermière du Souverain. En Suisse, il n'y a point d'Impôts ordinaires, mais seulement des Droits sur les marchandises ; & quant au Domaine qui est ce qui forme, dans les Cantons Aristocratiques, le revenu de l'État, il eſt tout affermé aux Sénateurs mêmes. Pour les Cantons populaires, tout le monde ſçait qu'ils n'ont ni ordre ni forme œconomique.

Quant à l'Angleterre, qui eſt l'objet que l'Auteur a eu probablement en vûë, il eſt vrai que les Impôts ordinaires & extraordinaires y ſont en Régie, & l'on peut même croire qu'ils y ſeront long-tems ; il y a pour cela des raiſons qu'il ne doit pas ignorer : il n'a pas jugé à propos de nous les dire, nous n'avons point de raiſons pour les taire.

On ſçait que c'eſt la Chambre baſſe qui ordonne la levée des deniers publics ; qui en indique la deſtination, & que le Roi n'en eſt que l'Adminiſtrateur. Cette Chambre réünie avec la Chambre haute, jouit encore de pluſieurs autres prérogatives, dont le détail ſeroit ici ſuperflu. Le Roi, pour éviter les inconvéniens & les déſagrémens de cette eſpèce de dépendance, met tout en œuvre pour acquérir, dans ces deux Chambres, autant de suffrages qu'il est nécessaire pour avoir la supériorité des voix, & par-là se rendre maître des résolutions qui s'y prennent.

La Chambre basse est composée de cinq cens cinquante-huit Membres. S'il falloit acheter à prix d'argent toutes ces voix, & celles de leurs Electeurs, la liste civile du Roi n'y suffiroit pas; mais il y a d'autres moyens.

Tous les honneurs, dignités, bénéfices, places, charges & emplois du Royaume, sont à sa disposition, & presque tous amovibles à sa volonté. Les emplois les plus nombreux & les plus généralement répandus dans les Provinces, sont ceux de Finance; le Roi les a extrêmement multipliés, & y a fait attacher des Droits & des émolumens très-considérables. Ce sont ces différens Particuliers, dont l'état présent & l'avancement futur dépendent uniquement du Souverain qui, dans le tems des élections des Membres du Parlement, se donnent les mouvemens nécessaires pour faire élire des Candidats qui lui soient dévoués; c'est une des principales raisons qui en 1734. rendit les Anti-ministériaux si ardens à s'opposer à l'établissement d'une Excise générale, parce qu'en augmentant si considérablement le nombre des Employés nécessaires à l'exploitation de ce Droit, ç'eût été mettre dans la main du Ministère, une augmentation de moyens pour déterminer les élections, & les suffrages en sa faveur.

Telle est la cause de l'établissement, & de la perpétuité de la Régie des revenus publics en Angleterre, onéreuse au Corps de l'Etat, mais utile au Roi, peut-être convenable à la forme de ce Gouvernement, mais qui ne peut être appliquée à des Gouvernemens différens. On peut voir par la Note (*a*) ci-dessous, les

(*a*) La Régie des revenus de l'Etat en Angleterre est extrêmement coûteuse, par le grand nom-

frais immenses de cette Régie.

L'établissement contraire (à la Régie) *fut un grand vice dans le Gouvernement de Rome*. Et dans une No-

To. 1. p. 358.

bre de personnes que l'on y employe, & par les appointemens qui leur sont accordés.

Pour la seule Régie des Douanes, il y a vingt-un Commissaires, à mille livres sterling chacun d'honoraire. Le Receveur général mille livres d'appointemens. Le Secrétaire huit cens soixante livres. Trois Agens chacun trois cens livres. Deux Contrôleurs généraux, l'un à douze cens livres, l'autre à quatre cens livres. Un grand nombre d'Inspecteurs généraux, dont un à neuf cens livres; & d'autres cinq cens livres, quatre cens livres, trois cens cinquante livres, trois cens livres & deux cens cinquante livres. Beaucoup de Contrôleurs à deux cens livres, & à cent cinquante livres. Plusieurs Collecteurs, dont un à six cens cinquante, & les autres quatre cens livres, trois cens cinquante livres, & trois cens livres. Il y a outre cela plus de deux mille Employés à deux cens livres, & à cent cinquante livres, qui ont sous eux un nombre presqu'infini de gens à cent livres, quatre-vingt livres & au-dessous, jusqu'à quarante livres, qui sont les plus modiques appointemens.

L'Excise est régie par neuf Commissaires; l'Impôt sur le Sel par cinq; les Droits sur le Papier & Parchemin timbré par six; le Bureau des Permissions pour les Carosses & Chaises de louage par cinq; celui pour la vente du vin, aussi par cinq; celui des Portes-bales & petits Merciers par trois. Et tous ces Bureaux ont des Receveurs, Contrôleurs, Collecteurs & une infinité d'Employés subalternes.

te au bas de la page, on lit ceci : *César fut obligé d'ôter les Publicains de la Province d'Asie, & d'y établir une autre sorte d'administration, comme nous l'apprenons de Dion; & Tacite nous dit que la Macédoine & l'Achaïe, Provinces qu'Auguste avoit laissées au peuple Romain, & qui par conséquent étoient gouvernées sur l'ancien plan, obtinrent*

On ne parle point ici de la dépense de l'Echiquier ; du Bureau de la taxe des terres, de celui des Postes, de celui des Plantations & Colonies, &c. On n'a rappellé que les parties en régie : & pour abréger, on n'a donné que la note des frais de la Douane : les autres sont à proportion, & le tout monte à des sommes que l'on auroit peine à imaginer.

La plûpart de ces places très-lucratives, comme on le voit, sont remplies par des personnes de la plus haute naissance & d'une distinction marquée. Suivant un Etat de 1738. sur lequel ceci est relevé, M. le Duc de Manchester étoit Collecteur de la Douane de Londres ; le Comte de Bradfort, Inspecteur sur le Port ; M. Schultz, Maître de la Garde-robe du Roi, Contrôleur de la Recette générale ; le Chevalier Guillaume Fosolis, premier Visiteur ; M. Poyntz, Gouverneur de M. le Duc de Cumberland, Caissier de l'Excise.

Pour se former une idée de cette dépense par ceux qui ne connoissent pas la monnoye d'Angleterre, ils peuvent compter la livre sterling sur le pied d'un louis de vingt-quatre livres.

d'être du nombre de celles que l'Empereur gouvernoit par ses Officiers.

Si la Régie est une chose si avantageuse à un Etat & qu'elle ne fût pas établie à Rome, c'étoit un malheur, mais ce n'étoit pas un vice. Car un vice politique est une action une conduite opposée aux Loix & à la raison. Or, le défaut de Régie à Rome, n'étoit ni une action opposée à la raison, ni une infraction de la Loi, le Gouvernement n'ayant jamais eu la moindre idée de cette forme d'administration ; (du moins l'Auteur va le dire tout-à-l'heure,) & on ne péche point en ne pratiquant point ce qu'on ne connoît point.

Quant à ce que l'Auteur rapporte de Dion & de Tacite, comme il ne cotte ni les pages, ni les éditions il a fallu feuilleter leurs ouvrages, & ce qu'on trouve qui approche le plus du texte que nous venons de lire, est le passage qui suit, on peut juger si l'application en est juste.

Tacite, dans ses Annales livre pre

mier, rapporte briévement & par forme d'anecdote, que sur les plaintes que » firent la Grèce (*a*) & la Macé-» doine, il fut ordonné qu'elles se-» roient déchargées pour le présent » du Gouvernement des Proconsuls, » & régies par l'Empereur. »

Or il est à remarquer que chaque Proconsul avoit trois Lieutenans qui fouloient les Provinces, au lieu que celles du département de l'Empereur n'en avoient qu'un, qui étoit appellé Président, d'où les Provinces furent nommées Présidiales.

Les Présidens étoient ordinairement pris dans l'ordre des Chevaliers, au lieu que les Proconsuls étoient toujours du corps du Sénat & du rang des Consulaires. L'Auteur dit que César fut obligé d'ôter les Publicains de la Province d'Asie, & qu'il la mit au nombre de celles qu'il devoit gouverner; il y a donc lieu de croire que le soin en fut confié aux

(*a*) L'Achaïe dont parle l'Auteur faisoit partie de la Grèce.

Chevaliers ; & l'on sçait que les Publicains étoient tirés de cet Ordre. César alloit donc directement contre son objet ? Non, c'est l'Auteur qui va directement contre le sien.

Quant à Dion nous l'avons parcouru avec soin, sans y rien remarquer qui ait rapport à ce que l'Auteur lui fait dire. On y trouve seulement qu'Auguste remit le Tribut à la Province d'Asie, à cause des tremblemens de terre qu'elle avoit essuyés, qu'il paya de son propre argent ce qu'elle auroit dû fournir au Trésor public, & qu'il lui envoya pour deux ans un Président choisi, non par suffrage, mais par le sort. (a)

T. 1. p. 358. *Il n'imagina point la Régie ;* (Neron) *il fit quatre Ordonnances ; que les Loix faites contre les Publicains, qui avoient été tenuës secrettes, seroient publiées ; qu'ils ne pourroient plus éxiger ce qu'ils avoient négligé de demander dans l'année ; qu'il y auroit un Préteur établi pour juger leurs prétentions sans formalités ;*

(a) Voyez Dion Cass. pag. 543.

que

que les Marchands ne payeroient rien pour les navires. Voilà les beaux jours de cet Empereur.

Tout le monde sçait que les Romains avoient des Terres & des héritages, qu'ils faisoient valoir par leurs Esclaves; & c'est avoir bien mauvaise opinion d'eux, que de croire que l'établissement contraire à la Régie étant un grand vice dans leur République, ils ont été assez bornés pour ne pas imaginer que les affaires de la grande famille pouvoient être administrées de la même manière que celles des familles particulières. Comme on ne peut pas soupçonner des hommes aussi éclairés de l'avoir été si peu dans cette occasion, n'est-il pas plus naturel de penser que, s'ils ont préféré une autre forme à la Régie, c'est qu'ils l'ont cruë plus avantageuse?

A l'égard des quatre Ordonnances que l'Auteur dit que Néron fit contre les Publicains, nous avons lieu de croire qu'il n'en a pas bien saisi le sens.

1°. Les Réglemens dont Néron ordonna la publication, n'étoient point contre les Publicains. C'étoient des Loix Domaniales : c'est ainsi que Tacite les appelle. Ces Loix n'avoient été ni publiées ni enregistrées, parce que ce n'étoit pas l'usage. Néron l'établit, il voulut qu'elles fussent insérées dans les Registres publics, afin que chacun en eût connoissance : *Ergo edixit princeps ut leges cujusque publici, occultæ ad id tempus, proscriberentur.*

2°. Neron en ordonnant que ce qu'on auroit manqué à lever dans une année, ne pourroit s'éxiger dans l'autre, agissoit plutôt contre les débiteurs que contre les créanciers, en privant les premiers des délais dont ils jouissoient sans intérêts.

3°. L'Auteur dit que ce Prince établit un Préteur pour juger sans formalité les prétentions des Publicains ; le texte de Tacite porte : *Romæ Prætor, per Provincias qui pro Prætore aut Consule essent, jura ad-*

versus Publicanos extra ordinem redderent.

Par où l'on voit qu'il ne fut point établi de Préteur à Rome, mais seulement qu'à Rome le Préteur, & dans les Provinces, le Propréteur ou le Proconsul devoient juger sommairement les causes où les Publicains auroient intérêt, comme l'a très-bien traduit Davanzati : *le querelle a quelli date in Roma il Pretore, e fuori Vice-pretore, ò il Vice-consolo giudicassero sommariamente.*

4°. Enfin il dit que les Marchands ne devoient rien payer pour les Navires. On ne trouve pas un mot de cette disposition dans Tacite ; l'Ordonnance de Néron prononce seulement une exemption en faveur des Soldats, excepté dans les choses dont ils feroient trafic : *Militibus immunitas servaretur, nisi in iis quæ væno exercerent.*

Dans les Etats despotiques où la Régie est établie, les peuples sont infiniment plus heureux, témoins la Perse &c. Sur

To. 1. p. 358.

quoi l'Auteur cite les voyages de Chardin.

Si les revenus du Roi de Perſe ſont en Régie, c'eſt auſſi en conſéquence de l'ancienne forme de ce Gouvernement & de la nature de ſes revenus, qui ne pourroient pas être mis en ferme, comme ils le ſont ailleurs. Ils conſiſtent en terres, dont une partie eſt affectée aux émolumens des Charges & Offices de l'Etat, une autre eſt aliénée par des donations à terme, ou à vie; le ſurplus eſt régi par les Intendans de chaque Province. Voyez la note ſuivante. (*a*)

(*a*) On donne ces terres à moitié ou au quart des fruits, ſuivant la qualité du terrein : ce qui eſt une ſource intariſſable de fraude, & particulièrement pour ce qui appartient au Roi.

Outre le Domaine de la Couronne, il y a les Contributions ordinaires & extraordinaires.

Les Contributions ordinaires ſont une quantité réglée des meilleurs fruits & denrées de chaque Province.

Les extraordinaires conſiſtent en préſens ou Dons gratuits de ces mêmes fruits & denrées.

Le revenu du bêtail eſt d'un ſur ſept, tant pour la toiſon que pour la portée de tous les troupeaux. Celui de la ſoye & du coton, dont le tiers appartient au Roi. Les mines des mêtaux & pierreries, la pêche des perles, les monnoies & les revenus de

Rien ne reſſemble en Perſe à nos Etats d'Europe ; & par conſéquent ce qui ſe pratique à l'égard des revenus du Roi de Perſe, ne ſeroit pas appliqué heureuſement aux revenus du Roi de France, à moins qu'il ne lui

l'eau pour les arroſemens, lui appartiennent excluſivement.

Le Tribut d'un Ducat par tête de tous ceux qui ne profeſſent pas le Mahométiſme. La taxe des boutiques & les péages, dont le produit eſt employé à l'entretien & à la ſureté des chemins. Les Douanes où le Roi eſt ſi prodigieuſement trompé par l'effet de la Régie, qu'on diroit qu'il en donne l'adminiſtration moins pour la conſervation de ſon Droit, que pour enrichir ceux qui le levent ; dans une année le Chef de la Douane des Ports d'Abas & de Congue gagne au moins trois à quatre cens mille livres, & les autres Officiers autant.

Enfin les revenus caſuels qui ſont les confiſcations, les préſens des particuliers, les corvées de tous les arts & métiers, &c.

On eſtime que les revenus en argent montent à environ trente deux millions ; ce qui rend le Roi de Perſe le plus puiſſant Prince de l'Aſie, parce qu'il ne dépenſe pas la vingtième partie de ce qui entre dans ſon tréſor, attendu qu'il eſt défrayé de tout par la récolte de ſes denrées ; que ſes troupes, ſes Officiers & tous les ouvriers ne lui coutent rien, & qu'il paye preſque tout ce qu'il achette, en marchandiſes & étoffes fabriquées dont ſes magaſins regorgent ; car comme il reçoit ſes denrées en nature, il les fait travailler pour ſon compte. [*Chardin Voy. de Perſe. Tom. 6. p. 122. à 153.*]

plût de rétablir les bénéfices militaires, comme ils étoient sous la première Race ; de donner un tiers des terres du Royaume à tous les grands & petits Officiers du Royaume à titre d'appointemens de leurs Offices ; d'imposer des Corvées à tous les Artisans & Manœuvres pour les travaux & constructions ; de recevoir les Tributs en fruits & denrées, de les faire mettre en œuvre dans ses atteliers, d'en avoir des magasins & de les vendre ou échanger avec les divers Négocians.

Mais cette Régie en Perse est-elle avantageuse aux Finances du Prince? C'est de quoi il auroit fallu s'assurer avant que d'en proposer l'exemple. Ecoutons Chardin.

» Le Grand Vizir Cheic-Ali-Can, » Ministre éclairé, droit, intègre, » & que j'ai vû dans le Ministère de» puis la seconde année du règne de » Soliman, a plusieurs fois été sur le » point de réformer les étranges abus » qui régnent dans cette forme d'ad-

» miniſtration Œconomique, (*la* » *Régie*,) tant dans la recette que » dans la dépenſe; mais il y a toujours » trouvé des obſtacles invincibles de » la part des Seigneurs, dont pluſieurs » euſſent été réduits au quart de leurs » revenus & même à moins. » (*a*)

Tels ſont les effets de la Régie des revenus Royaux en Perſe; l'Auteur ne pouvoit l'ignorer; il a lû Chardin. Quel fruit peut-on tirer d'un pareil modèle, pourquoi le préſenter?

Les peuples les plus malheureux ſont ceux où le Prince donne à ferme ſes Ports de Mer & ſes Villes de commerce. To. 1. p. 358.

Quiconque eſt chargé, dit Grotius, d'aſſurer & de favoriſer la Navigation, n'agira point contre le Droit des gens, s'il impoſe une contribution raiſonnable ſur ceux qui navigent. Séneque remarque que les livres des Juriſconſultes Romains traitent en une infinité d'endroits de la nature de ces Droits qui ſe levent ſur les Ponts, les Rivières & les Havres.

(*a*) Tom. 6. des Voyages de Perſe par Chardin.

Les Droits qui se levèrent sur le Canal du Rhône, eurent pour principe l'indemnité des travaux faits par le Consul C. Marius.

A la chûte de l'Empire, les Marseillois s'emparèrent de ce Canal, & des Droits qui s'y percevoient, dont le produit fut, selon Strabon, une des principales sources des grandes richesses de ce peuple; richesses qui en prouvant la grande étenduë du commerce qui se faisoit alors, prouvent en même tems qu'un impôt raisonnable, affermé ou non, ne lui est point contraire.

Et dans ces Etats despotiques dont l'Auteur a dit en cent endroits qu'on ne pouvoit en parler sans frémir, & qu'il nous représente ici comme le plus heureux & le plus désirable des Gouvernemens; dans ces Etats, dis-je, dans la Perse dont nous venons de parler, la fraude des Régisseurs n'a-t-elle pas obligé le Souverain à donner à ferme (*a*) depuis l'année 1674.

(*a*) Tom. 6. des Voy. de Perse de Chardin.

les Ports de mer & les Villes de Commerce du Golfe Persique ?

On ne leve pas des Droits par la seule raison qu'ils sont affermés ; on les leve parce qu'ils sont nécessaires non-seulement pour le soutien de l'Etat, mais encore pour l'avantage du Commerce. C'est en vertu & en conformité de la Loi, que le Prince a promulguée, que cette perception se fait & se doit faire, & non-suivant le caprice & la volonté d'un Régisseur ou d'un Adjudicataire. Ceux qui régiroient seroient-ils des hommes différens de ceux qui afferment ? n'auroient-ils pas sous eux les mêmes subalternes, & le même nombre de ces subalternes qui auroient les mêmes sentimens qu'on leur suppose ? Le changement de nom changeroit-il les caractères ?

Néron indigné des vexations des Publicains, forma le projet impossible & magnanime d'abolir tous les Impôts. To. 1. p. 358.

L'ordre & la conservation de la société rendent les Impositions nécessaires

ſaires : le Prince eſt l'épée & le bouclier de l'Etat ; il en aſſure le repos & la tranquillité. Pour le défendre il a beſoin d'armes, de Soldats, de Places fortes, d'Arſenaux, de Vaiſſeaux ; & toutes ces choſes demandent de grandes dépenſes, auxquelles chaque particulier eſt obligé de contribuer pour la défenſe de ſon bien, de ſa vie & de ſa liberté. C'eſt ce que Tacite, ſi ſouvent réclamé par l'Auteur, nous expoſe avec ſon élégance & ſa briéveté ordinaire, dans la Harangue que Petilius Cerialis fit aux habitans de Langres & de Trèves : *Nam neque quies gentium ſine armis, neque arma ſine ſtipendiis, neque ſtipendia ſine tributis haberi queunt.* (a)

Après que la Royauté eut été abolie à Rome, Valérius Publicola fit ſupprimer tous les Impôts ; mais le peuple ne fut pas longtems ſans reconnoître l'impoſſibilité de cet affranchiſſement. Il fallut défendre cette liberté conquiſe : il fallut réſiſter à

(a) *Tacit. Hiſt. l.* 4. *Edit. Juſt. Lipſ. pag.* 4419.

des ennemis puiſſans ; il fallut par conſéquent rétablir avec augmentation de Charges, ce qui avoit été ſupprimé par imprudence.

Néron guidé par cet eſprit fougueux qui cauſa tant de malheurs à la République, voulut auſſi, dans les premières années de ſon règne, abolir tous les Impôts : ce n'étoit pas, comme on le prétend, à cauſe de ſon indignation contre les Publicains ; c'étoit, diſoit-il, pour faire cette magnificence au genre humain : motif plus généreux ſans être plus raiſonnable ; mais le Sénat dont le crédit & la voix n'étoient pas encore éteints, s'y oppoſa avec toute la force qu'éxigeoit la nature de cette entrepriſe. Tels ſont les faits que nous apprend l'Hiſtoire Romaine, différens de ceux qu'on lui fait dire.

CHAPITRE XIX.

Des Traitans.

QUoique les Philosophes & les Législateurs dussent être inaccessibles à la prévention & au préjugé, cependant ils abandonnent quelquefois cette sage neutralité qui devroit les caractériser, & ils se laissent aller à l'humeur & à la partialité.

To. 1. p. 359. *Tout est perdu, lorsque la profession lucrative des Traitans parvient encore à être une profession honorée.*

Il semble que c'est le contraire, & que tout devroit être réellement perdu, en établissant pour principe que ceux qui embrassent une profession quelconque, ne pourront parvenir à jouir de l'honneur qui peut appartenir à leur état.

La considération est la récompense du mérite & de la vertu : si on ôte l'émulation qu'elle donne, & les sentimens qu'elle inspire & qu'elle nourrit, on ôte aux hommes le plus puissant motif qui soit capable de les porter au bien.

L'honneur que l'on rend à ceux qui se distinguent, excite le courage & l'émulation ; les grands hommes & les gens de bien se forment où le mérite est le mieux récompensé. L'intérêt & la gloire sont les deux mobiles de l'esprit humain.

La Justice, les Armes, la Police & la Finance sont les quatre parties intégrantes des Empires ; ce sont les quatre points constitutifs de leur forme, sans laquelle le fonds ne peut subsister. La Justice protége la foiblesse & l'innocence contre la force & l'oppression. Les Armes défendent les frontières de l'invasion des ennemis. La Police maintient la sureté dans l'intérieur. La Finance est le ressort qui fait mouvoir les différentes parties du corps politique.

Pourquoi les Officiers qui exercent ces différens emplois ne seroient-ils pas considérés à proportion du rang qu'ils occupent dans la société, & de l'utilité de leurs fonctions, respectivement au corps de l'Etat ? & pourquoi l'Auteur qui paroît avoir eu un commerce très-intime avec les Grecs & les Romains, est-il ici si fort opposé à leur sentiment sur ce qui a rapport à la Finance ?

Plutarque, Thucydide, Diodore de Sicile, Cornélius-Népos, &c. nous apprennent que les plus grands hommes d'Athènes se croyoient honorés d'être chargés du maniment des deniers publics ; & que la République les honoroit pour les soins qu'ils donnoient à cette partie, l'une des plus intéressantes du Gouvernement.

Dans la LXXII. Olympiade, Aristide surnommé le Juste fut Receveur général des Finances d'Athènes. Il fut élû dans le même tems, pour être l'un des dix Généraux de l'Armée contre les Perses, & ensuite nommé Archonte. Lysimaque fils de Lycophron fut revêtu du même emploi dans la CVI. Olympiade, il l'exerça pendant quinze ans ; & nous trouvons dans Pauſanias que ſon maniment fut de dix-huit mille talens d'argent attiques, leſquels reviennent à vingt trois millions neuf cens quatre-vingt quatorze mille livres de notre monnoie. (*a*)

Les Empereurs Gratien & Juſtinien penſèrent comme les Grecs ; ils voulurent que ceux qui auroient exercé la Finance avec diſtinction, fuſſent reçûs dans les aſſemblées publiques au bruit des acclamations. Ils honorèrent le mérite dans toutes les profeſſions, pour le faire reſpecter au peuple ; ils attribuèrent des honneurs publics à la vertu pour la nourrir & l'exciter ; ils firent une école d'émulation dont les élèves ne ceſſèrent de travailler à la félicité des Sujets & à la grandeur du Prince ; tel fut l'eſprit de leurs Loix.

S'il ſe rencontre des ames aſſez baſſes pour prévariquer dans leurs

(*a*) A raiſon de treize cens trente trois livres chaque talent. Budé Traité *De Aſſe*.

emplois ; à mesure qu'il se trouve des coupables, il faut les livrer aux Magistrats, pour qu'ils exercent contre eux toute la sévérité de la Loi : c'est une clémence que de faire à propos des exemples qui puissent arrêter le progrès du mal. (*a*)

» S'il n'est pas permis au Prince » d'interdire à son sujet les devoirs de » la probité & l'exercice de la vertu, » de même il ne lui est pas permis de » priver cette probité & cette vertu » de leur récompense naturelle, qui » est l'estime publique. » C'est la remarque de M. le Bret dans son plaidoyer du 9. Avril 1659. » Il ne faut » pas, ajoute ce Magistrat, juger de » la probité des hommes par leur for- » tune : ils peuvent l'avoir acquise » par des voies légitimes. Plusieurs » sont dignes de manier les Finances » publiques, & de posséder les biens » que leurs vertus & leurs bons servi- » ces leur ont acquis. Les hommes

(*a*) *Non irasci ubi irascendum, est nolle emendare peccatum.* S. Bern.

&

» & leurs biens sont sous la protec-» tion des loix : les faveurs & les gra-» ces qu'elles peuvent distribuer, » n'ont été accordées que pour hono-» rer le mérite & la vertu ; de même » que la sévérité des peines n'a été » établie que contre les méchans. »

Rien n'est plus contraire à l'esprit du Gouvernement monarchique ; un dégoût saisit tous les autres états : l'honneur y perd toute sa considération, les moyens lents & naturels de se distinguer ne touchent plus : le Gouvernement est frappé dans son principe. To. 1. p. 359.

L'Auteur a établi l'honneur pour principe du Gouvernement monarchique, & il ne veut plus que l'honneur fasse agir les Citoyens de la Monarchie. Il a dit que la fonction de cet honneur étoit de faire mouvoir toutes les parties du corps politique. To. 1. p. 32. Les hommes dont il s'agit, font partie de ce corps politique, & l'honneur ne doit faire sur eux aucune impression, aucune sensation.

L'honneur qui, suivant l'Auteur,

To. 1. p. 39. *lie tout par son action même; l'honneur qui fait*, dit-il, *que chacun va au bien commun croyant aller à son intérêt personnel:* cet honneur se trouve ici dépouillé de sa force & de sa puissance.

Les hommes qui ont embrassé les divers états de la Société, suivent des routes différentes; ils ne se rencontrent point en chemin, ils ne se croisent point. On ne voit point ceux qui exercent la Finance, disputer dans nos Armées le bâton du Commandement; dans l'Eglise, les crosses & les mîtres; dans la Magistrature, les masses, l'épitoge & le mortier. Pourquoi donc le dégoût saisiroit-il les autres états? Qu'est-ce qui empêche qu'on ne s'y distingue, & qu'on ne se rende digne des récompenses & des honneurs qui y sont attachés? Il y a dans ces différens Ordres dequoi satisfaire à tout, suivant le dégré de talens & de mérite qu'on y apporte.

Dans le Mogol, dans la Perse, en Turquie, & même dans plusieurs parties de l'Europe, les plus grands Seigneurs, les Gouverneurs de Province & les Généraux d'Armée sont chargés du recouvrement des deniers publics; & ce seroit probablement la même chose en France, si la forme de son ancien Gouvernement n'avoit pas été dérangée par les diverses révolutions que la Monarchie a éprouvées.

Le Cardinal de Canilhac fut choisi pour recevoir les Décimes qui devoient être levées pendant deux ans sur le Clergé de Languedoc pour la rançon du Roi Jean, dont il remit les deniers au trésor Royal, & compta devant Pierre Scatisse Trésorier de France.

Roger Bernard de Levis de Mirepoix fut pareillement choisi (*a*) pour recevoir les sommes imposées pour le même sujet dans la Sénéchaussée de Carcassone, dont il remit les deniers

(*a Rotgerius Bernardus de Mirapesce fuit electus unus de Receptoribus generalibus dictorum redituum.* Recüeil des Ordonnances de Secousse. Tom. 3. folio 23.

à Bernard Francisci Receveur à Nîmes. Tel étoit l'usage dans ces tems; rien de plus commun que les exemples de cette espéce. Et presque de nos jours, Thomas Bohier, Seigneur de Chenonceaux, Chambellan des Rois Louis XI, Charles VIII, Louis XII, & François I, n'a-t-il pas été Trésorier de l'Epargne (*a*) & en même tems Gouverneur & Lieutenant Général pour le Roi François I. en Italie ?

Darius ayant divisé son Royaume en vingt Satrapies, Gouvernemens ou Généralités, ordonna que le Gouverneur ou Satrape feroit en même tems la Recette des Impositions Royales dans l'étenduë de son département. Tricthème fils d'Artabase, Général des Armées de Cyrus, fut sous ce Roi Receveur Général de la Satrapie de Babylone, dont le maniment montoit annuellement à la somme de quarante-deux millions

(*a*) Voyez Gui Bretonneau, Histoire de la maison de Briçonnet.

cinq cens quatre mille livres.

Du tems d'Alexandre les peuples de l'Inde étoient divisés en sept Classes ou Tribus, qui ne se confondoient point. La septième étoit composée de ceux qui étoient employés dans les Conseils publics & qui partageoient avec le Prince les soins du Gouvernement : c'étoit delà que l'on tiroit les Magistrats, les Intendans, les Gouverneurs de Province, les Généraux, tous les Officiers de terre & de mer, les Receveurs, & tous ceux qui étoient chargés du maniment des deniers publics. Ce Royaume étoit Monarchique : les sentimens d'honneur étoient-ils interdits à tous ces Officiers ? La fidélité, le zéle, l'amour de la patrie, étoient-ils bannis du cœur de ceux auxquels le soin de la patrie étoit confié ?

Les Citoyens de cet Ordre n'étoient pas moins considérés à Rome, qu'à Athènes, en Perse & dans l'Inde. L'Office de Questeur fut un des plus anciens de la République : *Origo*

Quæstoribus creandis antiquissima & penè antè omnes Magistratus. Il y en eut même dès le tems de Romulus & de Numa Pompilius, dont le peuple avoit la nomination: *Bini erant Quæstores, qui non suâ voce, sed populi suffragio, consensu & electione creabantur*; & leur qualification exprimoit leurs fonctions : *Dicti sunt Quæstores, ab eo quòd inquirendæ & conservandæ pecuniæ causâ creati sunt.*

Pendant longtems ils furent tirés du corps des Patriciens ; mais le peuple jaloux de participer aux honneurs qui y étoient attachés, fit connoître par des assemblées tumultueuses à quel danger une plus longue résistance exposeroit la République. Ainsi sous le Consulat de Cn. Cornélius & de L. Furius Médullinus, le peuple créa des Questeurs de son corps pour la première fois ; & comme s'il eût voulu se dédommager de n'avoir pas encore joui de cet avantage ; de quatre il n'y en eut qu'un qui fût Patricien. On appelloit ces Officiers, les Candidats de l'Etat, parce qu'ils devoient être vêtus de blanc, comme l'emblême de la candeur & de l'intégrité avec laquelle on ſuppoſoit qu'ils devoient ſe comporter : *Vocabantur Candidati Principis, quia veſte candidâ, in argumentum integritatis, utebantur.*

La Finance étoit la pierre de touche avec laquelle Rome éprouvoit ſes Citoyens. Suivant la Loi Cornelia, il n'étoit permis à perſonne d'aſpirer à aucune dignité qu'il n'eût paſſé par la Queſture & exercé la Finance : *Majores Magiſtratus petere non poterat, niſi qui priùs Quæſtor fuiſſet.*

La manière dont ceux qui étoient revêtus de ces Emplois, en rempliſſoient les fonctions, décidoit du ſort de leur fortune. S'ils s'écartoient de la probité, de la vigilance & de la prud'homie qui en font le caractère principal, ils étoient couverts d'un opprobre éternel. S'ils s'étoient montrés doux, affables, fidèles, juſtes, diligens, c'étoit la route certaine pour monter aux plus hautes dignités de la République. C'eſt parce qu'on les honoroit, qu'ils ſe conduiſoient avec honneur. C'eſt l'honneur qu'on rend à la vertu qui fait les hommes vertueux ; il n'y a perſonne qui ne ſoit flatté de mériter les ſuffrages de ſes Compatriotes; il n'y a perſonne qui ne ſoit rebuté de leur indifférence ou de leur mépris.

Le Père de Veſpaſien, originaire d'un Village au pays des Sabins près de Rome, fils d'un Collecteur des deniers publics de ce même Village, obtint l'Emploi de Receveur des Péages, & il s'y comporta avec tant de ſageſſe & d'activité, que les Villes rendirent par des Inſcriptions un témoignagne public & durable à ſa probité. Les honneurs que mérita la bonne conduite du père, firent naître une telle émulation dans l'ame du fils, qu'elle le porta ſucceſſivement au Tribunat Militaire, à la Queſture, à l'Edilité, à la Préture, au Généralat des armées, au Sacerdoce, enfin à l'Empire de l'Univers, qu'il gouverna avec la même sagesse qu'il avoit fait paroître dans les Emplois qui lui servirent de degrés pour y monter.

Il n'en est pas aujourd'hui comme dans ces anciens tems ; le préjugé confond tout, le genre avec l'espèce, la forme avec le fonds, le subalterne avec le supérieur, le Ministre avec le simple Commis, l'honnête homme avec le fripon ; quelques-uns même des plus grands génies ont été attaqués de cette prévention. » Quoi ! disoit M. de Thou, quand il fut nommé Conseiller au Conseil Royal des Finances ; » on me déshonore, on » m'humilie, on m'avilit, on me ré- » duit à passer mes jours dans les » comptes & dans les calculs ! » Si tous les hommes de mérite & de talents pensoient comme M. de Thou, il faudroit donc confier cet objet intéressant aux plus méprisables Sujets, dépouillés de sentimens, de lumières & de fidélité.

En adoptant ce préjugé, comme

fait l'Auteur, l'honneur se trouve exclus de cette partie du corps politique. Cette partie cesse de concourir au bien commun de la Monarchie; il faut donc lui donner un principe particulier, puisque le principe général n'est pas fait pour elle; & de-là ce principe est vicieux, insuffisant; c'est une cause incapable de produire les effets qu'on lui attribuë, & l'Auteur détruit lui-même son propre édifice.

On ignore pourquoi, dans cette occasion particulière, il dégrade si fort le pouvoir absolu qu'il avoit attribué à l'honneur monarchique; mais quoiqu'il en soit, il paroît que cette dégradation lui tient fort au cœur; car il a fait de grandes recherches pour la maintenir. Il remonte jusqu'aux Chevaliers Romains, qui eurent à Rome le maniment des affaires de la République; & c'est dans ce corps qu'il va puiser des exemples, dont il forme une chaîne qui aboutit à ceux qui sont chargés des mêmes fonctions parmi nous.

Les Chevaliers Romains étoient une milice instituée par Romulus, & cette milice fut la seule Cavalerie Romaine jusqu'au Consulat de Marius. Tibérius Gracchus fit ordonner que les Tribunaux, pour le Jugement des affaires civiles, seroient mi-partis entre eux & les Sénateurs qui opprimoient le peuple; & comme ce remède ne parut pas suffisant, Caïus Gracchus fit statuer par un Plebiscite, qu'ils auroient les Jugemens à l'exclusion des Sénateurs. (*a*)

L'Auteur dit à ce sujet, *que lorsque leur dignité fut augmentée, ils ne voulurent plus servir dans cette milice; qu'il fallut lever une autre Cavalerie; que Marius prit toutes sortes de gens dans les légions & que la République fut perduë.* To. 1. p. 288.

En consultant l'Auteur même, dans ses *Considérations sur la grandeur & la décadence des Romains*,

(*a*) Plut. = Val. Max. = Appien Alexandrin de Bello Civ. = Vell. Pat. *Liv.* 2. *Chap.* 13.

on pourroit douter que ce fut cet événement qui perdit la République. » Il nous diroit qu'elle fut perduë, parce que la sagesse du Sénat » devint inutile contre l'absoluë & » formidable autorité des Généraux; » qu'elle fut perduë parce que les » peuples d'Italie devinrent Ci» toyens, parce que les sentimens » Romains ne furent plus, parce que » l'Anarchie fut telle qu'on ne put » plus sçavoir si le peuple avoit fait une » Ordonnance, ou ne l'avoit pas fai» te, parce que la Secte d'Epicure gâta » le cœur & l'esprit des Romains, » (*a*) &c.

Auroit-il oublié ce qu'il nous a dit en 1734. ou sont-ce de nouvelles découvertes qu'il a faites depuis? Quoiqu'il en soit, si les Chevaliers Romains ne servirent pas sous Marius, ce ne fut pas parce que leur dignité avoit été augmentée, mais parce que leur honneur ne le permit

(*a*) Voyez les *Considérations sur la grandeur & la décadence des Romains*, p. 93.

pas. Voici en bref ce que nous apprennent à ce ſujet les Hiſtoriens les plus accrédités. (*a*)

Si-tôt que Marius eut emporté le Conſulat par ſes brigues, il inſulta à toute la Nobleſſe. » Les PP. Conſcripts humiliés, diſoit-il, ſont pour » mon cœur l'objet d'un triomphe » plus glorieux que la Numidie ſou- » miſe & que Jugurtha dans mes » fers. » Il exigea avec hauteur un plus grand nombre de Troupes, qu'on n'en accordoit d'ordinaire aux Conſuls. Il en envoya chercher d'autorité chez les Peuples & chez les Rois, amis de la République. Et comme il craignoit de voir parmi ſes ſoldats des gens d'une condition ſupérieure à la ſienne, il enrôla par préférence ces hommes de claſſes inférieures, que leur pauvreté exemptoit du ſervice militaire, & tous les ſcélérats qui ſe préſentèrent.

C'eſt ſur cela que la Nobleſſe, & ceux qui étoient d'honnêtes familles,

(*a*) Plut. = Salluſt.

refusèrent de le suivre, parce qu'ils ne voulurent pas être confondus avec toute la canaille de l'Empire : *Ipse* (*Marius*) *interea milites scribere, non more majorum, neque ex classibus, sed ut cujusque lubido erat, capite censos plerosque.* (*a*)

L'Auteur qui cite en marge une partie de ce passage, auroit pû y trouver comme nous la vraie cause du refus des Chevaliers Romains.

To. 1. p. 288. *De plus, les Chevaliers Romains étoient les Traitans de la République, ils étoient avides, ils semoient les malheurs dans les malheurs, & faisoient naître les besoins publics des besoins publics.*

Lorsque l'Etat de Chevalier Romain cessa d'être une profession purement militaire, la plûpart des Chevaliers abandonnèrent les armes, & prirent le parti de la Finance sous le nom de Publicains. (*b*) Cicéron

(*a*) Salluste Edit. de Paris, 1728. p. 228.

(*b*) *Nota.* Le nom de Publicain étoit autrefois très-honorable ; aujourd'hui c'est une injure. Nous tirons ce préjugé des Juifs. Ils doutoient qu'il leur fût permis de payer des Tributs à une Puissance

(*a*) dit que l'on trouvoit dans ce Corps la fleur des Chevaliers Romains, l'ornement de la Ville de Rome & la force de la République : *Flos Equitum Romanorum, ornamentum civitatis, firmamentum Reipublicæ, Publicanorum ordine continetur.*

Ils furent les Receveurs & les Fermiers Généraux de l'Etat, qu'ils aidèrent souvent de leur crédit, ce qui, au rapport du même Orateur dans ses Lettres à Atticus, les rendit aussi importans qu'ils étoient nécessaires, comme il parut sur-tout dans la seconde Guerre Punique. Et toutes les fois que Cicéron a occasion de parler de ce Corps, soit en général, soit en particulier, c'est toujours dans les termes les plus ho-

étrangère, comme ils le témoignèrent par la question qu'ils en firent au Seigneur. Et s'ils étoient obligés de céder à l'autorité, ils regardoient les Collecteurs des deniers publics, comme des Payens, auxquels ils refusoient l'entrée de leurs Synagogues : *Sit tibi sicut Ethnicus & Publicanus.*

(*a*) *In Orat. pro Planco.*

norables. Ces Publicains, dit-il, dans ſon Oraiſon pour la Loi *Manilia*, ſont des gens d'honneur & conſidérables : *Nam & illi Publicani homines honeſtiſſimi & ornatiſſimi*. Et dans ſa troiſième Oraiſon contre Verrès, en parlant de Caïus Mutius Chevalier Romain & Publicain, il le préſente comme un des plus honnêtes gens qu'il y eût dans la République : *Caïus Mutius Eques Romanus, Publicanus, homo cum primis honeſtus*. Et voici comment M. Midleton parle des Chevaliers Romains dans ſon Hiſtoire de Cicéron, à l'article de la conjuration de Catilina.

» Pour ſoutenir la République, » Cicéron qui étoit Conſul, ſe propoſa de réünir l'ordre équeſtre avec le » Sénat, c'eſt-à-dire, de le faire entrer » dans des principes & des intérêts » communs ; après les Sénateurs, les » Chevaliers compoſoient les plus ri- » ches & les plus puiſſantes maiſons » de Rome. (*a*) L'abondance qui

(*a*) Les Chevaliers Romains devoient avoir au

régnoit

» régnoit dans leur Corps, les dispo-
» soit à souhaiter que l'Etat fût tran-
» quille ; & se trouvant constamment
» les Fermiers Généraux des revenus
» de l'Empire, ils avoient dans leur
» dépendance une grande quantité
» de Citoyens inférieurs. » (*a*)

Lorsqu'à Rome les Jugemens furent transportés aux Traitans, il n'y eut plus de vertu, plus de police, plus de loix, plus de Magistrature, plus de Magistrats. To. 1. p. 288.

On jugera de la vérité de toutes ces choses par le portrait que le Tribun Mummius fait de ceux auxquels on substitua les Chevaliers Romains : » Qui sont ceux qui ont asservi la Ré-
» publique ? Ce sont des hommes
» noircis de crimes, des monstres de
» cruauté, des gouffres d'avarice ;

moins quatre cens mille sesterces en bien effectif, sans quoi ils étoient rayés du Tableau. *Tite-Liv. Pline le jeune.*

(*a*) C'étoient les Censeurs qui donnoient à ferme les revenus de la République, & l'Adjudication s'en faisoit sur la Place. *Cicer. in Rull.* — *Plutarque Vie de Caton.*

» des esprits qui sont en même tems » remplis d'orgueil & d'infamie, qui » vendent la foi, l'honneur, la piété, » & qui mettent à trafic la vertu & le » vice, &c. (*a*)

Où étoit donc avant le transport des Jugemens, cette vertu, cette police, ces Loix, cette Magistrature, ces Magistrats? Etoit-ce dans ces hommes que l'on fut obligé de dépouiller? Si les Chevaliers Romains avoient été aussi corrompus qu'eux, le peuple qui connoissoit également les uns & les autres, auroit-il été assez insensé pour mettre son sort & sa vie dans des mains encore plus dangereuses & plus criminelles? Comment est-il possible que les Loix, la Police, la Magistrature & les Magistrats ayent été anéantis par un changement fait pour produire un effet opposé? Et après tout, que signifient ces termes vuides : *Plus de Police, plus de Loix, plus de Magistrature,*

(*a*) Sall. Guerre de Jugurt. p. 66. Trad. Franç. Edit. de Paris 1675.

plus de Magiſtrats ? La Police n'eſt-elle pas une partie des Loix ? Y a-t-il une Magiſtrature ſans Magiſtrats ? Y a-t-il des Magiſtrats & des Magiſtratures ſans Loix ?

Une profeſſion qui n'a & ne peut avoir d'objet que le gain ; une profeſſion qui demandoit toujours, & à laquelle on ne demandoit rien ; une profeſſion ſourde & inéxorable, qui appauvriſſoit les richeſſes & la misère même, ne devoit point avoir à Rome les Jugemens. T. I. p. 290.

Si l'original d'un tel portrait n'eſt pas une chimère, s'il a exiſté de pareils monſtres, qu'étoient donc ceux auxquels ils furent ſubſtitués, puiſque la Nation entière les avoit jugés encore plus méchans ?

Mais en parlant ſérieuſement, & mettant l'exagération à part, croira-t-on que la probité & l'honneur n'ayent jamais pû exiſter dans un Corps nombreux de Citoyens, parmi leſquels on prenoit ſouvent les Chefs d'une République maîtreſſe du Monde ? Croira-t-on que ce Corps ait été tel qu'il demandât toujours, & qu'on ne lui demandât rien? Ce Corps auroit donc été le souverain maître de tous les trésors du monde. Et comment la République auroit-elle pu soutenir ses grandes entreprises, & subvenir aux dépenses nécessaires d'un si vaste Empire ? Croira-t-on qu'aucun Gouvernement ait jamais pû établir, autoriser & souffrir un état & une profession dont l'occupation & les fonctions étoient telles que l'Auteur les suppose?

Salluste assez souvent de mauvaise humeur contre la dépravation des mœurs de son siècle, s'élève uniquement contre celles des Chefs de la République, sans dire un mot des Chevaliers. Catilina qui dans ses harangues, faisoit usage de tout ce qui pouvoit aigrir les Conjurés, n'a point parlé de cet Ordre. Lorsqu'à la sollicitation d'Umbrenus, les Envoyés des Allobroges furent près d'entrer dans cette conjuration, ils ne parurent s'y déterminer, qu'à cause de l'avarice insatiable des Commandans. (a)

On ne prétend pas dire cependant que les Chevaliers Romains ayent été exempts de corruption. On ſçait que le mal gagna toutes les parties de l'Empire. On ſçait que par la ſuite ils furent accuſés par le Tribun M. Livius, d'avoir vendu la Juſtice, comme avoient fait ceux qui les avoient précédés. On ſçait que Céſar, après avoir calmé les troubles, fit une réforme générale dans tous les Ordres, qu'il expulſa plus de deux cens Sénateurs; qu'ayant fait paſſer les Chevaliers en revûë, il s'en trouva qui avoient malverſé; qu'il fit punir les uns & réduiſit les autres à l'état de Plébeïen. Mais on ſçait auſſi qu'il ne confondit point l'Ordre entier avec le particulier coupable; que cet Ordre fut un des derniers de la République à abandonner les ſentiers de la vertu, & l'un des premiers à y rentrer, ſi-tôt qu'il fut permis à

(a) Sall. Conjur. de Catil. p. 306. Edit. de Paris. 1675.

la vertu de reparoître. En effet il obtint par une distinction singulière une place marquée au Theâtre, & cette distinction se perpétua sous les Empereurs long-tems après la destruction de la République; ce qui n'auroit pû être accordé ni subsister, si ce Corps avoit été tel que l'on nous le dépeint.

Quoique l'Auteur, dans la partie du texte que nous venons de parcourir, paroisse n'avoir eu d'autre intention que de nous parler de la manière dont il prétend que les Chevaliers Romains agissoient, & que nos anciennes Loix Françoises n'ayent aucun rapport avec ce qui les regarde; cependant il les fait intervenir & les place à côté des anciennes Loix Romaines; mais pour ne rien confondre, nous avons détaché ce qu'il en dit, & nous en avons formé l'article suivant.

To. 1. p. 288. *Il faut dire cela à la louange des anciennes Loix Françoises; elles ont stipulé avec les Gens d'affaires avec la mé-*

fiance que l'on garde à des ennemis.

Nous avons lû ces anciennes Loix, mais nous n'y avons rien trouvé de ce que l'Auteur nous dit ici. Et comment seroit-il possible qu'il y fût question de stipulations avec les Gens d'affaires ? Il n'y en avoit point dans ce tems-là, à ce qu'il nous assure lui-même. *Il étoit aisé*, dit-il, *que la maltôte Romaine tombât d'elle-même dans la Monarchie des Francs ; c'étoit un art très-compliqué, & qui n'entroit ni dans le plan, ni dans les idées de ces peuples simples.* To. 2. p. 434.

Nous avons d'ailleurs consulté plusieurs Compilateurs, (*a*) nous avons trouvé des Edits, des Ordonnances & des Réglemens sur le fait des Finances & sur les fonctions des différens Officiers comptables ; de même que l'on en trouve sur toutes les autres parties de l'administration générale. Mais point de Loi, ni de stipulation avec les Gens d'affaires ; & s'il s'est fait à ce sujet, dans quelque tems

(*a*) Rebuffe. = Laurière. = Fontanon, &c.

que ce ſoit, des conventions pour quelque entrepriſe, elles n'ont produit que des Actes particuliers qui n'ont eu de force que pour l'objet & pour le tems qu'on avoit en vûë. La Loi eſt au contraire un Acte authentique de la volonté du Souverain, qui ſtatue d'une manière ſtable & permanente ſur quelque partie du Gouvernement.

Au reſte, les Loix ne ſtipulent point, elles commandent, elles preſcrivent, enjoignent, ordonnent. Ce ſont les fondés de procuration & les Notaires qui ſtipulent ; & l'on ne garde point de la méfiance à ſes ennemis ; mais on a de la méfiance de ſes ennemis.

Venons maintenant à la filiation de ceux qui ſuccédèrent aux Chevaliers Romains dans le manîment des Finances. Mais parcourons-en les événemens avec rapidité pour ne pas abuſer de la patience du Lecteur.

L'Empereur Adrien ayant attribué la qualité de Comtes à ceux qui étoient chargés des différentes fonctions de l'Empire, ſoit de Finance, ſoit du Domaine, ſoit du Commerce, &c. ces Officiers ajoutèrent la dénomination de cette qualité à celle des Emplois dont ils furent revêtus, d'où vinrent les Comtes du Tréſor, du Domaine, du Commerce, &c.

Les François, les Allemands & les autres Nations qui formèrent des établiſſemens des débris de l'Empire Romain, imitèrent une partie de ſon Gouvernement. Nous voyons dans l'Hiſtoire de France, que ſous la première Race, les Comtes menoient les milices à la guerre, rendoient la juſtice & faiſoient le recouvrement des Tributs. Et dans l'Hiſtoire d'Allemagne, que les Burgraves ou Comtes eurent les mêmes fonctions; ce qui a ſubſiſté juſqu'au tems que tous les Officiers ayant profité des troubles ſurvenus dans l'un & l'autre Etat, s'approprièrent les territoires dont ils n'avoient que la Juriſdiction.

Les Grands Baillifs & Sénéchaux leur succédèrent par la suite, dans l'exercice de leurs anciennes fonctions, jusqu'à l'année 1467. que Louis XI. craignant qu'ils n'abusassent de leur pouvoir, comme avoient fait les Ducs & les Comtes, le divisa, & le fit ensuite passer en différentes mains; ce qui a subsisté jusqu'à ce jour. Mais toutes les Républiques Aristocratiques de la Suisse ont conservé cette ancienne forme; & les Baillifs qui sont des espèces de Comtes & de Gouverneurs pris dans l'Ordre des Patriciens, ont chacun dans leur district, les Armes, la Justice, la Police & la Finance.

Puisque ces différentes Nations n'ont pas trouvé, & ne trouvent pas encore que l'exercice de la Justice soit incompatible avec le maniment des Finances, pourquoi ce maniment ne pourroit-il être confié qu'à des hommes sans foi, sans honneur, sans probité & sans fidélité? Pourquoi cette double fonction auroit-elle été la cause de la chute de l'Empire Romain ? N'avons-nous pas vû que l'Auteur qui a fait *ex professo* (a) un Traité de cette chute, n'avoit pas seulement pensé alors aux frivoles raisons qu'il nous en donne aujourd'hui ?

Au moyen des changemens survenus dans la forme de notre administration, dont nous venons de donner un léger crayon, les revenus du Roi ne consistèrent plus que dans son Domaine, & dans les Impositions qu'il pouvoit faire sur les Sujets de ce Domaine seulement, dont la recette fut confiée aux Baillifs Royaux & autres Officiers Domaniaux ; & celle du Domaine, aux Prevôts, Vicomtes & Viguiers, qui en remettoient les deniers aux Baillifs & Sénéchaux ; mais comme les revenus & le pouvoir du Prince se trouvoient extrêmement resserrés, ces Officiers n'eurent plus dans le monde qu'une

(a) Considérations sur la grandeur & la décadence des Romains, imprimé en 1734.

considération proportionnée à l'étenduë de leur territoire & de leurs fonctions ; c'est pourquoi les Historiens ne font presque aucune mention des Officiers de Finance, depuis le dixième jusqu'au treizième ou quatorzième siècle, c'est-à-dire, depuis Hugues Capet, jusqu'au règne des Valois.

A l'exemple des Ducs & des Comtes, qui avoient démembré l'Etat, les grands Officiers de la Couronne s'emparèrent du choix & de la nomination des Sujets qui devoient remplir les Charges de leur Jurisdiction. Cette seconde usurpation, sans rien changer aux fonctions des Offices, ne laissa pas d'en ternir le lustre & la dignité, parce que transportant la collation au Sujet, on ravissoit à l'Officier l'honneur de dépendre immédiatement du Souverain.

Philippe le Bel ayant admis le peuple aux assemblées de la Nation sous le nom de Tiers-Etat, ce peuple demanda que les revenus publics fussent administrés par les gens des Etats ; mais comme les Subsides n'étoient que passagers, il n'étoit pas nécessaire d'avoir des Officiers perpétuels pour des affaires qui n'étoient pas perpétuelles ; de sorte qu'à proprement parler, leur fonction n'étoit ni Office, ni Etat, mais une simple délégation & Charge de prud'hommie, qui supposoit une réputation établie d'honneur & d'intégrité dans le sujet auquel on la confioit.

Nous avons promis d'être laconiques, & pour tenir parole, nous passons un long intervalle, afin d'arriver promptement à l'époque de la naissance du nom de Traitant, qui fait le sujet de ce Chapitre.

Catherine de Medicis magnifique jusqu'à la profusion, ne trouvant point assez de ressources dans les revenus ordinaires, se livra aux Italiens de sa Cour, qui lui suggérèrent plusieurs moyens onéreux, & entre autres celui de créer de nouveaux Impôts & de nouveaux Offices, dont ils traitèrent à forfait pour des sommes modiques, à la charge d'en faire l'avance.

Henri III. surpassa Catherine & sa profusion ne connut point de bornes; non-seulement les Italiens furent en possession des Finances sous son Régne, mais encore pendant les cinq premières années de celui de Henri IV.

Ce Prince, qui n'avoit pas été le maître de rétablir l'ordre aussitôt qu'il l'auroit souhaité, ne put les chasser qu'en 1594. Ils revinrent sous la Régence de Marie de Médicis, plus prodigue encore que Catherine: sans guerre, & sans occasion de dépenses extraordinaires elle épuisa en peu de tems le Trésor de trente-six millions, que Henri IV. avoit déposés à la Bastille.

Les Italiens furent chassés de nouveau après la mort du Marèchal d'Ancre; mais ils reparurent avec le Cardinal Mazarin & recommencèrent leurs exactions.

Sous la minorité de Louis XIV. les quatre compagnies Supérieures s'étant assemblées dans la Chambre de S. Louis le 30. Juin 1648. elles dressèrent des Remontrances, par lesquelles elles exposèrent à Sa Majesté: » Qu'il y avoit environ onze » ans, que les Traitans avoient mis » tout en parti : qu'ils avoient vexé les » Redevables de la manière la plus » dure & la plus ruineuse; que pour » empêcher qu'on ne découvrît cette » tyrannie, ils avoient obtenu, sous » divers prétextes, la dépossession » des Comptables ordinaires; qu'ils » avoient commis à leur place des » gens inconnus & sans domicile; en» sorte que pour éviter la ruine totale » de l'Etat, il étoit nécessaire de re» mettre les choses sur l'ancien pied. »

Ces Remontrances furent écoutées, & par Déclaration de la même année 1648. les choses furent en effet rétablies, comme elles étoient auparavant. Cependant, en 1660. les revenus de l'Etat furent encore mis en parti par ces étrangers; mais ce ne fut que pour quelques années. Depuis ce temps les Recettes & autres Droits du Roi, ont été régis à l'ordinaire, & il n'y a eu que les affaires extraordinaires qui ayent continué pendant les guerres de Louis XIV. à être mises en parti par des François, qui avoient eu les Italiens pour Maîtres.

Ce sont ces hommes que la populace confond avec les Receveurs & Fermiers Généraux & autres comptables en titre & ordinaires. On peut voir la manière dont M. Desmarets en a parlé dans un mémoire présenté en 1716. à M. le Duc d'Orléans, Régent du Royaume, & depuis imprimé dans les mémoires de la Régence tom. 1. Les services qu'ils rendirent dans la guerre malheureuse d'Espagne, y sont amplement détaillés.

La Provence, le Gévaudan & autres pays voisins, ayant été attaqués de la peste en 1721. ils firent gratuitement des avances considérables pour

pour leur procurer les ſecours néceſſaires, dont le Roi a eu la bonté de leur témoigner publiquement ſa ſatisfaction par l'Arrêt de ſon Conſeil du 9. Août de la même année 1721.

Sçachant que le Commerce eſt la Mammelle de l'Etat, on les a vû ſolliciter avec empreſſement & ſans prétendre aucune indemnité, les Arrêts du Conſeil des 13. Octobre 1744. & 9. Décembre 1749. qui exemptent de tous Droits de ſortie les ouvrages de ſoye, laine & fil, fabrique de l'Etat, & des Droits d'entrée les matières premières deſtinées à l'aliment de nos Manufactures. Ils tiennent à leurs dépens de gros fonds dans les grandes Foires du Royaume, pour ſubvenir aux beſoins des Commerçans. Enfin le Conſeil n'ignore pas les efforts qu'ils ont faits pour ſoutenir le ſervice pendant cette dernière guerre, & les avantages qui en ont réſulté pour le maintien du crédit, & de l'intérêt de l'eſpèce à bas prix.

On ne prétend pas plus dire des

Financiers d'aujourd'hui que des Chevaliers Romains, qu'ils soient généralement exemts de tout reproche. Quel est l'état & la profession où il n'y ait point de prévaricateurs ? Mais on prétend dire qu'un homme sensé ne doit jamais confondre un Ordre entier dans une même accusation, sans autre titre que celui de l'état & de la qualité ; que c'est pécher contre l'équité & la politique ; que c'est apprendre à l'homme à renoncer à l'émulation & à la vertu, confondre l'honneur & l'infamie, & anéantir le plus solide fondement des sociétés.

Autrefois personne ne connoissoit les Finances. Un secret impénétrable sous le nom de secret de l'Etat, en cachoit les mystères & souvent l'iniquité : on laissoit subsister, on augmentoit même le désordre. Il n'étoit permis à personne d'éclairer ces ténèbres, on éloignoit tout ce qui auroit pû démasquer l'intérêt particulier.

M. de Sully donna le premier une forme claire & intelligible aux Finances, moins parfaite à la vérité que celle d'aujourd'hui, mais qui pouvoit passer pour un miracle au milieu des désordres précédens. M. de Colbert l'a renduë encore plus simple & plus nette; & les Ministres qui lui ont succédé, ont porté la recette & la dépense des deniers du Roi à une telle évidence, qu'il n'y a que ceux qui n'en veulent pas être instruits qui ne le sont pas.

CHAPITRE XX.

Des Loix dans le rapport qu'elles ont avec la nature du Climat.

S'Il est vrai que le caractère de l'esprit, & les passions du cœur soient extrêmement différentes dans les divers Climats, les Loix doivent être relatives à la différence de ces passions, & à la différence de ces caractères. To. 1. p. 360.

S'il est vrai que le caractère de l'esprit & les passions du cœur soient extrêmement différentes dans les divers climats, ce peut être à cause des différentes éducations, & non à cause du climat.

Les Loix doivent être relatives & conformes à la raison, à la justice & à l'équité, sans quoi ce ne seroient point des Loix. Car le principe de toute Loi est la raison, de laquelle dérivent la justice & l'équité ; & si quelques Réglemens doivent être relatifs à la température du Climat, on ne doit pas imaginer que ce soient ceux dont le juste & l'injuste sont la base, dont la fin est de rendre à chacun ce qui lui appartient. Les Réglemens qui se rapportent au climat ne sont point, à proprement parler, des Loix ; ce sont des dispositions de police, dont l'objet est d'étendre & de multiplier ce qui peut être utile & salutaire, ou d'éloigner ce qui peut être nuisible & dangereux aux Citoyens qui composent la société.

Pour faire connoître la différence du caractère de l'esprit & des passions du cœur, l'Auteur va remonter au principe qui constituë cette différence, & ce principe connu lui donnera avec certitude le Code de toutes les Loix relatives à la différence des passions & à la différence des caractères. Et pour cela il ne s'agit que de sçavoir au juste les degrés du froid & du chaud : or, tout le monde sçait qu'il y a pour les connoître un instrument de la dernière précision.

L'air froid, dit-il, *resserre les extrémités des fibres extérieures de notre corps ; cela augmente leur ressort, & favorise le retour du sang des extrémités vers le cœur. Il diminuë la longueur de ces mêmes fibres ; il augmente donc encore par-là leur force. L'air chaud au contraire relâche les extrémités des fibres, & les allonge ; il diminuë donc leur force & leur ressort*. Et l'on observe dans une note au bas de cette même page : *Que le racourcissement des fibres paroît à la vûë, & que dans le froid on paroît plus maigre.* To. 1. p. 360.

Mais en supposant tout cela, qu'en résultera-t-il ? La maigreur ou l'embompoint réel ou apparent ne diminuënt ni n'augmentent la raiſon. Le froid ou le chaud ne détruiſent point la nature de l'être raiſonnable. L'allongement ou le racourciſſement alternatif des fibres, la force ou la foibleſſe de leur reſſort ne caractériſent ni l'imbécillité de l'eſprit, ni la bonté, ni la dépravation des mœurs.

L'équilibre des liqueurs avec les vaiſſeaux réſulte toujours de la proportion de la fluidité des liqueurs avec le reſſort des vaiſſeaux. Cet équilibre n'eſt jamais changé que dans l'état de maladie; & ſi les différences pouvoient en être calculées dans l'état de ſanté, relativement aux différens Climats, elle ſe trouveroit toujours telle que l'homme en a beſoin pour ſe bien porter.

To. I. p. 361. *Mettez un homme dans un lieu chaud & enfermé, il ſouffrira, par les raiſons que je viens de dire, une défaillance de cœur très-grande. Si dans cette circonſtance on va lui propoſer une action hardie, je crois qu'on l'y trouvera peu disposé. Sa foiblesse présente mettra un découragement dans son ame ; il craindra tout, parce qu'il sentira qu'il ne peut rien.*

Ce phénomène ne peut être expliqué par l'allongement & le racourcissement des fibres, que l'Auteur donne pour cause universelle des opérations méchaniques du corps humain. Tout ce qui s'y passe ne provient que de la condensation, ou de la raréfaction de l'air dans les poulmons ; c'est dans ce moment sa dilatation extrême qui cause la défaillance & la foiblesse. Et peut-on tirer une conséquence raisonnable, sur les passions de l'humanité, d'un homme renfermé dans une étuve ? N'est-ce pas pour lui dans ce moment un état de maladie, causé par le passage subit & sans milieu du froid ou du tempéré à l'excessive chaleur ? S'il y avoit été conduit par degrés insensibles, toute l'habitude se seroit accoutumée peu à peu à cette raréfaction ou condensation. Un habitant du Nord qui pasſe au Midi, paye ordinairement le tribut à ce changement, quoique quelques-uns en ſoient exemts; mais ce tribut acquitté, ſon eſprit & ſes connoiſſances n'y auront rien perdu. Il eſt tel après cette épreuve, qu'il étoit auparavant, & s'il pouvoit communiquer à ſa poſtérité ſes goûts, ſes talens & ſon éducation, comme il lui a communiqué l'être, cette poſtérité ſeroit à perpétuité comme ſon chef.

To. 1. p. 361. *Les peuples des pays chauds ſont timides, comme les vieillards le ſont; ceux des pays froids ſont courageux, comme le ſont les jeunes gens.*

Rien de moins conforme aux faits. Les pays chauds à notre égard, ſont l'Eſpagne & l'Afrique; les Eſpagnols ne ſont point timides; les peuples d'Alger, de Tunis, &c. bien diſciplinés ne le céderoient à aucune Nation du Nord.

Selon l'Auteur, le racourciſſement & la ſolidité des fibres augmentent la force, la vigueur, le courage,

&c. Les fibres des vieillards sont fort racourcies ; l'affaissement de toutes les parties de leur corps le démontre. Ces fibres ont acquis beaucoup de solidité & de dureté ; donc la force, la vigueur & le courage des vieillards sont augmentés en proportion. Telle doit être la conséquence du principe établi.

Si nous faisons attention aux dernières guerres, qui sont celles que nous avons le plus sous nos yeux, & dans lesquelles nous pouvons mieux voir certains effets légers, imperceptibles de loin; nous sentirons bien que les peuples du Nord, transportés dans les pays du Midi, n'y ont pas fait d'aussi belles actions que leurs compatriotes, qui combattant dans leur propre Climat, y jouissoient de tout leur courage. To. 1. p. 362.

L'Auteur avertit, dans une note, que, par ces dernières guerres, il entend la guerre de 1701. à cause de la succession d'Espagne : donc par les pays du Midi, nous devons entendre que c'est l'Espagne, & que ces peuples du Nord ſont les Allemands & les Anglois tranſportés en Eſpagne.

Rappellons-nous maintenant les événemens de cette guerre, nous trouverons que, depuis l'arrivée de l'Archiduc Charles à Liſbonne juſqu'à la fin de la guerre, la fortune tint la balance preſque en équilibre entre les deux partis, & que, ſi Philippe V. demeura paiſible poſſeſſeur de ſes Royaumes, les préliminaires ſignés à Londres au mois d'Octobre 1712. y eurent plus de part que l'influence du Climat.

N'avons-nous pas gagné & perdu des batailles en Allemagne, en Flandre & en Italie, en Grèce & dans la Paleſtine? N'en avons-nous pas gagné & perdu dans le centre du Royaume? Si le Climat conſervoit le courage aux Nationaux & en privoit les Etrangers qui arrivent dans un pays qui n'eſt pas le leur, les Naturels n'auroient donc jamais été vaincus, il n'y auroit donc jamais eu de conquêtes.

To. 1. p. 362. *La force des fibres des peuples du*

Nord, fait que les ſucs les plus groſſiers ſont tirés des alimens.

On ne peut entendre ce que dit ici l'Auteur, que des fibres de l'eſtomach; mais perſonne n'ignore qu'il n'y a point d'animaux dont les fibres de l'eſtomach ayent moins de priſe ſur les alimens que celles de l'eſtomach de l'homme. Cette action des fibres, pour le broyement des alimens, ne peut être appliquée qu'aux oiſeaux.

Il en réſulte deux choſes, l'une que les parties du chyle ou de la lymphe ſont plus propres par leur grande ſurface à être appliquées ſur les fibres & à les nourrir: l'autre qu'elles ſont moins propres par leur groſſiereté à donner une certaine ſubtilité au ſuc nerveux. Ces peuples auront donc de grands corps & peu de vivacité. To. 1. p. 362.

Voilà une idée de l'œconomie animale, courte & nouvelle. La lymphe dans les pays du Nord, comme dans tous les pays du monde, n'eſt autre choſe qu'un ſang limpide beaucoup plus ſubtil que le ſang rouge.

S'il étoit vrai, que chez les peuples du Nord, la force des fibres eût le privilège de tirer les sucs les plus grossiers des alimens, à l'exclusion des fibres des autres peuples, on pourroit peut-être dire que les surfaces de la lymphe de ces peuples du Nord seroient plus étenduës, parce que la lymphe pourroit être plus abondante: mais comme il est démontré en Anatomie qu'il n'y a point d'animaux dont les fibres ayent moins de prise sur les alimens que celles de l'estomach de l'homme, tout ce raisonnement ne roule que sur une fausse supposition, dont la conséquence est nécessairement fausse.

A l'égard de l'usage de cette lymphe, que l'Auteur borne à la nutrition des parties par leur application sur les fibres, il lui retranche de son autorité une de ses principales fonctions, qui consiste à s'insinuer abondamment dans les fibres musculeuses, pour leur donner la force & la contraction nécessaires aux différens mouvemens de l'animal, volontaires ou ſpontanés.

Quant à la grandeur des Corps qu'il donne aux habitans du Nord, en vertu de la conſéquence qu'il tire de ſes principes, meſurons les Lapons, les Samojédes, les Iſlandois avec les Géans dont Moyſe parle dans la Geneſe, avec les Cyclopes de Sicile. Mais ſans chercher dans les prodiges de la nature, meſurons les avec les Perſans, les Arabes & les Africains; nous avons aſſez vû des uns & des autres dans ce pays pour en pouvoir juger.

Salluſte nous apprend que les Africains avoient de ſon tems le corps bon, qu'ils étoient légers à la courſe & durs au travail, & que les Lybiens & les Gétules premiers habitans de l'Afrique, étoient des hommes rudes, ſauvages & forts.

Les Caffres d'Afrique ſitués ſous le tropique du Capricorne, ſont grands, robuſtes & courageux: il y en avoit deux Compagnies à notre ſervice pendant le dernier siège de Pondichery, où cette Milice a fait des prodiges de force & de valeur.

Enfin nous savons par nos Commerçans que les Nègres des Royaumes de Loango & de Gabou, situés immédiatement sous la ligne équinoctiale, sont les meilleurs esclaves de l'Afrique, grands, forts, très-propres à soutenir les plus rudes fatigues, & que les Européens les achètent toujours plus cher que les autres.

To. 1. p. 363. *J'ai fait geler la moitié d'une langue de mouton, & j'ai trouvé à la simple vûë les mammelons considérablement diminués...... A mesure que la langue s'est dégelée, les mammelons à la simple vûë ont paru se relever..... Cette observation confirme ce que j'ai dit, que dans les pays froids, les houpes nerveuses sont moins épanouïes, elles s'enfoncent dans leurs gaînes où elles sont à couvert de l'action des objets extérieurs : les sensations sont donc moins vives.*

Mais quel pouvoir l'action des fibres de la langue a-t-elle sur les autres parties ? Ne ſçait-on pas que la différente poſition des mammelons & des gaînes de la langue ne peut influer que ſur les houpes nerveuſes, qui ſont l'organe immédiat du goût ? Ne ſçait-on pas que par leur action on ne peut expliquer celle des autres parties, & que par conſéquent il n'eſt pas poſſible par-là de rendre raiſon de la différence du tiſſu de la peau dans les pays froids & dans les pays chauds ; la peau étant uniquement deſtinée á l'organe du tact, & à défendre l'animal contre les premières atteintes de l'intempérie de l'air ?

Cependant c'eſt de cette expérience incertaine, quant aux différentes circonſtances qui accompagnent toujours ces ſortes d'opérations, c'eſt de cette expérience détruite par les faits anatomiques quant à l'application, que l'on voit ſortir les mœurs, les religions, la nature des Gouvernemens, les vertus & les vices de tous les humains, relativement aux pays qu'ils habitent.

Sans chercher des armes étrangères, pour combattre un tel système, nous pourrions nous servir de celles que l'Auteur nous fournit lui-même. Il cite des Législateurs qui *choquant* To. I. p. 56. *tous les usages reçûs & confondant toutes les vertus*, (a) *montrèrent leur sagesse à l'Univers*. Il dit que *Lycurgue mêla le larcin avec l'esprit de justice, le plus dur esclavage avec l'extrême liberté, les sentimens les plus atroces avec la plus grande modération ...... que la pudeur même fut ôtée à la chasteté, & que c'est par ces chemins que Sparte fut menée à la grandeur & à la gloire*.

Qui ne voit que, plus la pratique de ces leçons paroîtra difficile, plus elle prouvera que la raison n'est point un être physique ; qu'elle est supérieure à l'influence des climats & indépendante du froid & du chaud, du sec & de l'humide, & du caprice

(a) L'Auteur a voulu dire apparemment que leurs institutions confondoient les vices & les vertus.

des

des saisons.

» La raison doit être la règle de » notre conduite & le guide de nos » actions, dit Salluste. (*a*) Les forces » ne nous manquent point ; mais » nous nous manquons à nous-mê» mes. L'esprit peut braver la fortu» ne, mais la fortune n'a nul pouvoir » sur lui. L'ame est éternelle & in» corruptible, elle règle le genre « humain, elle fait ce qu'elle veut » faire & possède toutes choses sans » être possédée par aucune.

La douleur est excitée en nous par le déchirement de quelque fibre de notre corps. L'Auteur de la Nature a établi To. 1. p. 364. *que cette douleur seroit plus forte, à mesure que le dérangement seroit plus grand. Or, il est évident que les grands corps & les fibres grossières des peuples du Nord sont moins capables de dérangement, que les fibres délicates des pays chauds : l'ame y est donc moins sensible à la douleur. Il faut écorcher un Moscovite pour lui donner du sentiment.*

(*a*) Salluste, Guerre de Jug. p. 2.

Il eſt facile de concevoir qu'un coup de ſabre dérange plus de fibres qu'une piquure d'épingle, & que l'un doit être plus douloureux que l'autre ; mais il n'eſt pas évident pour cela que les fibres des peuples du Nord ſoient moins capables de ſentiment. Si leurs corps ſont plus grands, ſi leurs fibres ſont plus groſſières, la douleur que le dérangement y cauſera, ſera en raiſon de l'étenduë de la plaie & de la ſolidité des fibres : mais les peuples du Nord ſont fort éloignés d'admettre cette diſtinction, & les Moſcovites de convenir qu'il faut les écorcher pour leur donner du ſentiment. Nous en avons conſulté quelques-uns qui ſont en cette Ville, ils nous ont fort aſſuré qu'ils étoient auſſi ſenſibles que nous à la moindre égratignure.

Mais ſi c'eſt un bien pour les peuples du Nord d'être inſenſibles à la douleur, par la groſſièreté de leurs fibres, l'Auteur va leur faire chèrement payer cet avantage, par la perte de plaiſirs bien ſenſibles. Car *dans les pays chauds l'ame eſt ſouverainement émuë par tout ce qui a rapport à l'union des deux ſexes ; au lieu que dans les climats du Nord, à peine le Phyſique de l'amour a-t-il la force de ſe rendre bien ſenſible.* To. 1. p. 364.

Nous avons encore conſulté, ſur cette fatalité, les Moſcovites, les Suédois, Danois & Polonois que nous avons trouvés ici, & ils ont tous crié à l'injuſtice. Les peuples nombreux ſortis du Nord, ont-ils dit, prouvent aſſez que la nature ne nous a pas traités en marâtre, le Goth Jornandès a dit, que le Nord étoit la fabrique du Genre humain ; votre Auteur eſt ſur cela d'accord avec lui à la page 441. de ſon premier Volume ; & ici il dit le contraire. Pourquoi nous dépouiller d'un ſentiment dont le moindre inſecte jouit ſur toute l'étenduë de la terre ? Si la rigueur du climat nous met dans cette ſituation, que doit-on penſer des habitans de la Laponie, de la Sibérie, de la Samojédie & de tant d'autres pays voisins du Pole ? Ce sont apparemment des êtres presque inanimés & qui doivent leur existence au hazard. Car il n'est pas possible que la propagation soit pratiquable au 65e dégré, puisque le physique de l'amour se fait à peine sentir au 55e. On pourroit donc couper ces gens-là par morceaux, sans qu'ils s'en doutassent ; & leur raison, s'ils en ont une, doit être ensevelie dans la matière glaciale de leur composé. Cependant vous avez vû ici deux Demoiselles très-voisines du Cercle Polaire, qui éprises de l'amour des sciences, étoient parties de Torneaº avec vos Académiciens : les fonctions des différens sens dont la Nature a doué les créatures humaines de vos climats, ont dû vous paroître à-peu-près les mêmes chez elles.

Nous venons de voir les Loix de l'amour dans le Nord. Si l'impuissance des fibres grossières de ces peuples a resserré son empire, il s'en dédommage amplement dans les autres parties du Monde. C'eſt un Dieu à qui tout eſt ſoumis; mais lui-même eſt ſoumis à une divinité plus puiſſante encore; aux climats, dont il eſt obligé de recevoir les ordres. En voici le Code: le Lecteur pourra choiſir la Loi ſous laquelle il préféreroit de vivre.

Dans les Climats tempérés, l'amour accompagné de mille acceſſoires, ſe rend agréable par des choſes, qui d'abord ſemblent être lui-même, & ne ſont pas encore lui. To. 1. p. 365.

Quelle grace, quelle naïveté de la part du Peintre! Quel badinage de la part de l'Amour! C'eſt lui, ce n'eſt pas lui; le voilà, vous ne le voyez plus. Ovide ne deſſinoit pas ſi bien ſes tableaux. Auſſi n'écrivoit-il pas ſur des ſujets qui prêtaſſent comme l'Eſprit des Loix.

Dans les Climats plus chauds on aime l'amour pour lui-même. Ibid.

L'amour qui précède eſt un amour agréable, enjoué, badin, folâtre, volage, qui ſe réjouit, qui s'amuſe,

& qui plaît en s'amusant ; celui-ci est lourd, pesant, brutal, il ne pense qu'à lui, il ne vit que pour lui. Sortons promptement de ce climat, & voyons ailleurs.

To. I. p. 365. *Dans les pays du Midi une machine délicate, foible, mais sensible, se livre à un amour, qui dans un Serrail naît & se calme sans cesse, ou bien à un amour qui laissant les femmes dans une plus grande indépendance, est exposé à mille troubles.*

Voilà un amour ou plutôt deux sortes d'amours qui ne sont pas trop intelligibles. Cependant ils devroient l'être ; car on s'explique nettement dans ces pays-là, & le style énigmatique n'est pas ordinairement celui des Serrails.

Ibid. *Vous trouverez dans les Climats du Nord des peuples qui ont peu de vices, assez de vertus, beaucoup de sincérité & de franchise ; approchez des pays du Midi, vous croirez vous éloigner de la morale même ; des passions plus vives multiplieront les crimes...... Dans les pays tempérés, vous verrez des peuples inconſtans dans leurs vices mêmes & dans leurs vertus; le Climat n'y a pas une qualité aſſez déterminée pour les fixer eux-mêmes.*

Une Ecole publique de cette doctrine n'auroit-elle pas ſes inconvéniens ? En effet, les hommes de tous les pays étant portés par l'influence des climats, les uns au bien, les autres au mal, & ceux-ci à un état neutre, également incapables de ſentir l'horreur du vice & le prix de la vertu, les hommes ceſſeroient d'être des hommes.

Mais comment en s'approchant du Midi, croira-t-on s'éloigner de la morale même ? Pourquoi les crimes s'y multiplieront-ils ? Les Indes ſont conſtamment au Midi, & cependant l'Auteur nous dit, à quelques pages de-là, que le peuple de ce pays eſt doux, tendre, compatiſſant; que les Légiſlateurs ont établi peu de peines; qu'elles ſont peu ſévères, qu'elles ne ſont pas même rigoureuſement exécutées..... qu'on semble avoir pensé que chaque Citoyen devoit se reposer sur le bon naturel des

T. 1. p. 382. autres. *Heureux climat*, s'écrie-t-il, *qui fait naître la candeur des mœurs & produit la douceur des Loix!*

D'un côté le même pays, le même peuple, sous un climat malheureux, abandonné par la morale, livré à l'emportement des passions, est plongé dans des crimes, qui se multiplient sans cesse. De l'autre, ce même peuple, sous un climat heureux, guidé par son bon naturel, par la candeur de ses mœurs, par son caractére doux, tendre & compatissant, suit sans le secours des Loix les sentiers de la plus saine morale. O Œdipe!

To. 1. p. 366. *Les Indiens sont naturellement sans courage...... Mais comment accorder cela avec leurs actions atroces, leurs coutumes, leurs pénitences barbares?.... Les femmes s'y brûlent elles-mêmes. Voila bien de la force pour tant de foiblesse.*

Si c'eſt le climat qui donne ou qui ôte le courage, la même cauſe doit toujours produire le même effet. Le climat de l'Inde eſt le même aujourd'hui qu'il étoit il y a deux mille ans. Les peuples de ce pays devoient donc être, il y a deux mille ans, tels qu'on nous les dépeint aujourd'hui. Cependant voici le portrait qu'en fait M. l'Abbé Guyon dans ſon Hiſtoire des Indes Orientales anciennes & modernes, d'après Arrien, Pomponius-Mela, Strabon, Quinte-Curce, Philoſtrate, &c.

» Lorſqu'Alexandre fit la conquê» te des Indes, l'amour de la vertu, » de la ſincérité, de l'ordre, de la » paix, de la tempérance, faiſoit » le caractère de cette Nation. Sous » le nom de vertu, on entendoit » cette grandeur d'ame qui mépriſe » les périls & la mort, qui n'envi» ſage que la gloire, qui foule aux » pieds le repos & les commodités » de la vie, qui cherche l'eſtime & » l'admiration des hommes, qui té-

» moigne de l'horreur pour les vi-
» ces & se dévouë au bien de l'E-
» tat. »

Tel étoit Porus. Son vainqueur, bon juge du courage & de la grandeur d'ame, surpris & charmé de sa valeur & de son intrépidité, le reçut au nombre de ses amis & le rétablit dans son Royaume.

L'indifférence des anciens Indiens pour la mort a passé à ceux d'aujourd'hui par une succession non interrompuë. » Du tems qu'Auguste étoit
» en Gréce, un certain Zarmarcus
» Sophiste Indien, soit par vanité,
» soit qu'il se sentît cassé de vieillesse,
» se jetta tout vif dans un bucher ar-
» dent, suivant la coutume de ces
» quartiers » (*a*)

Cette prétenduë force d'esprit fit des progrès. Car de quoi n'est pas capable la force de l'exemple & de l'éducation ? Plusieurs autres se firent gloire de les imiter, & le fanatisme gagna jusqu'aux femmes. Com-

(*a*) Dion, Liv. 54.

me l'usage étoit de brûler les morts, elles se précipitèrent dans les flâmes qui consumoient leurs maris ; & ce cruel usage acquit un tel empire, que celles qui refusoient de s'y soumettre étoient couvertes d'opprobre pendant leur vie, & privées de la sépulture après leur mort.

Si l'on en croit quelques Anciens, (*a*) les femmes donnèrent elles-mêmes lieu à cette coutume. Il fut reconnu, disent-ils, que plusieurs avoient eu la cruauté d'empoisonner leurs maris pour en épouser d'autres. Le Magistrat sentant la nécessité d'arrêter un tel abus, ordonna que toute femme qui survivroit à son mari, seroit obligé de le suivre sur le bucher : ainsi ce qui n'étoit dans l'origine qu'un témoignage d'amitié ou de grandeur d'ame, fut désormais une loi inviolable ; & aujourd'hui quelle qu'en soit l'origine, c'est un point de religion ; & cette barbare coutume

(*a*) Strab. p. 699 =Diod. l. 17. p. 56. & 678. Q. Curt. l. 8. c. 9. =Mela l. 3. de Indiâ.

eſt répanduë en tant d'autres lieux, qu'elle ne peut être conſidérée comme l'effet d'une cauſe particulière du climat des Indes.

Les peuples du Royaume de Matamba en Afrique, enterrent, pour le ſervice des morts, autant de vivans que la qualité du défunt l'exige, & que ſes facultés le permettent.

A la mort du Roi de Monomotapa toutes ſes femmes s'empoiſonnent, pour aller le ſervir dans l'autre monde.

Lorſque le Roi du Grand Benin meurt, les Courtiſans diſputent avec toute l'ardeur poſſible à qui aura l'honneur de l'accompagner; ce qui n'eſt pas une faveur médiocre, non plus que le privilège d'être maſſacré par le nouveau Roi, à cauſe de ſon joyeux avénement à la Couronne.

Chez les Natchès à la mort du Grand Chef, & à celle de ſes frères & ſœurs, tous leurs domeſtiques qui ſont en très-grand nombre, ſe parent de leurs plus beaux ajustemens, chantent, dansent & s'étranglent; les femmes qui allaitent des enfans peuvent achever de les nourrir : mais le plus communément elles les étranglent, pour jouïr plus promptement de l'avantage de s'étrangler elles-mêmes. (*a*)

A la mort des anciens Princes des Scythes, on mettoit à leur côté dans le même cercueil, la Concubine qu'ils avoient le plus aimée ; elle étoit conduite en pompe par les Officiers de la Maison du Roi, lesquels se faisoient tous étrangler auprès de son tombeau, & l'on faisoit aussi mourir leurs chevaux, pour aller avec les Maîtres faire dans l'autre monde le même service qu'ils avoient fait dans celui-ci. (*b*)

Il en est ainsi d'une infinité d'autres exemples que nous pourrions citer, & qui prouvent que l'esprit humain est le même sous tous les cli-

(*a*) *Vide* Purchas, & l'Histoire Générale de tous les Peuples du monde.

(*b*) Hérodote, l. 6. = Munster, l. 6. de sa Cosmog.

mats, c'est-à-dire, susceptible de toutes sortes d'impressions bonnes ou mauvaises, sages ou folles, tendres & compatissantes, ou cruelles & féroces.

Ce mépris des souffrances & de la mort, ces actions atroces & ces pénitences barbares qui se pratiquent dans l'Inde, l'Auteur ne les attribuë pas à une maladie, comme en Angleterre; à l'Héroïsme, comme à Rome; mais à la timidité & à la foiblesse. Faudra-t-il aussi attribuer à la timidité & à la foiblesse les pénitences barbares des Moines Moscovites, qui se mettent l'hyver dans l'eau, & y demeurent jusqu'à ce que la glace les serre & les presse de toutes parts? Et pourquoi ne pas attribuer tout simplement ces divers genres de fanatisme à une résolution ferme & courageuse qui prend sa source dans un préjugé religieux, préjugé qui rendroit invincibles les uns & les autres, si au lieu d'exercer leur courage sur eux-mêmes, ils étoient instruits à l'exercer contre les ennemis de l'Etat? Il ne leur manque qu'un guide pour les conduire ; peut-être que l'Esprit des Loix pénétrera quelque jour jusques dans ces contrées.

Les enfans des Européens nés aux Indes perdent celui (le courage) *de leur Climat.* To. I. P. 366.

Si les enfans des Européens sont nés aux Indes, ils n'ont point d'autre Climat que celui des Indes; si le Climat des Indes ne permet pas que ceux qui y naissent ayent du courage en naissant, les enfans qui y sont nés, ne peuvent perdre le courage qu'ils n'ont jamais eu. Un Européen peut transporter aux Indes sa personne, & la fortune dont il jouïssoit en Europe, mais il ne peut y transporter le Climat d'Europe & une provision de courage pour en doter ses enfans. Si par la profonde impression que le Climat d'Europe aura faite sur lui, il peut résister à celle du Climat de l'Inde, ses enfans qui n'auront point de préservatif, devront nécessairement être soumis à tous ses pernicieux effets.

Il est assez ordinaire que les enfans nés aux Indes soient de très-médiocres sujets; mais s'ils manquent de courage, s'ils ont des mœurs perverses, croirons-nous que ce soit par la puissance du Climat? Et ne sera-t-il pas plus naturel, & plus raisonnable de l'attribuer à la mauvaise éducation du pays, dont tous les vices sont une suite nécessaire, comme l'effet l'est de la cause qui le produit?

Qu'un Européen sage & vertueux inspire à ses enfans nés aux Indes les mêmes sentimens dont il est animé, qu'il les empêche de se livrer à la débauche & à la corruption; ces enfans seront sages & vertueux comme leur Père. Nous en avons vû de l'un & de l'autre sexe nés aux Indes, revenus de ce pays, actuellement en cette Ville, & dont la conduite sage réglée & soutenuë, détruit invinciblement les suppositions de l'Auteur.

Les

Les libertins, les scélérats, les ames basses, sans honneur & sans courage, que l'on trouve en Europe, sont-ils nés, vivent-ils sous le climat des Indes? Il n'y a dans toutes les parties du monde que trop de ces hommes qui deshonorent l'humanité; & dans toutes les parties du monde, aux Indes, comme en Europe, il y en a qui lui font honneur, parce que par-tout la nature humaine prise en général est la même.

La Nature qui a donné à ces peuples une foiblesse qui les rend timides, leur a donné aussi une imagination si vive, que tout les frappe à l'excès. Cette même délicatesse d'organes qui leur fait craindre la mort, sert aussi à leur faire redouter mille choses plus que la mort. C'est la même sensibilité qui leur fait fuir tous les périls, & les leur fait tous braver. To. 1. p. 366.

C'est donc cette foiblesse & cette timidité qui rend les Indiens assez fermes & assez intrépides, pour aller au-devant d'une mort aussi terrible par ce qui la précède, qu'elle est cruelle par la manière dont elle eſt exécutée. Voilà encore un de ces paradoxes auquel la raiſon aura bien de la peine à ſe ſoumettre.

Mais comment comprendrons-nous que la même délicateſſe d'organes qui fait craindre la mort, faſſe redouter mille choſes plus que la mort? Quelles ſont donc ces choſes ſi redoutables, pour qu'elles le ſoient plus qu'une mort accompagnée de circonſtances capables d'effrayer l'intrépidité même?

Qu'eſt-ce qui produit ces merveilles? Qu'eſt-ce qui donne, qui ſoutient cet eſprit de fanatiſme, qui inſpire ce courage barbare & ces réſolutions féroces? Selon le ſyſtême de l'Eſprit des Loix, ce ne ſont ni les exemples, ni le préjugé, ni l'éducation: c'eſt le climat qui a la propriété de diſpoſer les ames Indiennes à un tel abattement & à une telle privation d'action, qu'il en réſulte les actions les plus vives les plus impétueuſes, & les plus intrépides.

Si avec cette foibleſſe d'organes qui fait recevoir aux peuples d'Orient les impreſſions du monde les plus fortes, vous joignez une certaine pareſſe dans l'eſprit naturellement liée ave celle du corps, qui faſſe que cet eſprit ne ſoit capable d'aucune action, d'aucun effort, d'aucune contention; vous comprendrez que l'ame qui a une fois reçu des impreſſions, ne peut plus en changer. To. 1. p. 367.

Si on le comprend, ce ne ſera pas avec autant de facilité que l'Auteur l'imagine. Il exige que nous ſuppoſions à ces peuples une pareſſe d'eſprit & de corps, une incapacité dans l'un & dans l'autre à aucune action, à aucun effort, à aucune contention; il vient de nous dire que leur imagination eſt ſi vive, que tout les frappe à l'excès, & que par cette raiſon elle reçoit les plus fortes impreſſions du monde.

Mais la vivacité de cette imagination, l'exceſſive impreſſion que les objets font ſur elle, font donc compatibles avec tout ce qui leur eſt le plus diamétralement opposé, avec l'abattement de l'esprit & du corps, avec la privation & l'anéantissement de toutes les facultés de l'ame.

T. 1. p. 365. Nous trouvons un peu plus haut que dans les pays du Midi les passions les plus vives y multiplient les crimes, & que chacun cherche à prendre sur les autres tous les avantages qui peuvent favoriser ces passions.

De-là nous voyons naître l'ambition, l'avarice, la haine, la vengeance, l'amour, la jalousie & tout ce qui porte le nom de passion : nous voyons ces passions se saisir des Nations Méridionales & les rendre furieuses. Nous les voyons dans une activité & dans un mouvement perpétuel, pour prendre sur les autres tous les avantages qui peuvent favoriser ces passions.

Et comme ces autres ont les mêmes passions à satisfaire, de-là doivent naître la fourbe, la dissimulation, l'intrigue & précisément tout ce qui est opposé à l'engourdissement, à la léthargie & à l'anéantiſſement qu'on ſuppoſe ; & ſi ce que l'Auteur nous a dit ne ſuffiſoit pas pour ſurprendre, pour étonner, il ajoute que tout eſt paſſif chez ces peuples ; que la pareſſe fait leur ſouverain bonheur ; qu'ils croyent que le repos & le néant ſont le fondement de toutes choſes & la fin où elles aboutiſſent; qu'ils regardent l'entière inaction comme l'état le plus parfait & l'objet de leurs deſirs & qu'ils eſtiment que la ſuprême félicité conſiſte à n'être point obligés d'animer une machine pour faire agir un corps.

Après des principes auſſi ſolides, l'Auteur n'a-til pas eu raiſon de dire que l'on doit comprendre aiſément comment les hommes qui n'ont point de courage ne redoutent pas la mort la plus affreuſe ? comment, ſans agir, ils ſont toujours en mouvement ; comment, ſans force, ſans effort & ſans contention d'eſprit, ils employent avec une ardeur & une adreſſe incroyables tous les moyens de ſatisfaire leurs passions ; comment la foiblesse de leurs organes frappe leur imagination à l'excès, & fait recevoir à cette imagination les plus fortes impressions du monde ?

To. 1. p. 368. *C'est ce qui fait que les Loix, les mœurs & les manières, même les plus plus indifférentes, comme la façon de se vêtir, sont aujourd'hui en Orient, comme elles étoient il y a mille ans.*

Si le Climat d'Orient étoit, il y a mille ans, comme il est aujourd'hui, tous les hommes de ce temps-là étoient nécessairement il y a mille ans comme ils sont aujourd'hui ; c'est-à-dire, incapables d'aucune action, d'aucun effort, d'aucune contention. En ce cas qui est-ce donc qui a fait, qui a inventé, qui a enseigné ces sciences sublimes que nous tenons des peuples du Midi ; ces Loix civiles, politiques & religieuses par lesquelles ces peuples sont gouvernés ? Ce n'est cependant pas un travail médiocre, puisque pour nous donner seulement une idée de celles qui ſont écrites & connuës, où il n'y a rien à inventer, rien à créer, un homme de beaucoup d'eſprit y a employé vingt années.

Pour prouver que les Loix, les mœurs, les manières & la façon de ſe vêtir ſont aujourd'hui en Orient, comme elles étoient il y a mille ans, l'Auteur cite un fragment de Nicolas de Damas, recueilli par Conſtantin Porphyrogenète, par lequel on voit, dit-il, que la coutume étoit ancienne en Orient d'envoyer étrangler un Gouverneur qui déplaiſoit. Mais étrangler un Gouverneur ne fait rien à la façon de ſe vêtir, & la façon de ſe vêtir ne fait rien *aux mœurs*, & encore moins aux *Loix*; les Tailleurs n'ont rien à démêler avec les Légiſlateurs.

Si nous accordons que le climat d'Orient ſoit la cauſe de la conſtance des Orientaux dans leur religion & dans leurs habillemens, il faudra donc croire que le climat d'Occident *n'ayant pas une qualité aſſez dé-* To. 1. p. 365.

terminée pour fixer ces choſes dans l'Occident, elles doivent être aſſujetties à une inconſtance perpétuelle. En effet, on le remarque très-ſenſiblement dans la manière de ſe vêtir. Une mode finit ſouvent avant l'année qui l'a vû naître ; mais heureuſement la malignité de cette influence ne s'eſt point encore répanduë ſur notre manière d'envisager les dogmes de notre Religion : le reſpect a contenu la puiſſance du Climat, du moins dans une grande partie de l'Europe. Et à l'égard de celles où l'erreur a prévalu, nous ne voyons pas que le Climat du Midi d'Aſie ait eu plus de conſtance à cet égard que le Climat du Nord de l'Europe, puiſque dans la ſeule Religion de Mahomet on compte juſqu'à ſoxante & dix ſectes différentes.

To. 1. p. 368. *Les mauvais Légiſlateurs ſont ceux qui ont favoriſé les vices du Climat, & les bons ſont ceux qui s'y ſont oppoſés.*

Si les bons Légiſlateurs ont réüſſi dans leurs oppoſitions aux vices du

Climat, il s'ensuit que les vertus sont également pratiquables dans tous les Climats, & que la manière d'élever & de conduire les peuples, c'est-à-dire, l'éducation, est capable de produire tous les effets & toutes les variétés de mœurs, de manières & d'usages que nous voyons & que l'Auteur attribuë à l'influence des Climats.

Le tempérament, l'habitude & les passions, ont assez de force pour déterminer à de certaines actions; mais cette force peut être surmontée par la raison & par les loix que dicte la raison. Si on admettoit des obstacles invincibles, les Loix seroient inutiles & la société seroit détruite.

Le nombre des Derviches ou Moines semble augmenter avec la chaleur du Climat; les Indes, où elle est excessive, en sont remplies; on trouve en Europe cette même différence. To. 1. p. 379.

Quand on accorderoit à l'Auteur la réalité du pouvoir des Climats, il n'en seroit pas plus vrai qu'un certain degré de chaleur dût inſpirer une vocation plutôt qu'une autre; autrement il s'enſuivroit que, ſi chaque degré de la Sphère avoit ainſi ſa profeſſion favorite, on ne verroit par exemple, ſous l'équateur, que des Moines, ſous le premier degré que des Soldats, ſous le ſecond que des Préſidens, &c. D'ailleurs cette prétenduë vocation monaſtique, inſpirée par les Climats, eſt contraire aux principes mêmes de l'Auteur.

Selon lui, la vivacité des paſſions dans les pays chauds y multiplie les crimes: *L'amour y eſt le ſouverain bien, il eſt la vie.* Il ſemble que des caractères de cette trempe ne ſont point faits pour la retraite & la contemplation, qui conviendroient bien mieux à ces tranquilles Citoyens du Nord, vertueux par Climat & chez leſquels le phyſique de l'amour eſt à peine ſenſible: Sujets d'ailleurs très-propres au cilice & à la diſcipline, puiſqu'il faut les écorcher pour leur donner du ſentiment.

Pour prouver que le nombre des Moines augmente avec la chaleur, l'Auteur auroit dû rapporter le dénombrement de ceux de l'Inde, pour le comparer avec celui des autres pays. Nous sçavons par l'Hiſtoire & par les Voyageurs, que dans la Corée, qui eſt de trente à quarante degrés plus Septentrionale que l'Inde, on trouve une grande quantité de Couvens d'hommes & de femmes, où il n'y a pas moins de cinq à ſix cens perſonnes; que dans le ſeul Couvent du grand Lama, qui eſt à peu-près à la même latitude que la Corée, il y a plus de vingt mille Moines, & à proportion dans les autres Couvens de la Tartarie payenne & du Tibet.

Si l'Auteur avoit eu d'auſſi nombreuſes troupes de témoins à produire pour l'Inde, y auroit-il manqué, lui qui employe avec tant d'art tout ce qui lui tombe ſous la main? Et ſi nous conſidérons ce qui ſe paſſe ſous nos yeux, qu'y trouverons-nous? Qu'il y a à la vérité plus de Moines en Espagne qu'en Suède & en Dannemarck, mais qu'il y en a plus dans une seule Ville de Moscovie que dans toute l'Afrique.

To. 1. p. 374. *Ce sont les différens besoins dans les divers Climats, qui ont formé les différentes manières de vivre; & ces différentes manières de vivre ont formé les diverses sortes de Loix.*

Se pourroit-il que l'yvrognerie dans certains pays & la sobriété dans d'autres, qui sont des manières de vivre, eussent été la source des différentes Loix de la Société? Domat s'est donc bien trompé, lorsqu'il nous a dit que la source de toutes les Loix étoit dans cette lumière naturelle, dans cette raison qui fait sentir à tous les hommes les règles de la justice, de la tempérance & de l'équité; règles inséparables de la raison.

Après avoir établi par cet axiôme que les diverses sortes de Loix des différens Gouvernemens ont été puiſées dans la manière de vivre des différens peuples ; l'Auteur nous donne une Diſſertation ſur les Loix qui ont rapport aux maladies du Climat. Il commence par la lépre : elle appartient, dit-il, au Climat de la Paleſtine & de l'Egypte ; elle paſſa en Europe, s'y naturaliſa & y fit de grands ravages. To. 1. P. 375.

Il parcourt enſuite les Loix qui ont été faites au ſujet de cette maladie, tant en Aſie qu'en Europe, pour la guérir, ou la prévenir. Il en trouve pluſieurs dans leſquels paroît la ſageſſe & la prévoyance des Légiſlateurs, & entre autres celles de Rotharis Roi des Lombards ; mais il n'en a pas trouvé contre un nouveau mal, maintenant auſſi commun que l'autre eſt ignoré.

Il y a deux ſiècles qu'une maladie inconnuë à nos pères, paſſa du nouveau monde dans celui-ci, & vint attaquer la nature humaine juſques dans la ſource de la vie & des plaiſirs. To. 1. P. 376.

On ne peut pas s'exprimer avec

plus d'agrément ; mais plusieurs Ecrivains Espagnols & particulièrement Herréra Tordésillas, (a) ne sont pas de cet avis ; ils disent que ce n'est que par récrimination que les Espagnols s'en prennent aux Américains, & que c'est avec raison que les Américains prétendent que ce furent les Espagnols qui apportèrent cette maladie au Méxique. Si on vouloit en rechercher l'origine, peut-être ne la trouveroit-on pas éloignée de celle du monde. Mais quels sont ses remèdes, quels sont ses préservatifs ?

T. 1. p. 376. *Comme il est de la sagesse des Législateurs de veiller à la santé des Citoyens il eût été très sensé d'arrêter cette communication par des Loix faites sur le plan des Loix Mosaïques.*

C'est tout ce que l'Auteur nous en dit, quoique le déréglemént des mœurs, qui donne lieu au progrès de cette maladie, eût dû animer son zéle, pour le corriger par ses exhorta

(a) Histoire des Indes Occidentales par Herréra Tordésillas.

tions, & sa charité, en plaçant un Chapitre de plus dans le nombreux formulaire de Loix qu'il a composé pour le Gouvernement des Empires. Il semble qu'après avoir reconnu que *les Législateurs auroient été très-sensés d'arrêter cette communication*, il auroit été d'autant plus en état de réparer leur faute, qu'il en connoît les moyens par *le plan des Loix Mosaïques*.

To. 2. p. 387.

La peste suit immédiatement la maladie dont nous venons de parler : c'est encore un présent de Climat, à ce que dit l'Auteur, ce qui n'empêche pas, qu'elle ne se plaise beaucoup dans les autres pays, quand on lui en permet l'entrée.

Cette maladie peut naître partout. Elle a dévasté en différens tems différentes parties du monde, elle est la suite des famines, des mauvais alimens, des inondations & autres effets naturels. Selon la fable, elle fut générale dans les lieux où le déluge de Deucalion se fit sentir ; les vapeurs & les exhalaiſons cauſées par l'humidité de la terre, empoiſonnèrent l'air ; Apollon les diſſipa par la chaleur de ſes rayons. Elle a ſouvent affligé l'Empire Romain ; la France a ſouvent reſſenti ſes fureurs ; elle eſt fréquente en Egypte, à cauſe des débordemens du Nil ; c'eſt où l'Auteur en place le ſiége. L'idée des Turcs ſur la prédeſtination ne leur permet pas de ſonger aux moyens de s'en garantir : mais il paroît que ce mal étoit inconnu du tems des anciens Rois d'Egypte. La ſageſſe de leur police le prévenoit ou l'arrêtoit, & les Hiſtoriens ne font aucune mention de ſes ravages : avec les mêmes précautions, ce ſeroit aujourd'hui la même choſe, ſi le préjugé des Turcs ne s'y oppoſoit pas.

En indiquant l'origine des maux qui peuvent affliger le genre humain, l'Auteur a cru devoir chercher dans l'Anatomie des règles pour les prévenir & des remèdes pour les guérir. Il nous apprend donc de quelles parties

To. 1. p. 374.

parties le ſang eſt compoſé, quelle eſt la force du reſſort des fibres, la quantité de ſuc nourricier dont nous avons beſoin, quelle eſt la meſure de la tranſpiration. Elle eſt fort grande, dit-il, dans les pays chauds, il eſt néceſſaire que les gens de ces pays-là boivent beaucoup, parce qu'ils ſont fort altérés; & pour ne laiſſer aucun doute ſur cette vérité, il l'appuye d'une longue citation de Bernier. (a)

Les hommes (pris en général) ſont égaux en qualité, pour le moral & pour le phyſique. L'un & l'autre ont leurs maladies. La tempérance & la vertu ſont la ſanté de l'eſprit; les déréglemens & les vices cauſent ſes maladies; une bonne morale, de bonnes Loix, la vigilance du Gouvernement guériſſent ou préviennent ces maux; & pour le phyſique, il faut un régime convenable à la diſpoſition de l'air environnant. Un homme ſous la Ligne tranſpire trop; il faut rallentir le mouvement

(a) Voyez en Note Tom. 1. p. 372.

des liqueurs & s'oppoſer à leur trop grande expanſion. Un autre, vers le Nord, ne tranſpire pas aſſez, il faut obliger la chaleur concentrée, à ſe porter à la circonférence : tous deux ſeront affoiblis par l'action des remèdes; tous deux par leur ſuccès reprendront leur état naturel. Ces remèdes, néceſſaires pendant leur maladie, ceſſent de l'être, quand ils ſont en ſanté. Ils n'ont plus beſoin du Médecin, c'eſt à la raiſon de leur preſcrire le régime qu'ils doivent obſerver pour ne plus tomber dans le même danger, & la raiſon les conduira par les mêmes routes en quelque Climat que ce ſoit.

Ne nous laiſſons point ſéduire par des principes imaginaires : les Loix générales de la raiſon ſont de tous les pays & de tous les Climats, elles n'admettent point d'excluſion ; ſi on remarque des différences dans leurs diſpoſitions, elles ont toutes le même objet, qui eſt le bonheur des peuples pour leſquels elles ſont faites. Ce ſont des rayons différens qui ont un centre commun.

Quelle diſtance immenſe n'y avoit-il pas entre les Inſtitutions des deux plus fameux Légiſlateurs (*a*) de l'Antiquité : Inſtitutions faites pour un même Climat, & pour ainſi dire, pour un même peuple, tant ils étoient voiſins ! Et la forme de leur Gouvernement n'auroit-elle pas pû être adoptée dans des pays plus froids ou plus chauds que Lacédémone & Athènes ? Quelle différence l'Auteur ne trouve-t-il pas lui-même entre le Gouvernement Chinois, & le Gouvernement Japonois, entre le caractère atroce de ces mêmes Japonois, & le caractère doux, tendre & compatiſſant des peuples de l'Inde ; quoique, ſuivant l'immutabilité de ſes principes, ce dût être le contraire, puiſque le Japon eſt beaucoup plus ſeptentrional que l'Inde !

Les cauſes morales ſont, dit-il, dépendantes des cauſes phyſiques.

(*a*) Solon & Lycurgue.

Cela ſuppoſé, la machine qui ſert à l'action de ces cauſes morales ne doit plus être qu'une machine paſſive : c'eſt auſſi ce qui arrive.

To. 1. p. 377. Le Suicide, par exemple, *eſt l'effet d'une maladie chez les Anglois qui tient à l'état phyſique de la machine, & eſt indépendante de toute autre cauſe..... Dans cette maladie l'âme ne ſent point de douleur, mais une certaine difficulté de l'exiſtence. La douleur eſt un mal local qui nous porte au deſir de voir ceſſer cette douleur. Le poids de la vie eſt un mal qui n'a point de lieu particulier, & qui nous porte au deſir de voir finir cette vie :* d'où *il eſt clair que les Loix civiles de quelques pays peuvent avoir eu des raiſons pour flétrir l'homicide de ſoi-même. Mais en Angleterre on ne peut pas plus le punir, qu'on ne punit les effets de la démence.*

L'Auteur a recours à la pathologie pour expliquer la manière dont l'eſprit agit ſur le corps; c'eſt, dit-il, un défaut de filtration du ſuc nerveux; la machine dont les forces motrices se trouvent à tout moment sans action est lasse d'elle-même.

Si ce défaut d'action est la véritable cause du Suicide, il ne devroit jamais y en avoir parmi nous, chez qui, suivant l'Auteur, la filtration du suc nerveux est si rapide, & les forces motrices dans un si grand mouvement, que *nous nous tourmentons sans cesse nous-mêmes*, par l'effet de notre activité naturelle. Cependant nous ne laissons pas de nous abandonner quelquefois à cette folie, qui gagne aussi les Danois, comme nous l'apprenons par la Gazette d'Utrecht du 23. Avril 1751. article de Copenhague dans lequel il est dit : To. 1. p. 353.

» Le Suicide ou la folie de se défaire soi-même qui étoit presqu'inconnuë en Dannemarck, saisit ici la semaine dernière cinq personnes, dont deux eurent l'extravagance de se couper la gorge, & les trois autres celle de se noyer.

Si cette Gazette avoit paru plûtôt, nous aurions eu probablement dans l'Esprit des Loix une Dissertation sur le Climat de Copenhague, & sur la construction anatomique des Danois; bien des chapitres de ce livre ont un fondement qui n'est ni plus général, ni plus solidement appuyé.

Le chagrin, le désespoir, la folie, sont de tous les pays & de tous les climats; & si les Anglois y sont plus sujets que les autres Nations, l'inéxécution de la Loi, l'exemple, le fanatisme, suite ordinaire de l'exemple, doivent-ils être pris pour l'effet du Climat?

Si aujourd'hui le Parlement d'Angleterre faisoit contre les morts des Loix sévères, qui intéressassent assez les vivans pour s'opposer aux premiers accès de cette frénésie, rien de plus certain que l'influence du Climat diminueroit peu à peu, parce qu'alors on cesseroit de regarder le Suicide comme une action noble, généreuse & qui doit supposer un grand courage dans ceux qui méprisent ainsi la vie.

Le Chapitre ſuivant porte pour titre : *Effets d'un certain Climat.* Il paroît être, dans les premières lignes, une continuation du ſujet que nous venons de parcourir ; mais la ſuite ne préſente qu'un amas de prédictions funeſtes, qui annoncent obſcurément la ruine & le renverſement de quelque Empire. Eſt-ce pour eſſayer juſqu'où peut aller la pénétration des lecteurs, ou pour les inſtruire, qu'on leur parle en termes ambigus ? » Si tu lis dans l'avenir, pour» quoi te ſers-tu de paroles que l'on » n'entend pas ; ſi tu le ſçais, tu te » plais donc à te jouer de nous. » (*a*) C'eſt ainſi que le Philoſophe Œnomaüs parloit à l'Oracle, dont il avoit été ſouvent la dupe.

Dans une Nation à qui une maladie de Climat affecteroit tellement l'ame qu'elle porteroit le dégoût de toutes choſes juſqu'à celui de la vie, on voit bien que le Gouvernement qui conviendroit le mieux à des gens à qui tout ſeroit in- To. 2. p. 378.

(*a*) *Vide Euſebii Chronicon.*

ſupportable, ſeroit celui où ils ne pourroient pas ſe prendre à un ſeul de ce qui cauſeroit leurs chagrins, & où les Loix gouvernant plutôt que les hommes, il faudroit, pour changer l'Etat, les renverſer elles-mêmes.

Si cette Nation avoit reçu du Climat un certain caractère d'impatience qui ne lui permettroit pas de ſouffrir long-tems les mêmes choſes; on voit bien que le Gouvernement, dont nous venons de parler, ſeroit encore le plus convenable. Ce caractère d'impatience n'eſt pas grand par lui-même, mais il peut le devenir beaucoup, quand il eſt joint avec du courage. Il eſt différent de la légèreté..... il approche plus de l'opiniâtreté, parce qu'il vient d'un ſentiment des maux ſi vif, qu'il ne s'affoiblit pas même par l'habitude de les ſouffrir.

Ce caractère dans une Nation libre, ſeroit très-propre à déconcerter les projets de la tyrannie.... qui ne montre d'abord qu'une main pour ſecourir, & opprime enſuite avec une infinité de bras.

La ſervitude commence toujours par

le sommeil ; mais un peuple qui n'a de repos dans aucune situation, qui se tâte sans cesse, & se trouve tous les endroits douloureux, ne pourroit guères s'endormir.

La politique est une lime sourde qui use & qui parvient lentement à sa fin ; or les hommes dont nous venons de parler, ne pourroient soutenir les lenteurs, les détails & le sang-froid des Négociations ; ils y réüssiroient souvent moins que toute autre Nation, & ils perdroient par leurs traités ce qu'ils auroient obtenu par leurs armes.

Tout ce que l'on peut recueillir de ce discours, c'est que, pour que le Gouvernement d'une Nation ne soit pas confié à un seul, il faut qu'elle vive sous un Climat qui lui donne une grande disposition à trouver tout insupportable & à se tuer. Mais si le Climat lui fait trouver tout insupportable, elle s'en prendra aussi bien à plusieurs qu'à un seul, aussi bien aux Loix qu'aux personnes préposées pour les faire exécuter; & s'il y a eu un pays & une nation tellement affectée de cette maladie de climat, qu'elle ait fait tomber sa mauvaise humeur sur le Monarque qui la gouvernoit; elle n'a pû attenter à sa personne qu'en méprisant & en violant les Loix du Gouvernement monarchique. Mais pourquoi ne méprisera-t-elle pas, & ne violera-t-elle pas également les Loix du Gouvernement Monarchi-Aristo-Démocratique? La même folie qui la portera à haïr tout ce qui s'offrira à ses yeux & à son imagination, qui lui fera porter le dégoût de toutes choses jusqu'à détester sa propre existence, la portera à haïr & à détester le Souverain les Magistrats & les Loix de tout Gouvernement quelconque. Ainsi dès que, par la disposition Géographique de notre Globe, cette Nation se trouve exposée à l'influence du Climat qui produit tous ces funestes effets, rien ne peut garantir l'Etat de sa chûte prochaine & de toutes les calamités qui sont la suite fatale des Révolutions.

Quel eſt au reſte l'avantage que cette malheureuſe Nation trouve à ſe tuer ? Qu'importe à ceux qui ne ſont plus, que ce ſoit un ſeul ou pluſieurs qui gouvernent? Et qu'importe à ceux qui leur ſurvivent, de ſe battre pour faire des Traités où *ils perdent ce qu'ils ont obtenu par leurs armes ?* Ne vaudroit-il pas mieux pour les uns, qu'ils euſſent continué de vivre juſqu'au terme limité par la nature, & pour les autres qu'ils ſe fuſſent tenus dans les bornes du reſpect & de la ſoumiſſion qu'exigent la règle & les Loix de la ſociété politique ?

Autres effets du Climat, c'eſt le titre du Chapitre 14. pag. 380. L'Auteur dit, que *nos pères les anciens Germains, habitoient un Climat où les paſſions étoient très-calmes; que leurs Loix ne trouvoient dans les choſes que ce qu'elles voyoient, & n'imaginoient rien de plus; qu'elles jugeoient des inſultes faites aux hommes par la grandeur des bleſſures, & qu'elles ne mettoient pas plus de rafinement dans les offenses faites aux femmes.* Et sur cela il rapporte la Loi des Allemands qui prononce une amende *de six sols contre celui qui découvre la jambe jusqu'au genou, & le double depuis le genou :* en sorte, dit-il, *que la Loi sembloit mesurer les outrages faits à la personne des femmes, comme on mesure une figure de Géométrie.*

Si nos prétendus pères les Germains habitoient un Climat qui produisît des effets si singuliers, pourquoi ceux qui habitent actuellement ce même Climat n'ont-ils plus les passions aussi calmes ? C'est que l'expérience éclaire l'esprit, la communication des peuples multiplie les connoissances, les mœurs changent avec l'éducation, la Police se perféctionne.

Les Allemands n'ont certainement pas consulté le Climat, quand ils ont substitué une autre Loi à celle qui mesuroit les outrages faits aux femmes, comme on mesure une figure de Géométrie ; ils l'ont trouvée ridicule, ils ont cru que c'étoit un motif suffisant pour la changer. D'ailleurs, quelle justesse, quel rapport trouve-t-on dans cette comparaison ? Quelle est la figure de Géométrie, à laquelle le Chapitre 58. (*a*) de leur Loi auroit pû convenir ?

Cette Loi (des Allemands) *ne punissoit point le crime de l'imagination ; elle punissoit celui des yeux.*

Cette Loi, comme au sens de l'Auteur, auroit été fort juste dans sa première partie. Dans aucun pays on ne punit l'imagination ; la simple conceptiondu crime & même le consentement de la volonté n'est point du ressort de la justice humaine.

Dans la seconde partie, cette Loi auroit été très-injuste ; l'action de voir & de regarder n'a jamais été mise au nombre des crimes privés ni des crimes publics. Le caractère de tous les crimes que punissent les hommes,

(*a*) *Si aliquis liberam fœminam virginem, &c. ..... cum duodecim solidis componat ; si autem cum eâ, &c. .... componat solidos* 40. Baluz. Tom. I. p. 72. Ch. 58. de la Loi des Allemands.

est qu'ils blessent l'ordre de la société, d'une manière qui offense le Public : ce caractère ne se trouve point dans l'action de voir ; elle n'est donc pas un crime ; les Allemands ne devoient donc pas la punir.

Mais en examinant les termes mêmes de cette Loi, on voit qu'elle n'avoit en vûë que des crimes réels, commis avec violence contre l'ordre public & l'honneur particulier des femmes. Cette Loi, dans sa seconde partie, ne dit pas que si quelqu'un regardoit une femme, il payeroit quarante sols ; elle exprime & caractérise très-clairement la nature de l'outrage qu'elle soumet à cette peine. (*a*)

Dans ce pays où la jalousie a fait tant de ravages, & d'où elle n'est peut-être pas encore entièrement bannie, dans ce pays où les Loix de la pudeur sont si rigoureusement observées, où l'extrême sobriété est si

(*a*) Voyez ci-devant l'article 58. de la Loi des Allemands.

fort en recommandation; en Toſcane, toutes les femmes étoient anciennement communes; elles etoient nuës comme les filles de Lacédémone; elles s'enyvroient comme la vile populace du Nord. (*a*) Eſt-ce la même choſe aujourd'hui ? Le Climat eſt-il un autre Climat?

Nous trouvons, dans le ſecond Volume de l'Eſprit des Loix page 200. un Chapitre qui a pour titre: *Inconvénient du tranſport d'une Religion d'un pays à un autre.* Notre intention n'eſt pas d'examiner ſi les raiſons, qui y ſont alléguées, ſont aſſez ſolides pour que toute Religion doive ſupprimer ſes Miſſionnaires; nous ne revendiquons que ce qui appartient aux Climats.

Lorſque la Religion fondée ſur le Climat a trop choqué le Climat d'un autre pays, elle n'a pû s'y établir; quand on l'y a introduite, elle en a été chaſſée; & il ſemble, humainement parlant, que ce ſoit le Climat qui ait preſcrit des bor-

(*a*) Hiſtoire Générale de tous les Peuples du Monde.

nes à la Religion Chrétienne & à la Religion Mahométane.

Comment accorder l'Auteur avec ce que nous lisons chez les autres Ecrivains qui ont parlé de la Religion Mahométane? Une des maximes de cette Religion, disent-ils, c'est la tolérance de toutes sortes de Religions, moyennant un tribut annuel; il n'y en a aucune dont elle ne souffre la profession & l'exercice; Chrétiens, Juifs, Idolâtres, Guèbres ou Ignicoles, & toutes autres sortes de Sectes contre lesquelles on n'exerce aucune violence ni mauvais traitemens, pourvû que l'on paye exactement le tribut, qui est d'un gros d'or pour chaque mâle.

Mais est-ce aux Climats que nous devons attribuer la différence qu'il y a entre ce que les Religions étoient autrefois, & ce qu'elles sont aujourd'hui?

La Religion Chrétienne a chassé l'Idolâtrie, le Mahométisme a fait de grands progrès sur l'une & sur l'autre.

La

La Religion & les mœurs Espagnoles, Portugaises, Angloises & Françoises ont pris la place des mœurs & de la Religion des Mèxicains, des Péruviens & des autres Nations du Nord & du Sud, du Continent & des Isles de l'Amérique.

Les Gouvernemens ont changé de forme par-tout l'Univers. On voit maintenant la servitude, (*a*) où étoit autrefois la liberté, & la liberté, où étoit la servitude; (*b*) les pays les plus barbares ont été habités par des Nations polies, (*c*) & ceux des Nations polies ont été le centre de la barbarie. (*d*)

C'est l'effet de l'inconstance & de la fragilité des choses humaines; il n'y a rien de stable dans le monde; il y a une vicissitude perpétuelle dans toutes les parties dont il est formé. Ce qui est grand, vaste, bien composé, bien lié subsiste plus long-tems,

(*a*) En Grèce, en Afrique, &c. = (*b*) En France, en Angleterre, en Italie. = (c) La Grèce, l'Afrique, la Chaldée, l'Egypte. = (d) Toute l'Europe.

il faut plus de force & d'années pour le détruire. Mais enfin son terme arrive, il succombe, & ses débris servent à la composition d'un autre Tout. Les plus grands Empires ont pris fin; d'autres plus ou moins grands leur ont succédé. C'est la Providence qui régit tout par sa Sagesse, & non l'influence des Climats & la fatalité du sort. Dieu est venu pour éclairer toutes les Nations. (*a*)

Il n'y a, dit-on, rien de nouveau sous le Soleil en sciences & en erreurs. C'est une vérité qui se confirme à l'égard des Climats, comme à l'égard des autres choses. Pourquoi s'attacher plutôt à rajeunir les vieilles erreurs, que les anciennes vérités? Le systême du pouvoir absolu des Climats a pris naissance dans des siècles fort reculés : mais ce systême a toujours été accompagné des contradictions qui en sont inséparables, lorsqu'on veut lui faire franchir les bornes qui lui sont prescrites,

(*a*) *Ecce dedi te in lucem gentium.*

en sorte que, sans le secours de la réflexion, il se seroit détruit de lui-même par l'évidence de sa fausseté.

En partant d'un bon principe, toutes les idées particulières doivent se rapporter à l'idée générale, comme les branches à leur tronc : ici toutes les idées particulières fuyent & s'éloignent de l'idée générale, preuve constante de l'erreur, & cette erreur vient de ce qu'on a confondu, ou plutôt de ce qu'on a pris la force & le pouvoir de l'éducation pour l'influence des Climats. Quelques exemples pris dans les Auteurs anciens & modernes justifieront notre sentiment.

Platon fait dire à Socrate dans le quatrième Livre de sa République : » Il y a des peuples fiers, c'est le dé» faut des Scythes & des Thraces; on » en accuse d'autres, les Phéniciens » & les Egyptiens, par exemple, » d'être intéressés; quelques-uns se » distinguent par un amour extraor» dinaire pour les sciences. Une si » belle passion fait notre gloire à nous

» autres Athéniens, & nous relève
» par-dessus toutes les Nations du
» monde. Il seroit contre tout bon
» sens d'assigner d'autres causes de
» cette diversité des penchans natu-
» rels que le Climat & la tournure
» particulière d'esprit qu'il engendre. »

Dans toutes les autres parties de ses écrits, ce Philosophe reconnoît la liberté de l'ame & son indépendance de la matière. Ici il l'assujettit servilement à la puissance des Climats, & plusieurs de ceux qui sont venus après lui, soit qu'ils l'ayent regardé comme infaillible, soit qu'ils ayent trouvé plus court de le copier que de le combattre, ont embrassé la même erreur, quoiqu'il leur eût fourni lui-même des armes pour la détruire.

Si on elève un peuple dans l'amour des sciences & des connoissances sublimes, l'appétit raisonnable se développera; voilà les Athéniens. Si on l'élève pour la guerre, & qu'on attache toutes ses idées à cette profession, l'irascible sera l'appétit dominant; voilà les Scythes & les Thraces. Si on le tourne du côté du commerce, il mettra en pratique toutes les œconomies que le commerce exige, pour augmenter ses richesses & se procurer les commodités de la vie; alors l'appétit concupiscible paroîtra dans tout son jour; voilà les Phéniciens & les Egyptiens. Ces mouvemens, ces passions appartiennent aux hommes de tous les pays & de tous les tems; & l'on peut soutenir avec raison, que les différences qui se remarquent entre eux, ne doivent être attribuées qu'à la différence de l'éducation, qui ouvre la barrière à la fougue des passions, ou qui sçait les contenir dans de justes bornes.

Quelle puissance n'est-on pas forcé de reconnoître dans cette éducation, quand on pense à ce jeune Spartiate, qui ayant volé un petit renard, le cacha sous sa robe, & souffrit, sans jetter un seul cri, qu'il lui déchirât le ventre avec les ongles & les dents, jusqu'à ce qu'il tombât mort sur la place? Il étoit louable parmi les Lacédémoniens de voler avec adresse & subtilité, & honteux d'être surpris. (*a*)

Quels exemples ne nous fourniroit pas l'école de Zénon, répanduë dans toutes les contrées! Ses Sectateurs y portèrent la rigidité de leurs mœurs & l'austérité de leur chimérique vertu. Pendant qu'ils rougissoient de l'humanité, d'autres habitans du même Climat, en faisoient gloire : ils vouloient anéantir les passions, les autres vouloient s'en servir & les régler.

Les Romains, ces hommes durs, infatigables, intrépides, respiroient le même air que les Sybarites, qui se glorifioient de n'avoir jamais vû le Soleil se lever ni se coucher; qui avoient défendu tous les arts qui s'exercent avec bruit, pour que leur sommeil n'en fût pas troublé; qui avoient établi des loix politiques de

(*a*) Plut. vie de Lycurgue.

molesse & de volupté, comme les Romains en avoient établi de vertu, de frugalité & d'austérité.

Les Juifs professoient leur culte à la Chine plus de deux cens ans avant J. C. Ils s'y étoient établis sous la Dynastie des Han. Ils avoient leur principale Synagogue à Caï-fon-fou Capitale de la Province de Honan. Ils sont répandus sur toute la terre habitable; ils y ont porté & perpétué leur Religion. La diversité des Climats ne les a point forcés à en changer.

La Religion Mahométane est un mélange de la Religion Juive & Chrétienne, & des rêveries de l'Alcoran. Celle des Abyssins est un mélange des superstitions de ces mêmes croyances. Le Climat de Turquie & d'Abyssinie est donc également propre à la Religion Juive, Chrétienne, & Mahométane.

» Nous avons vû des Grecs, dit Denys d'Halicarnasse, (a) en parlant des effets de l'éducation & de

(a) Denys d'Halicarnasse, L. 1.

la force de l'exemple, » pour avoir
» demeuré quelque tems chez les E-
» trangers, renoncer à leurs Coutu-
» mes, ne reconnoître plus les mê-
» mes Dieux, secouer le joug des
» plus saintes Loix, ne plus garder la
» foi dans les Contrats, oublier en un
» mot leur langue naturelle; té-
» moins les Achaïens, habitans du
» Pont, peuples autrefois les plus
» policés de la Grèce, qu'un sembla-
» ble commerce a rendus les plus bar-
» bares & les plus cruels que nous
» voyions de nos jours. »

Si l'Auteur a puisé dans les Anciens son préjugé sur les Climats, il en a puisé tout le systême & la plûpart des exemples qu'il rapporte, dans les Modernes, & particulièrement dans les Voyages de Chardin, sans faire attention aux contradictions des uns & des autres, quoiqu'elles sautent, pour ainsi dire, aux yeux. On a pû en remarquer de très-sensibles dans ce que nous avons dit des Anciens. Celles de Chardin ne sont pas moins frappantes. Il ſera facile d'en juger, en liſant les pages 5. 251. & 252. du Tome 5. & les pages 98. 116. 152. 169. & 214. du Tome 4.

La terre eſt un corps compoſé d'une infinité de parties, & ces parties ſont elles-mêmes compoſées d'une infinité d'autres ; mais au Nord comme au Sud, le feu eſt du feu, l'eau eſt de l'eau, les brutes ſont des brutes, & les hommes ſont des hommes.

Chacune de ces choſes a ſes qualités & propriétés diſtinctives, ſans quoi elles ceſſeroient d'être ce qu'elles ſont; ainſi le feu du Japon ſera chaud en France, l'eau y ſera liquide, les brutes y ſeront des brutes, & les hommes y ſeront des êtres raiſonnnables.

Nous ne prétendons pas dire que toutes les ſubſtances ſoient parfaitement ſemblables. Nous ſçavons qu'il y a une variété infinie dans tous les corps d'une même eſpèce; il n'y a peut-être pas dans toutes les mers deux grains de ſable parfaitement égaux. Tous les hommes ont des différences dans les traits & dans les proportions extérieures & intérieures ; mais cela n'empêche pas qu'un grain de ſable ne ſoit un grain de ſable dans toutes les mers, & que l'homme ne ſoit un être raiſonnable dans tous les pays.

La même variété ſe trouve dans les eſprits, ſoit à raiſon de celle des tempéramens, ſoit à cauſe de la diverſité des éducations. Il y a une multitude de nuances, depuis l'extrême ſagacité juſqu'à l'extrême ſtupidité ; mais le principe de la raiſon eſt toujours le même. L'ame ſe plie & s'accoutume à tout ; comme elle eſt libre & qu'elle s'eſt volontairement ſoumiſe ou à ſes propres réflexions, ou à la perſuaſion, ou aux exemples, d'autres réflexions, d'autres inſinuations, d'autres exemples la feront changer. C'eſt ce qui fait que les ſciences ont abandonné la Grèce, (*a*)

(*a*) Homère & Hérodote y ont pris naiſſance ; l'un le père de la Poëſie, l'autre de l'Hiſtoire.

l'Asie mineure, l'Arabie, l'Egypte & les côtes d'Afrique, pour passer en Europe, & que des Nations autrefois guerrières & conquérantes, sont aujourd'hui lâches & incapables d'entreprises généreuses.

CHAPITRE XXI.

Comment les Loix de l'Esclavage civil ont du rapport avec la nature du Climat.

L'Esclavage proprement dit est l'établissement d'un Droit qui rend un homme tellement propre à un autre homme, qu'il est le maître absolu de sa vie & de ses biens. To. 1. p. 383.

S'il n'y avoit qu'une sorte d'esclavage, & s'il étoit par-tout le même, cette définition pourroit être admise; mais il y a l'esclavage que le droit des gens autorise comme une suite naturelle de la guerre; l'esclavage qui provient de la naissance, l'esclavage de l'homme qui vend sa liberté, l'esclavage de ces hommes attachés à la terre, comme en Pologne & ailleurs, & comme il étoit anciennement parmi nous; l'esclavage des Négres dans les Colonies des Européens en Amérique; l'esclavage de ceux qui sont condamnés aux travaux publics, aux mines, aux Galères; le Maître n'a droit de vie & de mort sur aucun de ces esclaves.

Du tems de la République, les Romains eurent droit de vie & de mort sur leurs esclaves, & presque aucune des Nations du monde n'avoit établi ce droit barbare. Les Empereurs l'abrogèrent. Adrien décerna peine de mort contre ceux qui tueroient leurs esclaves sans raison; si le Maître usoit de la correction domestique avec trop de rigueur, on l'obligeoit à vendre son Esclave à un prix raisonnable.

Pour faire comprendre ce que c'est que l'esclavage, il ne suffit donc pas d'une définition générale, vague, indéterminée qui ne donne point de notions fixes & qui n'exprime point la nature du défini.

L'Esclavage n'est pas bon par sa nature, il n'est utile ni au Maître ni à l'Esclave. To. 1. p. 383.

C'est décider bien promptement une question qui a paru problématique à beaucoup de personnes qui y ont long-tems réfléchi. Plusieurs soutiennent, contre ce sentiment, que l'esclavage mitigé par une Loi conforme à la sagesse de notre Police, & & à la douceur de nos mœurs, seroit un vrai bien pour l'Esclave & pour le Maître, & conséquemment pour le Corps de l'Etat.

Ce seroit un bien pour l'Esclave, en ce qu'il seroit toujours assûré de son logement, vêtement & subsistance pour lui & pour sa famille ; parce que faisant la richesse du Maître, celui-ci auroit intérêt de veiller à la conservation de la santé & de la vie de son Esclave; au lieu qu'à présent personne n'étant obligé par état à secourir les misérables, ils n'ont de ressource que dans une charité froide & ſouvent impuiſſante.

Nos anciens Eſclaves reconnurent ſi bien cette vérité, que Louis Hutin cherchant par toutes ſortes de moyens les deniers néceſſaires pour ſubvenir aux frais de ſa malheureuſe guerre contre les Flamands, offrit inutilement des Lettres d'affranchiſſement, moyennant finance, à tous ceux qui en voudroient prendre. La plûpart aimèrent mieux reſter dans l'eſclavage, il fallut les forcer, dit Mezeray, & il ne leur fut pas libre de ne le point être.

A l'égard du Maître, il ſeroit sûr d'avoir toujours le nombre de domeſtiques ou d'ouvriers néceſſaires à ſa condition ou profeſſion, & de faire exécuter les différens travaux qu'il voudroit entreprendre ſans crainte d'être expoſé au caprice de ces hommes à loyer, qui pendant leur jeuneſſe & dans le tems qu'ils ſont le plus en état de ſervir avec utilité, ſe livrent au libertinage & à l'yvrognerie, & souvent abandonnent leurs Maîtres dans les besoins les plus pressans.

M. le Baron de Busbec (*a*) habita long-tems le pays de la servitude ; il avoit des Lettres & de l'expérience, il voyoit les choses en homme instruit, il parle fort au long de la condition des Esclaves en Turquie. Voici sa conclusion.

» Ceci me fait croire que celui de » nous qui le premier a aboli la ser» vitude, n'a pas procuré un grand » bien à notre Nation. Je sçais que » les inconvéniens sont grands, mais » les avantages le sont plus encore. » Quoi donc ! si cette servitude telle » qu'elle étoit à Rome autrefois, & » dont les devoirs sont prescrits par ses » Loix, subsistoit aujourd'hui, auroit» on besoin de recourir si souvent » aux croix, aux potences, pour punir » ceux qui n'ont pour bien que la vie » & la liberté ? La misère & la pau-

(*a*) Ambassadeur de l'Empereur Ferdinand I. auprès de Soliman II.

» vreté les pouſſent au crime. Quelle » force peut avoir la liberté, quand » elle eſt combattuë par la faim! Ici (en » Turquie) le Maître vit du travail de » ſon Eſclave; chez nous le Maître » joindroit ſon travail à celui de ſon » Eſclave, & il ſeroit riche. Ici l'Eſ- » clave maintient en bon état les biens » de ſon Maître; chez nous le domeſti- » que eſt fainéant, le plus grand nom- » bre voleurs, & preſque tous indif- » férens ſur les intérêts de leurs Maî- » tres. Le profit & l'utilité que les « Turcs tirent des Eſclaves, excède » tout ce que je pourrois dire: auſſi eſt- » il un proverbe parmi eux, que celui » qui a un Eſclave, ne peut être regar- » dé comme pauvre. (*a*)

To. 1. p. 383. *L'Eſclave ne peut rien faire par vertu. Le Maître contracte avec l'Eſclave toutes ſortes de mauvaiſes habitudes; il s'accoutume inſenſiblement à manquer à toutes les vertus morales, il devient fier, prompt, dur, colère, voluptueux, cruel.*

(*a*) Trad. de M. l'Abbé de Foi, T. 2. p. 29.

Comme

Comme l'Auteur propose ailleurs cette même question sur les Esclaves, sçavoir, s'il est possible qu'ils ayent quelque vertu ; nous ne l'agiterons point ici. A l'égard de la question concernant les Maîtres, elle se trouve décidée par les grands Hommes que la République de Rome a produits. Dans les tems que l'Esclavage étoit dans toute sa force par le nombre des Esclaves, & par l'empire absolu que les Maîtres exerçoient sur eux, on vit fleurir les Fabius, les Régulus, les Manlius Torquatus, les Mutius Scævola, les Catons, les Cicéron & cette multitude d'autres grands Hommes que l'Histoire nous présente comme les modèles de toutes les vertus.

Dans les pays despotiques, où l'on est déja sous l'esclavage politique, l'esclavage civil est plus tolérable qu'ailleurs : chacun y doit être content d'y avoir sa subsistance & la vie ; ainsi la condition de l'Esclave n'y est guères plus à charge que la condition du Sujet. To. I. p. 384.

L'Auteur nous dit à l'égard des Esclaves, que *l'esclavage rendoit un homme tellement propre à un autre homme, qu'il étoit le maître absolu de sa vie & de ses biens.*

To. 1. p. 42. A l'égard du Sujet de ces mêmes pays despotiques, qu'*ils sont jugés par les Loix, & qu'il faut que la tête du dernier soit en sûreté.*

Et ici que *la condition de l'Esclave n'est guères plus à charge que la condition du Sujet.*

Mais ces Sujets ont des Esclaves tant qu'il leur plaît d'en entretenir. Trouve-t-on que ce soit la même chose de commander ou d'obéir ? d'avoir *sa vie* & ses biens *en sûreté*, ou d'être exposé au caprice d'un Maître qui, jouïssant d'un pouvoir absolu, peut à tous les instans infliger des peines cruelles & la *mort même ?* Cette condition malheureuse, n'est-elle pas plus à charge que celle des Sujets des Gouvernemens absolus, qui, suivant Chardin, (*a*) jouïssent d'une liberté

(*a*) Voyages de Chardin, t. 6. p. 131. & 174.

raisonnable & de la disposition de leurs biens, dont l'hérédité passe de droit aux enfans, suivant la volonté des Pères.

D'ailleurs, en supposant avec l'Auteur les nuances de l'esclavage politique & de l'esclavage civil aussi insensibles qu'il le prétend, *le premier étant un mal si affreux, qu'il n'en peut*, dit-il, *parler sans frémir*; le second étant un autre mal également affreux ; celui-ci en sera-t-il plus tolérable ?

Dans le Gouvernement monarchique, où il est souverainement important de ne point abattre ou avilir la nature humaine, il ne faut point d'Esclaves..... Des Esclaves sont contre l'esprit de la constitution du Gouvernement démocratique & aristocratique. Ils ne servent qu'à donner aux Citoyens une puissance & un luxe qu'il ne doivent pas avoir. To. 2. p. 384.

En remontant depuis François I. jusqu'aux siècles les plus reculés, on trouve l'esclavage établi dans tous les Gouvernemens, soit républicains, ſoit monarchiques. Si la République des Hébreux, celles de la Grèce, de Carthage, de Rome; ſi la Monarchie de Rome & toutes celles qui en Europe ſe formèrent de ſes débris, ont pu ſubſiſter ſi longtems avec l'eſclavage, pourquoi feroit-il contraire aujourd'hui à l'eſprit de leur conſtitution ? On n'en trouve aucune raiſon ſuffiſante, & il y a lieu de croire que l'Auteur n'en trouve pas non plus; car il propoſe au Chapitre 16. page 403. un projet de Réglement entre les Maîtres & les Eſclaves, fondé ſur les Loix d'Athènes, de Lacédémone, de Platon & de Rome; ce Réglement & les recherches qu'il a coûté, non-ſeulement ſont inutiles dans l'état préſent des formes politiques, mais encore oppoſés au but de l'Auteur, qui après s'être efforcé de prouver que l'eſclavage eſt contraire au Droit civil & naturel, à l'humanité, à l'intérêt de l'Etat, n'auroit pas dû, à ce qu'il ſemble, publier un Réglement pour établir & maintenir ce qu'il a intention de détruire.

La première origine que l'Auteur nous donne de l'esclavage est le Droit des Gens, qui a voulu que les prisonniers fussent Esclaves, pour qu'on ne les tuât pas.

La seconde, la liberté que le Droit civil des Romains accorda aux débiteurs de se vendre eux-mêmes.

La troisième, le Droit naturel, qui a voulu que des enfans qu'un père esclave ne pouvoit plus nourrir, fussent dans l'esclavage comme leur père. T. 1. p. 385.

L'Auteur dit sur ces trois premières origines que les Jurisconsultes Romains n'étoient pas sensés. C'étoit cependant des Loix faites dans ces tems où il nous représente la République Romaine, uniquement guidée par ces hommes sages, qui l'étoient eux-mêmes par l'équité & la vertu; mais il y a quelquefois des momens de délire dans les têtes les mieux organisées.

To. I. p. 385. *Il n'eſt pas vrai qu'un homme libre puiſſe ſe vendre ; la vente ſuppoſe un prix : l'Eſclave ſe vendant, tous ſes biens entreroient dans la propriété du Maître. Le Maître ne donneroit donc rien, & l'Eſclave ne recevroit rien.*

C'eſt là une des principales raiſons qui déterminent l'Auteur à regarder les Juriſconſultes Romains comme des inſenſés : mais quand la Loi l'a autoriſé, pourquoi un homme libre ne pourroit-il pas vendre ſa liberté ? Nous ne prétendons pas dire qu'il fait mieux de la vendre que de la conſerver ; nous diſons ſeulement qu'il peut la vendre & même qu'il peut avoir pour cela des raiſons plauſibles.

Un homme a été malheureux dans toutes ſes entrepriſes, rien ne lui a réuſſi : il a de la peine à ſubſiſter, il n'eſt pas affecté par un ſentiment fort vif du prix de la liberté, il trouve ou croit trouver un Maître doux & raiſonnable ; il s'attache à lui, il ſe vend pour être lui & les ſiens logés, vêtus

& nourris en santé & maladie. Il n'y a rien là qui répugne à la possibilité, à la raison, ni même à la justice. Grotius sera notre garant.

» Dans l'Etat premier de Nature, » dit ce sçavant homme, nul n'est » Esclave, & c'est dans ce sens que » les Jurisconsultes disent que la ser- » vitude est contraire à la nature ; » mais que la servitude ait pû prendre » son origine *d'une convention* ou d'un » délict, c'est ce qui ne répugne » point à la justice naturelle. (*a*)

Mais il y a plus, il n'y a qu'un homme libre qui puisse se vendre ; s'il n'étoit pas libre, il ne pourroit pas disposer de lui ; & suivant le Droit naturel, chacun peut disposer de sa personne & de ce qu'il possède, comme il le juge à propos, sous la seule condition de ne faire aucun tort à autrui. (*b*)

S'il est débiteur, c'est une peine

(*a*(Grotius, Droit de la Guerre & de la Paix. t. 2. p. 104. & suiv. =(*b*) Burlamaqui, Principes du Droit naturel.

que la Loi a imposée à sa mauvaise conduite. Ne vaudroit-il pas mieux pour un homme insolvable qu'il devînt Esclave, & qu'on lui fournît tous ses besoins, que d'être mis dans une prison pour y passer misérablement une partie & peut-être le reste de ses jours ?

La vente suppose un prix ; mais le prix de l'homme libre qui se vend est sa subsistance, son entretien & le payement de sa dette.

La quatrième origine est la naissance. L'Auteur dit que cette espèce d'esclavage tombe avec celles dont il a précédemment parlé.

To. 1. p. 386. *Car si un homme n'a pû se vendre*, dit-il, *encore moins a-t-il pû vendre son fils qui n'étoit pas né : si un prisonnier de guerre ne peut être réduit en servitude, encore moins ses enfans.*

On conçoit que, si un homme n'a pû se vendre, il n'a pû vendre son fils qui n'étoit pas né ; & qu'il en est de même d'un prisonnier de guerre, s'il n'a pû être réduit en servitude ;

mais c'eſt argumenter d'après une ſuppoſition fauſſe ; car la Loi a permis à l'homme libre de ſe vendre, & le Droit des Gens a établi la ſervitude à l'égard du priſonnier de guerre : & ſi ni l'un ni l'autre ne peuvent vendre leurs enfans, c'eſt qu'étant incapables d'aucuns Actes civils, ils ne peuvent diſpoſer de rien, leurs obligations & leurs engagemens ſont nuls, ils ſont morts civilement.

La Loi a ordonné que les enfans ſuivroient la condition du père, & cette Loi eſt de tous les pays, où l'eſclavage a été connu. Tacite en parlant de la femme d'un Chef Allemand, priſonnière des Romains, l'appelle un ventre engagé à la ſervitude.

Qu'avoient de mieux à faire les Légiſlateurs, que d'aſſûrer l'état, la ſubſiſtance & l'éducation de ces enfans, & d'empêcher la confuſion des conditions? Effet infaillible d'une manumiſſion génerale, qui n'auroit opéré que du déſordre dans la République, sans procurer une meilleure fortune à ceux qui l'auroient reçûë.

Ces mêmes Loix toujours sages avoient borné l'usage de la manumission à des cas particuliers, & prescrit trois formulaires différens. Servius Tullius passe pour être l'Auteur du premier ; Publius Valérius Publicola du second ; à l'égard du troisième, il en est parlé fort au long dans les Institutes de Justinien.

L'Auteur tire la cinquième origine de l'esclavage, de la différence des Coutumes.

To. 1. p. 387. *Lopès de Gama avouë*, dit-il, *que le Droit sur lequel les Espagnols fondèrent l'esclavage des Américains, est qu'ils trouvèrent près de Sainte-Marthe des paniers où les habitans avoient des denrées ; c'étoient des cancres, des limaçons, des cigales, des sauterelles ; les vainqueurs en firent un crime aux vaincus, outre qu'ils fumoient du tabac, & ne se faisoient pas la barbe à l'Espagnole.*

On peut croire que Lopès de

Gama a écrit ce que l'Auteur rapporte ; mais il est permis de douter qu'il ait eu intention de nous donner ce trait, comme quelque chose de sérieux, & comme le fondement d'un Droit aussi important que celui de l'esclavage de toute une Nation.

Les Espagnols ont fait la conquête de l'Amérique ; ils en ont soumis les peuples, comme un vainqueur soumet des peuples vaincus. Les premiers Conquérans voulurent user de leur droit, ils voulurent se distribuer les Américains & s'approprier leurs personnes & leurs travaux ; mais sur diverses représentations, & entre-autres sur celles du Prêtre Las-Cazas, Charles-Quint qui régnoit alors défendit qu'on les inquiétât, & leur permit de vivre selon leurs coutumes, que gardent encore ceux qui ne se sont point convertis, ou unis par des mariages avec les Espagnols.

L'Auteur ne pouvoit appuyer son Histoire d'un exemple moins favorable que celui des habitans de la

Province de Sainte-Marthe, peuple encore féroce ; renommé en force de corps & en valeur, gouverné par ses Rois & fort éloigné d'obéïr aux Espagnols. (*a*)

La sixième origine de l'esclavage est plus sérieuse ; ce ne sont plus les cancres, les sauterelles, ni la différente manière de se faire la barbe, qui ont réduit les Américains en esclavage. *C'est sur l'idée de la Religion que les Espagnols fondèrent le Droit de rendre tant de peuples Esclaves ; car ces brigands qui vouloient absolument être brigands & Chrétiens, étoient fort dévots.*

To. 1. p. 388.

Dom Diégo Vélasquès & Fernand Cortès excités par la gloire & par le desir de s'enrichir, conçurent & exécutèrent le projet de leurs découvertes. Le prétexte de la Religion put

(*a*) Thomas Gage, Relation des Indes Occidentales. = Lettres édifiantes, t. 2. = Hist. de la Conquête du Mexique. = Le P. Charlevoix Histoire de Saint-Domingue, t. 2. = Dictionnaire Géographique & Historique de De la Martinière, = Hist. Générale de tous les Peuples du Monde.

ſervir de voile à leur ambition, mais cette Religion ne fut qu'acceſſoire & ſubordonnée aux objets principaux.

Ce ne fut point l'idée de la converſion des Américains qui détermimina l'armement de Vélaſquès & les courſes de Fernand. Et ſi celuici dans ſes expéditions fit périr beaucoup de monde, ce fut peut-être moins par cruauté que par néceſſité; il n'avoit que cinq cens hommes de pied & quinze Cavaliers pour ſubjuguer des pays immenſes, & réſiſter à un peuple auſſi nombreux que les ſables de la mer. Il s'étoit engagé au milieu d'eux, il falloit vaincre ou mourir, & il crut ne pouvoir conſerver ſa vie & ſa conquête que par la deſtruction de ceux qui lui diſputoient l'un & l'autre.

Mais quels qu'ayent été les motifs qui ont guidé Cortès, dévotion, ambition, cruauté, avarice; on le répète, ſes conquêtes n'ont point produit l'état d'eſclavage en Amérique, il n'y exiſte pas.

Suivant l'Auteur, c'eſt encore cette même Religion qui a déterminé l'eſclavage des Négres de nos Colonies. *Louis XIII. ſe fit*, dit-il, *une peine extrême de la Loi qui rendoit eſclaves les Négres de ſes Colonies : mais quand on lui eut bien mis dans l'eſprit que c'étoit la voie la plus sûre pour les convertir, il y conſentit.*

To. 1. p. 388.

Ce Prince étoit naturellement bon, compatiſſant, nullement imbécille; mais élevé à entendre dire que l'eſclavage étoit incompatible avec ſa Religion, & que tout eſclave eſt franc & libre, dès qu'il a mis le pied en France. (*a*)

Il ne doit donc pas paroître ſurprenant qu'il ait eu de la répugnance à laiſſer établir une choſe ſi contraire à ſes idées. Il n'eſt pas extraordinaire non plus, que dans ces circonſtances, l'eſpoir de la converſion, aidé de celui des ſuccès d'une grande culture, &

(*a*) Voyez les Inſtit Cout de Loyſel, tom. 1. l. 1. tit. 1. n. 6.

d'un Commerce avantageux pour l'Etat, ait concouru à déterminer son consentement. Il n'y a rien en cela que de fort simple & de fort naturel, & il est à présumer que tout autre que Louis XIII. en eût fait autant, en supposant même à cet autre plus de pénétration qu'on n'en suppose communément à ce Monarque.

Le commerce des Négres est fait par toutes les Nations qui ont des établissemens aux Indes Occidentales, & il n'est pas bien décidé si un Négre ainsi acheté & transporté en Amérique n'est pas plus heureux que dans son propre pays.

La stérilité y est quelquefois si extraordinaire, sur-tout quand il y a passé de ces nuages de sauterelles qui dévorent tout, qu'ils ne font aucune espèce de récolte ; alors pour éviter la faim, ces misérables se vendent avec leurs femmes & leurs enfans aux Rois ou aux plus puissans d'entre eux, qui ont de quoi les nourrir ;

mais ce n'eſt pas la ſeule manière dont ils peuvent devenir eſclaves.

Ils reconnoiſſent de tems immémorial l'eſclavage militaire comme un droit légitime. Le vainqueur enlève tout, vieux, jeunes, femmes, filles, & juſqu'aux enfans à la mammelle. L'impuiſſance de payer leurs dettes & les amendes auxquelles ils ont été condamnés, la faculté que les Pères ont de diſpoſer de leurs enfans, ſont d'autres cauſes d'eſclavage autoriſées par la loi, ou du moins par l'uſage, & la barbarie les autoriſe encore à ſe ſurprendre & à ſe vendre les uns les autres, moyennant quelques bouteilles d'eau-de-vie, au premier vaiſſeau qui paroît à la côte.

Si ce vaiſſeau reſte long-tems à la vûë de leurs pays, ils tombent dans une mélancolie extrême; mais ils reprennent leur gayeté, à meſure qu'ils s'en éloignent. En effet qu'auroient-ils à regretter? La misère, la faim, un eſclavage plus dur peut-être que celui qu'ils vont éprouver,

ſouvent

ſouvent une mort cruelle, des Compatriotes & des Parens dénaturés; car il eſt très-ordinaire que le fils prenne en trahiſon le père, ou le père ſon fils, qu'il le lie & l'aille vendre?

Au reſte, en cherchant l'ancienneté du Commerce des Négres, on ne trouve point de conceſſions qui l'ayent autoriſé avant celles du 11. Novembre 1673. qui homologuèrent & confirmèrent le Traité fait le 8. du même mois par les ſieurs Egrot, François & Raguenet, avec des Marchands de Rouen, qui avoient traité avec d'autres Marchands de Diéppe, le 28. Novembre 1664.

Juſques-là il paroît que les uns & les autres s'en étoient tenus au ſimple commerce de la poudre d'or & autres Marchandiſes de la côte d'Afrique; & le premier Traité revêtu du Sceau de l'autorité Royale où il ſoit fait mention de la Traite des Négres pour les Colonies Françoiſes, n'eſt que du 25. Mars 1679. par lequel la

Compagnie du Sénégal s'oblige de porter, pendant huit années, deux mille Négres annuellement aux Isles & terre ferme de l'Amérique. Or Louis XIII. est mort en 1643. Comment donc concilier cette époque avec celle de l'année 1664. ou plutôt de 1679 ?

Le Chapitre 5. page 389. a pour titre : *De l'esclavage* des Négres, & l'Auteur dit que s'il avoit à soutenir le droit que nous avons eu de rendre les Négres Esclaves, voici ce qu'il diroit : Nous ne rapporterons pas toutes les raisons qu'il allégue; quelques-unes suffiront pour faire juger des autres.

Ceux dont il s'agit, sont noirs depuis les piés jusqu'à la tête, & ils ont le nez si écrasé qu'il est presque impossible de les plaindre.

On ne peut se mettre dans l'esprit que Dieu, qui est un Etre Sage, ait mis une ame, sur-tout une ame bonne, dans un corps tout noir.

Il est si naturel de penser que c'est la

couleur qui constitue l'essence de l'humanité, que les peuples de l'Asie, qui font des Eunuques, privent toujours les Noirs du rapport qu'ils ont avec nous d'une façon plus marquée.

On peut juger de la couleur de la peau par celle des cheveux, qui chez les Egyptiens, les meilleurs Philosophes du monde, étoit d'une si grande conséquence, qu'ils faisoient mourir tous les hommes roux qui leur tomboient entre les mains.

Une preuve que les Négres n'ont pas le sens commun, c'est qu'ils font plus de cas d'un collier de verre que de l'or, qui chez les autres Nations policées est d'une si grande conséquence.

Personne ne refusera de rendre justice à cette ingénieuse & agréable satyre de l'esclavage des Négres ; mais on trouvera peut-être qu'elle auroit été mieux placée dans les Lettres Persannes que dans l'Esprit des Loix.

Supposez que, pendant l'instruction d'une cause importante, le chef du Sénat de Rome ſe fût aviſé de faire quelqu'un de ces tours réſervés aux Saltimbanques, ſi on avoit applaudi à ſon adreſſe, au moins eſt-il certain qu'on l'auroit trouvé déplacée.

L'Auteur nous a déja donné ſix origines de l'eſclavage, probablement fauſſes, puiſqu'il déclare que la ſeptième qui fait le ſujet du Chapitre 6. page 390. eſt la véritable; & voici en quoi elle conſiſte :

Il dit que dans les Gouvernemens deſpotiques on a une grande facilité à ſe vendre; que ſuivant M. Perry, les Moſcovites ſe vendent très-aiſément, & que lui Auteur en ſçait bien la raiſon; *c'eſt que leur liberté ne vaut rien.* (To. 1. p. 391.)

Si cette raiſon eſt bonne, elle ne ſe concilie pas trop avec ce qui ſuit ſur ce même pays.

(To. 1. p. 437.) *En Europe*, dit-il, la liberté *augmente & diminue ſelon les circonſtances. Que la Nobleſſe Moſcovite ait été réduite en ſervitude par un de ſes Prin-*

ces, on y verra toujours des traits d'impatience que les climats du Midi ne donnent point.

Si le climat donne tant d'amour pour la liberté, si la privation de cette liberté inspire sans cesse des traits d'impatience pour se la procurer, il n'en faut pas conclure que, si l'on vend aisément cette liberté, ce soit dans l'idée qu'elle ne vaut rien. Mais n'abandonnons pas la véritable origine de la servitude.

C'est qu'à *Achim*, par exemple, *où tout le monde cherche à se vendre..... les hommes libres, trop foibles contre le Gouvernement, cherchent à devenir les Esclaves de ceux qui tyrannisent le Gouvernement. C'est-là*, à ce que prétend l'Auteur, *l'origine juste & conforme à la raison de ce droit d'esclavage très-doux, que l'on trouve dans quelques pays; & il doit être doux, parce qu'il est fondé sur le choix libre qu'un homme, pour son utilité, se fait d'un Maître, ce qui forme une convention réciproque entre les deux parties.* To. I. p. 391.

L'Auteur nous a dit il n'y a qu'un moment, que les Jurisconsultes Romains n'étoient pas sensés d'avoir permis qu'un homme libre pût se vendre : nous trouvons ici que c'est un droit juste & conforme à la raison, & cela parce que ces hommes se vendent à des gens qui tyrannisent le Gouvernement, pour les aider à le tyranniser.

Si les Jurisconsultes Romains pouvoient jamais lire le Livre des Loix, ne trouveroient-ils pas que le motif qui détermine ces hommes à se vendre, & que l'Auteur approuve, loin d'être juste est trés-blâmable, puisqu'étant obligés d'obéir aveuglément à leurs Maîtres, ils se vendent avec pleine connoissance pour être les instrumens de la tyrannie ? Ne pourroient-ils pas dire, d'après l'Auteur, que ces *Esclaves portant tous leurs biens dans la propriété du Maître, la convention seroit nulle de toute nullité*, & qu'ils seroient bien fondés à se pourvoir au Châtelet d'Achim contre leurs Acquéreurs, pour voir dire que ceux-ci seroient condamnés à la restitution de leur liberté avec dépens ?

Il y a des pays où la chaleur énerve le corps & affoiblit si fort le courage, que les hommes ne sont portés à un devoir pénible que par la crainte du châtiment...... Mais comme tous les hommes naissent égaux, il faut dire que l'esclavage est contre la nature, quoique dans certains pays il soit fondé sur une raison naturelle ; & il faut bien distinguer ces pays d'avec ceux où les raisons naturelles même le rejettent, comme dans les pays d'Europe où il a été si heureusement aboli. To. I. p. 391.

Suivant le systême de l'Auteur, l'esclavage ne peut pas être contre la nature, puisqu'il est selon l'ordre des climats qui est la Nature même.

On n'entend pas comment cet esclavage peut être contre la nature, & cependant être fondé sur une raison naturelle dans certains pays : car la raison naturelle procède de la nature, & la nature ne peut pas agir contre la nature.

S'il y a des raisons naturelles, qui dans d'autres pays rejettent l'esclavage, il faut supposer que dans ce pays il est contre la nature. Mais s'il est contre la nature, comment a-t-il subsisté en France pendant plus de deux mille ans? car César le trouva établi dans les Gaules, (*a*) & il y a subsisté au moins jusqu'en 1500. comme il se prouve par un Titre qui est à l'Abbaye de saint Germain des Prés, de la manumission des habitans de cette Seigneurie : Titre qui n'a que deux cens cinquante ans de datte ; & par des Lettres Patentes vérifiées à la Chambre des Comptes, du 27. Juin 1500.

Comment subsiste-t-il encore dans plusieurs pays, & notamment en Pologne, » où les paysans sont à peine distingués des bêtes, où leurs

(*o*) *Plebs in Gallia pœnè servorum loco habita, & plerique sese in servitutem dicant Nobilibus, in quos eadem erant jura quæ Domino in Servos.*

» forces sont moins ménagées que » celles de ces animaux, où par un » trafic scandaleux ils sont vendus à » des Maîtres cruels, qui par un ex» cès de travail les forcent bien-tôt » à payer le prix de leur nouvelle » servitude, & où pour comble » d'horreur, on peut tuer impuné» ment un Esclave, en payant quin» ze livres. (*a*) »

C'est cependant une République, dont, selon l'Auteur, la vertu doit être le mobile. A la vérité, suivant ses principes, ce n'est pas la grande vertu, cette vertu démocratique; ce n'est qu'une vertu aristocratique-royale, un peu au-dessous de la vertu purement & nuëment aristocratique, mais bien supérieure à tous les sentimens qui se trouvent dans les Monarchies absoluës ou limitées, puisque dans tout Etat monarchique quelconque, *les Sujets sont dispensés de toutes les vertus.*

La Pologne est située en Europe;

(*a*) La voix libre du Citoyen.

il dit que l'esclavage à été heureusement aboli en Europe : la Pologne est située dans le Nord de cette Europe, il prétend que la nature ne souffre point d'Esclaves dans le Nord, & c'est là cependant que l'esclavage est plus dur & plus affreux que dans aucuns de ces Royaumes d'Asie dont il dit *qu'on ne peut parler sans frémir*. Quel plus sûr garant pourrions-nous avoir de ce fait que l'Ecrivain judicieux, nerveux, lumineux, zélé pour le bien de sa Patrie, tendre pour l'humanité, qui vient de publier des observations sur le Gouvernement de Pologne ?

T. 1. p. 392. *Il faut donc borner la servitude naturelle à de certains pays de la terre ; dans tous les autres il semble que, quelque pénibles que soient les travaux que la Société exige, on peut tout faire avec des hommes libres.*

Ce n'est pas, comme l'Auteur le prétend, parce que l'on croyoit que ces travaux fussent si penibles, qu'ils ne pussent être faits que par des Esclaves ou par des Criminels ; mais parce que les hommes libres étant les Maîtres & les Seigneurs des Esclaves, ils les avoient chargés de toutes les fonctions les plus viles & les plus pénibles de la Société.

C'est par cette raison que les Turcs faisoient travailler par des Esclaves les Mines du Bannat de Témeswar, dont parle l'Auteur à la page suivante ; & si ces Mines ne produisoient pas tant entre leurs mains qu'en celles des Allemands, ce n'est pas, comme il le dit, parce qu'ils n'imaginèrent jamais pour ce travail que les bras de leurs Esclaves ; mais parce que les Turcs n'y étoient pas experts : les seuls bras, quelque nombreux qu'ils soient, ne suffisent pas pour les opérations de l'Art Métallique ; il faut une longue pratique & beaucoup de connoissances Chymiques. Les Turcs ne connoissoient pas les ouvrages d'Alonso Barba (*a*) &

(*a*) Curé de S. Bernard de la ville de Potosi, Auteur Métallurgique fort célèbre.

d'Agricola ; (*a*) & d'ailleurs quoiqu'ils ayent été en possession de cette partie de la Hongrie depuis 1551. jusqu'en 1716. ils se sont bien moins appliqués à en fouiller les mines, qu'à conserver une frontière sans cesse disputée.

La servitude volontaire actuelle représente la servitude civile ancienne : ce qui se faisoit alors par état ou par condamnation du Magistrat, se fait aujourd'hui par traité & par convention. En France & dans toute l'Italie, on inflige la peine des Galères pour les crimes d'un certain ordre ; c'est ce qui, avec les Captifs Turcs forme les Chiourmes ; mais ce n'est pas que nous croyions pour cela que ce travail soit si pénible qu'il ne puisse être fait que par des Criminels & par des Captifs, puisque nous voyons parmi eux des forçats volontaires qui s'engagent dans ce service pour un certain tems &

(*a*) Inspecteur général des Mines d'Allemagne, sous l'Empereur Charles-Quint.

moyennant une certaine ſomme.

En Moſcovie & en Suède ce ſont les Soldats, & non des Eſclaves & des Criminels qui rament ſur les Galères. Suivant les Voyageurs, le Roi de Tunquin entretient cinq cens Galères, ſur leſquelles on ne trouve que des Soldats qui ne ſe croyent pas plus déshonorés de ce ſervice que de celui de terre. (*a*)

Il n'y a peut-être pas de Climat ſur la terre, où l'on ne pût gagner au travail des hommes libres; parce que les Loix étoient mauvaiſes, on a trouvé des hommes pareſſeux; parce que ces hommes étoient pareſſeux, on les a mis dans l'Eſclavage. To. 1. p. 393.

Qu'il n'y ait pas de Climat ſur la terre, où l'on ne puiſſe faire travailler des hommes libres, c'eſt ce dont on eſt très-convaincu; mais que l'on trouvât plus de gain au travail de ces hommes libres qu'à celui des Eſclaves, c'eſt ce qui n'eſt point du

(*a*) Hiſtoire générale de tous les Peuples du Monde.

tout décidé, étant certain au contraire que cent Esclaves d'égale force, âge & santé donneront plus de profit à leur Maître qu'un pareil nombre d'hommes à loyer; dix à douze Esclaves, dans les campagnes, font une richesse considérable dans les pays d'esclavage : dans les pays de liberté, dix ou douze valets sont souvent à charge à leur Maître.

Il peut y avoir des Gouvernemens dont les Loix n'ont pas encouragé l'industrie; les Législateurs ont cru que ceux pour qui elles étoient faites n'avoient pas besoin d'être excités. En général les hommes n'aiment point le désœuvrement; les besoins de la nature pour soi & pour une famille se joignent au dégoût naturel de l'oisiveté; chacun se met en mouvement suivant l'étenduë de ses besoins & de son penchant au travail.

Le Créateur a répandu sur toute la terre ce qui est nécessaire à l'homme; mais comme il ne peut l'obtenir qu'avec peine, il est toujours dans un état d'indigence; il a toujours des besoins renaissans, auxquels il ne sçauroit fournir qu'en faisant continuellement usage de sa force & de son industrie. Quand un homme est dans la pauvreté, il travaille pour le nécessaire; lorsqu'il a le nécessaire, il travaille pour le superflu; ses desirs sont inépuisables, il est toujours en action ou pour ses besoins, ou pour ce qu'il croit être ses besoins.

Si des Nations ont été mises en esclavage, c'est, ou parce qu'elles y ont donné leur consentement, ou parce qu'elles ont été assujetties par des vainqueurs, & que la servitude n'ayant point paru contraire à l'existence d'un Gouvernement politique quelconque, elle a été maintenuë. Et après tout, de quelle utilité auroient pû être ces hommes paresseux réduits en esclavage?

Leur corps, dit l'Auteur, est absolument sans force, l'abattement du corps passe à l'esprit, toutes leurs inclinations ſont paſſives, la pareſſe fait leur bonheur, ils trouvent la plûpart des châtimens moins difficiles à ſoutenir que l'action de l'ame, & la ſervitude moins inſupportable que la force d'eſprit néceſſaire pour ſe conduire ſoi-même.

To. 1. p. 365. Tel eſt le portrait que l'Auteur nous en fait. Quel ſervice peut-on tirer de pareils hommes? Quel avantage les autres hommes auroient-ils trouvé à les avoir pour Eſclaves, ſi ce n'eſt celui de les rendre heureux, en leur procurant & aſſûrant un état moins difficile à ſoutenir que la force d'eſprit pour ſe conduire ſoi-même?

Mais ſi toutes les Nations n'ont été faites Eſclaves, que parce qu'elles avoient de mauvaiſes Loix, & que parce que ces mauvaiſes Loix ont rendu les hommes pareſſeux, toutes les Nations avoient donc de mauvaiſes Loix, & toutes les Nations étoient donc pareſſeuſes, puiſque toutes ont été ou ſont Eſclaves? Il y auroit eu bien de la fatalité, que de tant de Légiſlateurs

Législateurs, aucun n'eut eu l'esprit de faire une bonne Loi.

L'Auteur venant ensuite aux différentes espèces d'esclavage, dit qu'il y en a de deux sortes, le réel & le personnel ; & que l'abus extrême de l'esclavage est lorsqu'il est en même tems personnel & réel. To. 1. p. 394.

Il semble que par-tout où la servitude est établie, elle doive être l'un & l'autre, du moins la définition que nous en avons rapportée d'après l'Auteur, le fait croire ainsi. *C'est un droit*, a-t-il dit, *qui rend un homme tellement propre à un autre homme qu'il est le maître absolu de sa vie & de ses biens.*

Or, dès qu'on a de tels droits sur un homme, on peut l'employer à ce qu'on veut, aux champs ou à la ville, sur terre ou sur mer. Si on peut le tuer, on peut bien le faire travailler ; qui peut le plus, peut le moins.

Suivant nos anciennes Loix, les hommes étoient membres & instrumens de la terre sur laquelle ils demeuroient ; ils ne pouvoient être vendus ni aliénés qu'avec le fonds ; & quoique le Serf abandonnât les biens qu'il pouvoit avoir, il demeuroit toujours Serf & pouvoit être revendiqué par ſon Maître, en quelque endroit qu'il allât, parce que c'étoit une ſervitude de naiſſance qui tenoit & adhéroit à la chair & aux os : ce ſont les termes de Guy Coquille, dans ſa Coutume de Nivernois, Chapitre 8. *Des ſervitudes perſonnelles.*

Par la ſuite on accorda aux Villes des Chartes de liberté & de coutumes, & la remiſe du Droit de ſuite : Article qui paroiſſoit le plus important, en ce qu'il laiſſoit aux hommes la liberté de ſe choiſir un autre domicile.

Thomas, premier du nom, Sire de Coucy & de Vervins, qui vivoit dans le onzième ſiècle, paſſe pour être le premier qui a donné l'exemple de cette générоſité ; mais la Charte de Louis-le-Gros paroît être la premiére à ce ſujet accordée par nos Rois.

Depuis son règne cet usage fut suivi dans toute la France. Les Prélats, & particulièrement l'Archevêque de Sens, prétendirent qu'il étoit d'obligation de conscience d'accorder la liberté à tous les Chrétiens, se fondant sur le Concile tenu à Rome par le Pape Alexandre III.

Philippe Auguste, Louis VIII, Louis IX. Philippe-le-Hardi, Philippe-le-Bel & Louis-Hutin, continuèrent ces affranchissemens ; enfin Philippe-le-Long accorda des Lettres générales à tous les Mainmortables du Royaume : mais il trouva beaucoup d'opposition de la part de plusieurs Seigneurs, en sorte que la Loi universelle de l'affranchissement n'a été établie que par François I. & c'est aujourd'hui un axiôme trivial, que la terre Françoise ne souffre point d'Esclaves, & que la liberté est l'appanage de tous ceux qui y habitent, même des étrangers que le hazard y conduit. Il y a cependant quelques Provinces où il subsiste encore des droits de ſervitude de cette eſpèce, mais en fort petit nombre, & l'on remarque que ceux qui y ſont aſſujettis, ſont beaucoup plus à leur aiſe que les autres.

To. 1. p. 394. *Les Eſclaves chez les Germains n'avoient point d'office dans la maiſon, ils rendoient à leur Maître une certaine quantité de bled, de bétail & d'étoffes; l'objet de leur ſervitude n'alloit pas plus loin.* Et en Note : *Vous ne pourriez, dit Tacite ſur les mœurs des Germains, diſtinguer le Maître des Eſclaves, par les délices de la vie.*

Mais l'Auteur auroit dû obſerver que Tacite n'en demeure pas là, & que la ſuite de ſon diſcours diminuë conſidérablement les délices de cet eſclavage. Les Germains, dit-il, ont coutume de tuer leurs Eſclaves, non par punition, ni pour l'exemple, mais par promptitude & par colère, comme on tuë un ennemi; & cela impunément. *Occidere ſolent non diſciplinâ & ſeveritate, ſed impetu & irâ ut inimicum, niſi quod impunè.*

N'eſt-ce pas là un eſclavage bien rempli de délices & bien propre à ſervir de modèle ?

L'Auteur attendri ſans doute à l'aſpect des misères de l'eſclavage dont il alloit parler, a dit au commencement du Chapitre que nous venons de parcourir : *Je ne ſçais ſi c'eſt l'eſprit ou le cœur qui me dicte cet article-ci.* Mais quoi qu'il en ſoit, la ſervitude étant, ſuivant ſon expoſé, naturelle à certains pays, comme la liberté l'eſt à d'autres, nos deſirs, nos ſouhaits ne peuvent détruire, empêcher, ni ſuſpendre ce qui eſt produit par la nature, & conforme aux loix, à l'ordre & au cours ordinaire de cette nature ; ainſi ce ſyſtême une fois adopté, ce ſeroit en vain que nous ſuivrions l'Auteur dans ce qu'il expoſe de plus ſur l'eſclavage. Par exemple, que nous importe de ſçavoir ce que les Loix doivent faire par rapport à l'eſclavage, qui eſt le titre & le ſujet du Chapitre 10. page 395 ? L'eſclavage étant l'ouvrage

To. 1. p. 393.

de la nature, les Loix n'ont rien à faire, parce que n'ayant aucun pouvoir ſur la cauſe, elles n'en auroient pas plus ſur l'effet.

CHAPITRE XXII.

Comment les Loix de l'Eſclavage domeſtique ont du rapport avec la nature du Climat.

CE que l'Auteur appelle Eſclavage domeſtique, eſt la contrainte dans laquelle on tient les femmes dans certains pays ; & c'eſt dans ce peu de mots que conſiſte le premier Chapitre du Livre 16. Tome 1. page 410.

La lecture du Chapitre 7. nous apprendra que cette définition n'eſt pas exacte ; & comme ce Chapitre n'a aucune connexité avec ce qui précède, ni avec ce qui ſuit, il eſt indifférent par où nous commencions.

De la Loi de la pluralité des femmes suit celle de l'égalité du traitement. Mahomet qui en permet quatre, veut que tout ſoit égal entre elles ; cette Loi eſt auſſi établie aux Maldives, où l'on peut épouſer trois femmes. La Loi de Moyſe avoit preſcrit la même égalité. To. 1. p. 417.

Du tems de Moyſe l'état des femmes n'étoit point conſidéré comme un Eſclavage ; & Mahomet qui a pris une partie de ſes Inſtitutions Religieuſes dans la Loi de Moyſe, n'a fait aucun changement à cet égard. Le divorce, la forme des procédures pour y parvenir, & les diverſes circonſtances qui accompagnent le lien & la diſſolution du mariage, ne reſſemblent en aucune manière au traitement des Eſclaves.

» Dans tout l'Empire Ottoman, » ſi l'épouſe apporte une dot, ou » qu'elle ſoit d'un rang égal au mari, » elle peut exiger & exige preſque » toujours, qu'il promette de lui être » fidèle, de ne jamais avoir de Con- » cubines & de ſe réſerver tout pour

» elle : alors le Turc renonçant au » privilège de la Loi, ne peut plus » donner de coadjutrice à son épou» se. » (*a*)

Les Esclaves ne sont point de telles capitulations avec leurs Maîtres ; le mariage des femmes dans les pays Polygames n'est donc pas un Esclavage.

Au reste, on trouve dans Davity, dans les Coutumes & Cérémonies Religieuses des peuples divers, & dans l'Histoire des Religions du Monde, qu'aux Isles Maldives on suit en tout & par-tout la Religion Mahométane, & que les hommes ont quatre femmes. L'Auteur ne leur en donne que trois. Pourquoi leur retrancher ce que l'Alcoran leur permet ?

Le second Chapitre est destiné à examiner dans quels pays du Midi, il y a entre les deux sexes une inégalité naturelle, & c'est ainsi que l'Auteur l'établit.

To. 1. p. 411. *Les femmes sont nubiles dans les climats chauds à huit, neuf & dix ans; ainsi*

(*a*) Baron de Busbec, t. 2. p. 55.

l'enfance & le mariage y vont presque toujours ensemble. Elles sont vieilles à vingt ans. La raison ne se trouve donc jamais chez elles avec la beauté ; quand la beauté demande l'empire, la raison le fait refuser ; quand la raison pourroit l'obtenir, la beauté n'est plus : les femmes doivent donc *être dans la dépendance.*

Cette course alternative & légère de la raison après la beauté, de la beauté après la raison, cet empire qui se demande & se refuse, enfin cette dépendance & cette captivité des femmes, qui devient le résultat du combat & le prix de la victoire, offrent un spectacle tout-à-fait agréable ; mais que les charmes de l'illusion ne nous fassent pas oublier ceux de la vérité.

» Les Banians dont la Religion est » la plus étenduë de l'Inde, marient » leurs enfans de très-bonne heure, » pour prévenir tout ce qui peut avoir » la moindre apparence de desirs im» purs. Il est, disent-ils, plus honnê» te & plus décent d'approcher pour » la première fois d'une épouse,

» quand on eſt encore l'un & l'autre « dans un état d'innocence, que d'at-» tendre cet âge mûr, où l'ardeur » des paſſions dégrade l'ame de ſa » pureté primitive. » (*a*)

Dans les pays de l'Orient où il y a des Serrails, on marie les filles de très-bonne heure, quelquefois même au berceau, dans la crainte qu'on ne les enlève par ruſe ou par force : ce qui n'arrive jamais quand elles ſont mariées, par le reſpect que les Mahométans ont pour cet engagement.

On trouve dans Chardin (*b*) » qu'en » Perſe on ne tient les filles enfer-» mées, même celles des grands Sei-» gneurs, qu'après qu'elles ont paſſé « ſept à huit ans, qu'elles paroiſſent » dans le logis juſqu'à cet âge, afin » qu'elles ſe faſſent à la vûë du monde, » & afin que le monde les obſerve, en » ſorte qu'on a vû quelquefois petite

(*a*) Cérémonies & coutumes Religieuſes des Peuples Idolâtres. — (*b*) Voyages de Perſe, tom. 2. pag. 271.

» la femme qu'on épouse après. »

Cette observation est faite par Chardin sur ce qu'il a dit auparavant, que les Persans ne voyent leur femme que le lendemain de leurs nôces: mais ici elle sert à nous faire connoître qu'en Perse on ne marie pas les filles à huit ou neuf ans, puisque dans ce pays où l'on est fort attentif à leur conduite, où l'on se met en garde de bonne heure contre la fragilité, où toutes les femmes étant séquestrées de la vûë des hommes, les desirs des uns & des autres y sont violens, cependant on regarde les filles à cet âge comme incapables d'avoir des tentations & d'en donner.

Le Mogol & la Turquie suivent la même Religion que la Perse, ils ont les mêmes mœurs à l'égard des femmes, & ces trois Empires sont à peu-près sous le même climat, puisqu'ils sont situés depuis le vingt-cinquième jusqu'au quarantième degré de latitude Nord, si on en excepte une partie du Mogol, qui est plus

Méridionale. D'où il ſuit que dans tous ces pays l'âge de la nubilité des filles, doit être à peu-près le même, c'eſt-à-dire, dans ceux où elle eſt la plus précoce, à dix ou onze ans. Mais il ne ſeroit pas étonnant, ſans avoir recours au climat, que les filles habitaſſent plutôt avec les hommes dans ces pays que dans le nôtre.

Ici on conſulte le goût de ceux qu'un lien légitime doit unir; & à moins de certains cas extraordinaires, on attend que l'âge & la raiſon concourent avec les indications de la nature. Dans l'Aſie, les parens maîtres abſolus n'ont aucun égard à ces conſidérations, & les époux ne ſe voyent jamais qu'après le mariage.

Ici les conventions contraires à l'honnêteté publique ſont ſujettes à pluſieurs difficultés: là, s'il s'agit de l'achat ou du loyer d'une fille, le vendeur & l'acheteur quoique guidés par différens motifs, préfèrent l'âge tendre & concluent avec le même empreſſement. Si tout étoit égal ici comme dans l'Inde, la communication & les facilités qu'on auroit à cette communication, avanceroient l'état de nubilité, ou du moins le terme ordinaire auquel on a cru devoir fixer la nubilité. (*a*)

La preuve s'en trouve dans ce que les Voyageurs nous rapportent de Vilna Capitale du Grand Duché du Lithuanie, qui est de vingt à vingt-cinq degrés plus Septentrionale, que la Perse. Il y règne, disent-ils, un tel désordre dans les mœurs, qu'il est très-rare d'y trouver des filles vierges au-dessus de dix ans. (*b*)

Aux Maldives les pères marient leurs filles à dix & onze ans, parce que c'est un grand péché, disent-ils, *de leur laisser endurer nécessité d'hommes. A Bantam, si-tôt qu'une fille a treize ou quatorze ans, il faut la marier, si l'on* To. I. p. 422.

(*a*) Il y a une vingtaine d'années que nous eumes en cette Ville une petite Accouchée qui n'avoit pas neuf ans, & son Galant dix; ce qui deviendroit plus fréquent sans la précaution des parens. = (*b*) Histoire générale de tous les Peuples du Monde.

ne veut qu'elle mène une vie débordée.

Or, il eſt à remarquer que les Maldives giſent depuis l'Equateur juſqu'au dixième ou douzième degré Nord & cinquième degré Sud, & la Ville de Bantam environ le ſeptième degré Sud, qui eſt la température la plus chaude qu'il y ait : cependant on n'y marie les filles dans l'un qu'à treize ou quatorze ans, & dans l'autre qu'à dix ou onze ; encore ne ſe hâte-t-on ſi fort que par la circonſtance d'un préjugé Religieux.

Il faut encore remarquer que, dans des pays qui doivent être ſi ſemblables pour la température, il ne peut y avoir une ſi grande différence pour la nubilité, & que ſûrement les Voyageurs d'après leſquels l'Auteur parle, ſe ſont trompés à cet égard, comme ils ſe ſont trompés ſur les cauſes auxquelles ils attribuent ces mariages.

Mais finiſſons nos preuves par trois exemples pris dans les Zones glaciale, tempérée & torride. Au Japon quoique les filles soient mariées dès le berceau, on ne leur permet d'habiter avec leurs maris qu'à quinze ou seize ans. Les Incas du Pérou faisoient tous les deux ans un mariage général, l'âge des filles étoit déterminé à dix-huit ou vingt ans, & celui des garçons à vingt-quatre. Les Ostiakes peuples de la Sibérie, près le Cercle Polaire, marient leurs filles à sept ou huit ans. (*a*)

Ajoutons encore que des personnes dignes de foi, qui ont long-tems habité l'Inde, & qui sont encore à Paris, disent que dans ces pays l'âge commun de la nubilité des filles n'est qu'à onze ou douze ans, & que celles qui ont de la beauté, la conservent au-delà de trente ans; qu'ils en ont vû plusieurs faire à cet âge de grandes passions, & qu'il n'est pas rare d'y trouver des femmes de soixante & dix & quatre-vingt ans. (*b*)

Mais accordons à l'Auteur que tout

(*a*) Hist. gén. de tous les Peuples du Monde.

(*b*) Ce qu'ils disent regarde les femmes riches

ce qu'il a dit eſt vrai, & que tous les autres ſe trompent ; qu'en réſultera-t-il ? Pour qu'il en pût tirer les conſéquences qu'il en tire, il faudroit qu'il eût prouvé que cette nubilité eſt exclusivement propre aux femmes ; car ſi celle des mâles eſt proportionnée à celle des femelles dans ces pays-là, comme dans celui-ci, toutes les autres proportions de raiſon & de beauté ſeront en égalité de rapport.

Or il eſt certain que dans l'Inde les mâles ne ſont ordinairement nubiles qu'à douze ou treize ans, ce qui répond aſſez exactement à la diſtance qui ſe trouve en Europe, entre la nubi-

qui ont toutes leurs commodités, & qui ne ſont point obligées de s'expoſer aux intempéries de l'air pour gagner leur vie ; car il faut convenir que, parmi le peuple, les femmes paroiſſent vieilles de bonne heure ; mais c'eſt parce que le travail, l'extrême chaleur & la mauvaiſe nourriture, (elles ne vivent que de légumes inſipides,) les épuiſent très-promptement. Dans nos pays à beauté, ſanté, force & âge égal, une femme du monde conſervera ſa fraîcheur au-delà de quarante ans. Une payſanne travaillant aux champs, paroîtra à vingt-cinq ans en avoir cinquante, quoique mieux nourrie que les femmes Idolâtres de l'Inde, qui ne mangent rien de ce qui a eu vie.

lité

lité des deux sexes, & doit également répondre aux autres circonstances relatives à cette distance.

Il est donc très-simple qu'un homme, lorsque quelque Loi ne s'y oppose pas, quitte sa femme pour en prendre une autre & que la polygamie s'établisse. To. 1. p. 411.

Cela est assez simple en effet, si on ne considère que le goût & l'inconstance des deux sexes : mais pour peu que l'on considère les Loix politiques & religieuses, la chose sera différente. Pourquoi la polygamie est-elle permise dans le Mogol, en Perse & en Turquie ? C'est parce que l'Alcoran qui contient leur Loi religieuse, & une partie de leurs Loix civiles & politiques, leur permet quatre femmes légitimes, & autant d'autres qu'ils en peuvent entretenir. Pourquoi tous les enfans qui viennent de ces femmes légitimes ou concubines ont-ils la même part à l'hérédité de leurs pères ? Pourquoi les hommes ont-ils le droit de tenir leurs femmes renfermées ? C'est que la Loi religieuse & politique le permet. Et pourquoi tous ces usages ne subsistent-ils pas parmi nous ? C'est que l'une & l'autre le défendent.

Quitter sa femme pour en prendre une autre, n'est pas ce qui constituë la polygamie. Quand les Mahométans n'en reprendroient point de nouvelle; ils n'en seroient pas moins polygames, il leur en resteroit encore assez pour conserver cette qualité : mais ce n'est pas le parti qu'ils prennent ordinairement ; comme ils ont de quoi changer, ils laissent dans un coin de leur Serrail la femme qui leur devient indifférente, & portent ailleurs leurs affections.

To. I. p. 411. *Dans les pays tempérés où les agrémens des femmes se conservent mieux, où elles sont plus tard nubiles, & où elles ont des enfans dans un âge plus avancé, la vieillesse de leur mari suit en quelque façon la leur ; elles y ont plus de raison & de connoissance quand elles se marient, ne fût-ce que pour avoir plus long-tems vécu.*

Dans les Climats tempérés, comme dans tous les autres, la vieilleſſe des maris ſuit ou devance celle des femmes, ſelon l'âge auquel ils ſe ſont mariés, & non ſelon le Climat; & il en eſt de même dans tous les pays du monde. Si les femmes de l'Inde ſont propres au mariage à dix, onze & douze ans, l'eſprit a ſuivi les progrès du corps; elles penſent à dix, onze & douze ans, comme les nôtres penſent à douze, treize & quatorze. On ne peut pas imaginer que dans ces pays la nature ne donne que le genre de perfection qui doit ſervir à la propagation de l'eſpèce; en bonne mère elle ne connoît ni les préférences, ni les excluſions; & ſi quelqu'un ſe trouve privé de ſes bienfaits, c'eſt toujours contre ſes intentions: elle tend perpétuellement à la perfection de ſes ouvrages, & à réparer autant qu'il eſt poſſible ceux que des cauſes étrangères ont dérangés.

Il a dû naturellement s'introduire une eſpèce d'égalité dans les deux ſexes, & To. 1. p. 412.

par conséquent la Loi d'une seule femme.

Comment! Parce qu'on admettra l'égalité entre les deux sexes dans certains Climats, & qu'on la rejettera dans d'autres, il s'ensuivra que les hommes doivent avoir relativement à ces Climats, une ou plusieurs femmes? Si l'égalité des deux sexes établissoit la Loi d'une seule femme, l'inégalité des deux sexes établiroit donc la Loi de plusieurs femmes: si un vieillard épouse une jeune fille, il y aura inégalité d'âge, de sçavoir, de connoissances; s'ensuivra-t-il que la polygamie doit naturellement avoir lieu pour les vieillards?

La polygamie a été permise dans certains Gouvernemens & défenduë dans d'autres, suivant la politique des Princes auxquels ils étoient soumis, & non suivant la température des Climats. Elle fut permise par la Loi des Hébreux. Cécrops, au rapport d'Athénée, (*a*) la supprima en Grè-

(*a*) Hérodien, liv. II.

ce. Constantinople & une grande partie des Etats du Turc en Europe & en Asie , ne sont pas plus méridionaux que l'Italie & l'Espagne.

Que devient donc la fatalité des Climats ? Qu'est-elle devenuë pendant onze cens ans, depuis Constantin le Grand jusqu'à Mahomet II ? Que devint-elle lorsqu'en 1590. Abaxar Empereur du Mogol, fit brûler tous les Livres de l'Alcoran, convertit les Mosquées en écuries, & quitta toutes ses femmes à la réserve d'une seule ? (a) Que deviendroit-elle si les Chrétiens faisoient la conquête de ce qui est soumis au Mahométisme, ou si les Mahométans faisoient la conquête de ce qui est soumis au Christianisme ? Que devient-elle dans ces pays mêmes où l'Auteur fait une Loi générale & indispensable de la pluralité des femmes, puisqu'à la réserve de quelques grands Seigneurs ou gens riches, ce qui ne fait pas un sur

(a) Relig. du Monde, tom. 3. p. 130.

cent, les autres n'ont & ne peuvent avoir qu'une femme, faute de moyens pour en entretenir davantage?

Quant à l'égalité entre les deux ſexes, elle eſt conforme aux Loix de la nature, elle appartient univerſellement à tous les Climats. L'homme & la femme ſont deux individus de même eſpéce, parfaitement égaux pour le moral, & très-peu différens pour le phyſique. Si les connoiſſances de l'homme ſont ordinairement plus étenduës dans un âge moins avancé que ne le ſont celles de la femme; ce n'eſt pas par un défaut de la nature féminine, mais par une différence de l'éducation, qui ouvre aux hommes la porte de tous les arts & de toutes les ſciences, & qui l'interdit ſoigneuſement aux femmes.

To. 2. p. 412. *Dans les pays froids l'uſage preſque néceſſaire des boiſſons fortes établit l'intempérance parmi les hommes. Les femmes qui ont à cet égard une retenuë naturelle, parce qu'elles ont toujours à ſe défendre, ont donc encore l'avantage de la raiſon ſur eux.*

L'Auteur nous a dit ci-devant que ces malheureux habitans du Nord n'avoient aucune ſenſibilité pour les plaiſirs ; que chez eux le phyſique de l'amour étoit à peine ſenſible, & qu'il falloit les écorcher pour leur donner du ſentiment. Comment ſe peut-il donc faire que des créatures preſque inanimées ſoient maintenant ſi agitées & ſi entreprenantes, que les femmes ſe trouvent dans l'obligation d'être perpétuellement occupées à ſe défendre de leurs attaques & de leurs inſultes ?

A la vûë de ces variations, ne ſeroit-on pas tenté de croire que l'Auteur ajuſte ſes principes à ſon gré & ſuivant ſes beſoins ? S'il veut prouver que les habitans du Nord ſont une eſpèce de glaçon, il leur donne un chyle, une lymphe, des ſucs nerveux, & des fibres ſi maladroitement & ſi groſſièrement fabriquées par la nature, que l'individu en reſte dépour-

To. 1. p. 362. & ſuiv.

vû d'activité & de ſentiment. S'il veut qu'ils ſoient vifs, chauds, pétillans, il les enyvre. S'il a beſoin que les peuples du Midi ſoient adonnés à toutes ſortes de vices & de crimes, il leur donne une force dans les paſſions qui n'admet point de bornes. S'il deſire qu'ils ſoient autrement, ils ont une foibleſſe & un abattement de corps qui paſſe à l'eſprit même : alors tout eſt paſſif en eux ; la pareſſe eſt leur ſouverain bonheur. Cette précaution eſt ſage ; car ſi on admet pour défenſe légitime la propoſition contraire à la propoſition critiquée, l'Auteur eſt à l'abri de toute critique. Il eſt vrai qu'en s'armant ainſi du pour & du contre, un Auteur ſe met en état de repouſſer toute controverſe ; mais auſſi n'expoſe-t-il pas ſes propres idées au ſort des Soldats de Cadmus qui ſe détruiſirent l'un l'autre ?

To. 1. p. 365. & ſuiv.

Ce ne ſont point les hommes ſeuls qui ſe livrent dans le Nord à l'excès des boiſſons fortes. L'éducation contient les femmes du monde ; mais la plus grande partie de celles du Peuple ne le cède point aux hommes en intempérance, & cette prétenduë retenuë ne se trouve pas plus dans les femmes qui boivent, que dans celles qui ne boivent pas. Il n'y a qu'à consulter sur cela quantité de François qui ont résidé dans le pays, & les Voyageurs étrangers qui sont actuellement en cette Ville ; il n'y a qu'à lire l'Ordonnance du Sénat de Pétersbourg, que les Gazettes ont rendu publique.

On y verra l'excès prodigieux du libertinage : on y verra que pour en arrêter les suites, le Souverain a été obligé de faire renfermer dans les Maisons de force & dans tous les édifices publics, qui encore ne se sont pas trouvés suffisans, une multitude de créatures prostituées, de contraindre les hommes & les femmes, sans distinction de rangs & de qualités, à reconnoître pour légitimes les fruits de leur débauche, & à épouser leurs » Concubins & Concubines ; » quelque vile & abjecte que fût leur » condition ; » (*a*) à peine contre les femmes, d'être renfermées pour leur vie dans des Maisons de force ; & contre les hommes, d'être exilés à perpétuité sur les confins de la Tartarie Mongule.

Est-ce là un peuple chez qui le physique de l'amour est à peine sensible ? Sont-ce là des femmes chastes, douées d'une retenuë naturelle, & dont le plus grand soin est de se mettre à l'abri de tout ce qui peut allarmer leur pudeur ?

Mais en supposant pour un moment la réalité de cette retenuë, elle n'est & ne peut être fondée sur la perpétuelle défensive des femmes contre l'attaque des hommes ; ces attaques & les violences qu'ils pourroient exercer, sont aussi sévèrement défenduës & punies en Moscovie, qu'elles le sont dans les autres pays.

Que des femmes de sang froid ayent

(*a*) Ce sont les termes de l'Ordonnance.

ſur des hommes yvres l'avantage de la raiſon, il n'y a rien à cela que de fort naturel; mais hors de-là les deux ſexes ont un droit égal à cette raiſon, quoique l'Auteur la donne ou la refuſe à ſon gré à l'un ou à l'autre. Il vient d'en gratifier excluſivement les femmes dans le paſſage précédent, dans celui-ci ce ſera le tour des hommes.

La nature qui a diſtingué les hommes par la force & par la raiſon, n'a mis à leur pouvoir de terme que celui de cette force & de cette raiſon: elle a donné aux femmes les agrémens; mais dans les pays chauds, ils ne ſe trouvent que dans les commencemens & jamais dans le cours de la vie. To. 2. p. 412.

Un partage auſſi injuſte peut-il être l'ouvrage de la nature? Les femmes comme les hommes ont la force & la raiſon néceſſaire à la conſtitution de leur être; les agrémens que l'Auteur leur accorde par forme de compenſation, peuvent-ils tenir la place de toutes les choſes dont il les prive?

De la même autorité qu'il prodigue & perpétuë les agrémens aux femmes du Nord, il en fixe & réduit la jouissance dans le Midi, aux seuls commencemens, & jamais, dit-il, dans le cours de la vie. Nous avons répondu à cet article dans le Chapitre précédent; & ceci n'est qu'une continuation de la même idée.

Qu'entendre au reste, par le terme de *commencemens* ? Le cours de la vie commence à la naissance, & n'est terminé qu'à la mort.

To. 1. p. 412. *Ainsi la Loi, qui ne permet qu'une femme, est conforme au physique du Climat de l'Europe & non au physique du Climat de l'Asie.*

La Polygamie est permise chez les Ostiakes, chez les Lapons, & presque chez tous les peuples qui habitent auprès & au-delà du Cercle Polaire, & chez lesquels le Christianisme n'a pas encore pénétré : elle est permise dans une grande partie de la Tartarie & Mingrelie, chez les Sauvages de la Louisiane, dans toute l'Afrique, au Japon, dans les Isles Marianes, Carolines & de Socotora, au Tunquin, à la Chine, chez les peuples du Brésil non convertis, chez les Moxes, autres peuples de l'Amérique : elle avoit anciennement lieu dans l'Isle Espagnole, &c.

Elle est défenduë dans le Royaume de Laos, voisin du Tunquin, dans l'Isle Formose, à la Corée, au Thibet, chez les Indiens de la Floride & de la Virginie, parmi les Gaures ou Ignicoles, les Grecs, les Arméniens, les Chrétiens des différentes Sectes & les Juifs, habitans de la Turquie, de la Perse, du Mogol, de la Chine ; elle étoit aussi défenduë dans l'ancien Mexique, (a) &c.

Voilà donc la polygamie permise & défenduë sous tous les degrés de la Sphére, & sous une infinité de Religions & de Gouvernemens différens. Demandons encore ce que de-

(a) Histoire générale de tous les Peuples du Monde.

vient à cet égard la fatalité des Climats?

To. 1. p. 412. *C'est pour cela que le Mahométisme a trouvé tant de facilité à s'établir en Asie, & tant de difficulté à s'étendre en Europe; que le Christianisme s'est maintenu en Europe, & a été détruit en Asie; & qu'enfin les Mahométans font tant de progrès à la Chine, & les Chrétiens si peu.*

Il y a de bonnes raisons pour croire que ce n'est point la polygamie qui a décidé du sort des Religions de l'Univers; les Histoires nous en indiquent trop positivement les cause pour qu'on les attribuë à un tel systême. Sans invoquer les décrets de l Providence, & en s'attachant seulement aux faits rapportés par le Historiens profanes, on voit que le Paganisme a chassé la Religion Juive de son pays natal, que la Religion Chrétienne a pris la place d Paganisme, & que le Mahométisme s'est emparé d'une partie de l'Orient On voit qu'il s'étoit établi en Espa gne avec les Mores, & qu'il en est sorti avec eux. On voit qu'il s'étend en Europe & qu'il s'en retire à mesure que les Turcs sont vainqueurs ou vaincus. A quoi tous ces événemens doivent-ils être attribués ? Est-ce aux Climats, à la Polygamie, à l'esclavage des femmes? Nullement; mais plutôt à la supériorité des forces de quelques Souverains: la Religion qu'ils professoient, les mœurs, les usages, les coutumes & les loix du peuple vainqueur ont été reçus dans les pays qu'ils ont conquis; le peuple est toujours disposé à suivre l'exemple de son Prince.

. . . . , ... Componitur Orbis
Regis ad exemplum, nec sic inflectere sensus
Humanos Edicta valent, ut vita Regentis. (a)

La seule Religion Chrétienne s'est suffi à elle-même; c'est sur l'évidence de ses principes, c'est sur la pureté de ses dogmes que l'édifice de l'Eglise a été établi. Dieu a permis que l'exemple des Princes servît à éten-

(a) Claudia. de IV. Consul. Honor.

dre les limites du Chriſtianiſme ; mais il a voulu ſe charger lui-même du ſoin d'en poſer les fondemens & de le faire connoître.

T. I. p. 412. *Quelques raiſons particulières à Valentinien lui firent permettre la Polygamie dans l'Empire.*

Pour prouver que Valentinien permit la Polygamie, l'Auteur ſe contente de citer en marge Jornandès & les Hiſtoriens Eccléſiaſtiques ; comme ſi les Ouvrages de ces Hiſtoriens ne conſiſtoient que dans une Brochure de quelques pages. Et pourquoi ne pas citer celui qui ſeul eſt la ſource de cette fable, Socrate ? car c'eſt de lui que l'ont priſe Jornandès, Zonaras, Nicéphore, &c.

Or Socrate eſt démenti par tous les bons Critiques, parmi leſquels nous ne citerons que M. de Valois, le Père Alexandre & les Sçavans Auteurs de l'Hiſtoire Univerſelle, dont le XI. Tome vient de paroître. Voici ce que ces derniers diſent, page 136. & 137.

» Socrate

» Socrate rapporte que Sévéra (première femme de Valentinien,) » ayant pris Justine sous sa protection » après la mort de son père, & l'ayant » fait élever à la Cour, l'Empereur » fut si épris de ses charmes, qu'il ré- » solut de l'épouser; mais d'un autre » côté, ne pouvant se résoudre à ré- » pudier Sévéra, il fit publier une Loi » dans toutes les Villes de l'Empire » qui permettoit à chaque homme d'a- » voir deux femmes à la fois; & le » même Auteur (Socrate) ajoute que » Valentinien fut le premier à se ser- » vir de cette permission, en épou- » sant Justine, sans répudier Sévéra; » mais comme Ammien Marcellin, « qui n'est pas trop porté pour Valen- » tinien, ni Zozime, ennemi de » tous les Princes Chrétiens, ne font » aucune mention d'une Loi si extra- » ordinaire, nous ne pouvons regar- » der ce récit de Socrate que comme » une pure fable. Il est vrai que Jor- » nandès rapporte le même fait, mais » il l'a copié de Socrate, qu'il suit

» presque toujours. »

Tel est le jugement de cette Société de gens de Lettres, auquel nous ajouterons une observation qui est du nouvel Editeur de Socrate. C'est que, selon l'Historien Zozime, Justine avoit été mariée d'abord avec le Tyran Magnence; & Socrate prétend dans sa narration qu'elle étoit vierge, & qu'elle fut épousée comme telle par l'Empereur. Comment concilier ces deux récits? Dans le fait, il paroît établi que Valentinien répudia Sévéra, qu'il épousa Justine, & qu'il ne fit point la Loi dont parle Jornandès d'après Socrate.

L'Auteur ajoute que cette Loi par laquelle Valentinien permit la Polygamie, fut ôtée par Théodose, Arcadius & Honorius, & pour le prouver, il cite la Loi 7. au Cod. *De Judæis & Cœlicolis.* Mais que dit cette Loi? Fait-elle mention de la permission accordée par Valentinien? La rappelle-t-elle? L'abroge-t-elle, comme cela seroit nécessaire? Point du

To. I. p. 412.

tout. Nouvelle preuve, nouvelle démonstration que Valentinien n'a jamais fait de Loi pour permettre la Polygamie dans l'Empire. Cette preuve n'est à la vérité que négative, mais elle n'en est pas moins d'une force invincible.

Si le Roi Louis XIV. avoit porté une Loi sur quelque point que ce fût, & que Louis XV. voulût aujourd'hui abroger cette Loi ; rien de plus certain qu'il rappelleroit les dispositions faites par son prédécesseur. C'est un usage constamment observé par les Souverains ; ils ne manquent jamais de rappeller dans le préambule de leurs Edits, tous ceux qui ont précédemment statué sur la matière qui fait l'objet de la Loi sur laquelle ils statuent actuellement, quelque anciens que soient ces Edits. A plus forte raison quand ils sont nouveaux, comme l'étoit celui par lequel l'Auteur prétend que Valentinien premier avoit permis la Polygamie dans tout l'Empire, puisque Valentinien régnoit en 364. Théodose en 379. Arcadius & Honorius en 395. ce qui ne fait que trente-un ans pour le tems le plus éloigné.

Mais venons à la Loi 7. au Cod. *de Judæis & Cœlicolis*, que dit-elle ? Elle défend simplement de contracter plusieurs mariages en même tems. *Nemo ...... in diversa sub uno tempore conjugia conveniat.* Et la Note marginale de Godefroy sur cette Loi, dit que par-là est défenduë la Polygamie de la première espèce, c'est-à-dire, celle qui consiste à avoir en même tems deux femmes.

L'Auteur cite encore en augmentation de preuve, la Novelle 18. Chap. 5. mais c'est seulement pour citer, car cette Novelle ne dit rien de plus que la Loi 7. au Cod. *De Judæis*, &c. & comme la Note marginale renvoye à cette Loi, nous nous dispenserons d'entrer ici dans une réfutation particulière.

De ceci deux observations: la premiére, que *Valentinien n'a point per-*

mis la Polygamie dans l'Empire ; la seconde, que Théodose, Arcadius & Honorius ont bien défendu la Polygamie, mais *qu'ils n'ont pas ôté la Loi* qui permettoit la Polygamie, car on n'ôte point ce qui n'existe pas.

Quoique dans les pays où la Polygamie est une fois établie, le grand nombre de femmes dépende beaucoup des richesses du mari ; cependant on ne peut pas dire que ce sont les richesses qui fassent établir dans un Etat la Polygamie ; la pauvreté peut faire le même effet, comme je le dirai en parlant des Sauvages. To. 1. p. 413.

Mais vraiment tout le monde sçait que ce sont les Loix de la Religion & de l'Etat, & non les richesses de l'Etat qui font établir la Polygamie dans un Etat. L'Angleterre, la Hollande, l'Espagne, le Portugal possédent de grandes richesses, & la Polygamie n'y est pas établie pour cela. Si les richesses n'ont pas le crédit d'établir la Polygamie, la pauvreté l'aura encore moins; & si elle est établie dans quelque pays pauvre, par exemple, chez les Sauvages dont l'Auteur se propose de parler, ce ne sera pas à cause de leur pauvreté, mais de leurs loix, de leur préjugé & de leur façon de vivre.

La Polygamie est moins un luxe, que l'occasion d'un grand luxe chez des Nations puissantes ; dans les Climats chauds on a moins de besoins, il en coûte moins pour entretenir une femme & des enfans ; on y peut donc avoir un plus grand nombre de femmes. Et dans une Note au bas de la page : *A Céylan un homme vit pour dix sols par mois ; on n'y mange que du ris & du poisson.*

La Polygamie est moins un luxe que l'occasion d'un luxe. Cette distinction ne s'entend pas, & quand on l'entendroit, à quoi conduiroit-elle ? Quel intérêt le lecteur peut-il prendre à cette subtilité ? Si la Polygamie n'est pas un luxe par elle-même, & qu'elle soit seulement l'occasion d'un luxe, l'accessoire produiſant le même effet que le principal, quelle différence en réſulte-t-il, quant au fait, c'eſt-à-dire, quant aux inconvéniens du luxe ? D'ailleurs la dépenſe des Polygames eſt preſque bornée à la dépenſe de leurs Serrails ; ce que d'autres peuples dépenſent en repas, en palais, en équipages, ceux-ci le dépenſent d'une autre manière : les uſages reçus dans chaque Etat, le goût & les facultés des particuliers de ces Etats, déterminent la préférence qu'ils donnent à certains objets de luxe plutôt qu'à d'autres.

La ſubſiſtance à prix modique eſt une idée abſolument fauſſe de la richeſſe : un homme qui vit dans un pays *pour dix ſols par mois*, n'eſt pas plus riche qu'un autre homme de même condition à qui, dans un autre pays, il en coûte trente livres par mois ; parce que le ſalaire eſt toujours proportionné au prix de la denrée, en quelque pays que ce ſoit ; & s'il eſt vrai que l'on ait moins de beſoins dans les climats chauds, que dans les climats froids, on y a moins de ſalaire, moins de moyens de gagner, moins de moyens de s'enrichir, & par conſéquent moins de moyens d'avoir un grand nombre de femmes ; à moins que ces femmes ne ſoient de véritables eſclaves, qui par leur travail gagnent de quoi ſubvenir à leur entretien.

L'Auteur nous a dit à la page 155. Tome I. que lorſque Rome eut attiré à elle toutes les richeſſes de l'Univers, un Citoyen ne faiſoit nulle difficulté de payer cent deniers Romains pour une cruche de vin de Falerne. Lorſque les Citoyens de Céylan auront attiré dans leur Iſle tous les tréſors de l'Aſie, ils ne ſeront pas plus incommodés de dépenſer cent écus par mois, qu'ils le ſont aujourd'hui de dépenſer dix ſols, parce que tout eſt relatif.

Si la Note où l'on fait mention des peuples de l'iſle de Céylan tombe ſur la Polygamie, comme ſur la facilité de la subsistance, ce qu'il y a lieu de croire, l'erreur est encore plus grande; car à l'exception du Roi de Céylan qui a plusieurs femmes, » chez les parti-» culiers un seul des frères se marie, » & sa femme est commune à tous » les autres; ainsi une seule femme » suffit à toute une famille. Chacun » apporte à la maison ce qu'il gagne; » les enfans nés ne sont pas plus au ma-» ri qu'à ses frères; aussi les enfans les » appellent-ils tous leurs pères. » (*a*)

Suivant le Chapitre 4. page 414. *la Loi de la Polygamie est une affaire de calcul.*

Dans un pays isolé, où il y auroit beaucoup de femmes & fort peu d'hommes, la Polygamie pourroit paroître politiquement nécessaire pour empêcher la destruction de l'espèce; mais ce ne sont point les calculs que l'on a faits en Europe & en Asie qui y ont fait permettre ou défendre la Polygamie. Cependant l'Auteur trou-

(*a*) Cérémonies & Coutumes Religieuses des Peuples Idolâtres, t. 2. p. 147. = Ribeyro, ch. 16.

ve dans ces calculs une origine de la Polygamie. En voilà déja beaucoup (de ces origines ;) & il conclud de-là que le nombre des filles en Asie excédant le nombre des garçons, & celui des garçons excédant le nombre des filles en Europe, *La Loi d'une seule femme en Europe & celle qui en permet plusieurs en Asie, ont un certain rapport au climat.* Conséquence qui, selon lui, se confirme par la ressemblance que les climats froids de l'Asie ont à cet égard avec celui d'Europe. *C'est*, dit-il, *la raison de la Loi, qui chez les Lamas permet à une femme d'avoir plusieurs maris.*

To. 1. p. 414.

Ibid.

Il est à observer que dans cette comparaison des pays froids de l'Asie avec l'Europe, l'Auteur ne fait aucune différence entre le Nord & le Sud de cette dernière partie du monde, quoiqu'il l'ait fait valoir ailleurs ; mais il est apparemment nécessaire qu'ici tous les climats soient confondus.

Nous avons dit que la Polygamie

est établie dans les Zones tempérées, comme dans la Zone Torride, & même dans les pays glacés du Cercle Polaire. En faut-il de nouvelles preuves? Il n'y a qu'à consulter Olaus Rudbeck dans son Atlantique, Scheffer dans sa description de la Laponie, Olaus Magnus dans son Histoire, &c. on y trouvera que dans la Samojédie » les femmes coûtent » quatre rennes, que l'on estime quin» ze ou vingt florins; ou que cette » valeur se paye en argent suivant la » convention; que de cette maniè» re les hommes ont autant de fem» mes qu'ils en peuvent entretenir; » que quand elles cessent de leur » plaire, ils les rendent à leurs pa» rens; que c'est-là leur divorce, » & qu'un autre s'en accommode. »

Ce n'est pas le chaud qui produit ici la Polygamie: ce n'est pas la beauté; les femmes Samojèdes n'ont jamais songé à entrer en lice avec celles de Circassie: ce n'est pas la raison & l'esprit cultivé: ce n'est pas une affaire de calcul, puiſque l'Auteur ſoutient que dans le Nord il y a moins de femmes que d'hommes : ce n'eſt pas l'aſcendant prodigieux que les femmes ont ſur les hommes, puiſque le climat glacial les rend inſenſibles. Qu'eſt-ce donc ?

Si le Nord s'oppoſe à l'effet des calculs, le Midi ne leur paroît pas plus favorable. A la Chine le nombre des mâles & des femelles eſt à-peu-près égal : ce qui eſt conſtaté par les Regiſtres des naiſſances & morts tenus dans ce vaſte Empire. Mais cela ne ſe peut pas, dira-t-on, car la Polygamie étant permiſe, beaucoup d'hommes manqueroient de femmes. Ecoutons la réponſe des Mandarins de la Police : » Nous » avons, diſent-ils, quantité d'Eunu» ques qui n'ont pas beſoin de fem» mes, & beaucoup de gens qui » hors d'état de les entretenir, re» noncent au mariage. »

Sur la côte de Malabar, les femmes ont pluſieurs maris ; l'Auteur dit *qu'il ne justifie pas les usages, mais qu'il en rapporte les raisons.* Et comme il seroit assez difficile de les sçavoir au juste, il croit qu'il est permis de faire des conjectures, au moyen desquelles la Polygamie des femmes du Malabar, que l'on croiroit embarrassante à expliquer, lui paroît une chose toute simple. *Je crois*, dit-il, *qu'on peut découvrir l'origine de cette Coutume*, & voici comme il l'explique : *Les Naires sont la Caste des Nobles : en Europe on empêche les Soldats de se marier ; dans le Malabar où le climat exige davantage, on s'est contenté de leur rendre le mariage aussi peu embarrassant qu'il est possible : on a donné une femme à plusieurs hommes, ce qui diminuë d'autant l'attachement pour une famille, & les soins du ménage, & laisse à ces gens l'esprit militaire.*

To. 1. p. 415.

Ibid.

Les Naires ou Nairos sont des Gentilshommes créés anciennement par les Rois Indiens, dont les races se sont perpétuées & ont toujours ſuivi la profeſſion des armes. Ils ne ſe marient point : mais ils ſont en droit de ſe ſervir de telle femme ou fille de leur Caſte qu'il leur plaît. Perſonne ne les trouble dans la poſſeſſion de l'objet dont ils ont fait choix, ou par lequel ils ont été choiſis ; ils laiſſent leurs armes à la porte du logis, & cela ſuffit pour en interdire l'entrée à qui que ce ſoit.

Lorſqu'une femme Naire prévient le Naire, elle lui envoye une écharpe ou morceau d'étoffe, qu'il eſt le maître d'accepter ou de refuſer ; c'eſt en quoi conſiſte toute la cérémonie de cette eſpèce de mariage. Si la femme retire cette étoffe, ou que le mari la renvoye, c'eſt la cérémonie du divorce. A l'égard des enfans qui naiſſent de ces unions, la femme eſt maîtreſſe de les diſtribuer à ſon gré entre ſes maris, qui s'en chargent & les élèvent avec ſoin.

Il n'y a en cela qu'un uſage, une coutume bizarre, plutôt introduite par un eſprit de libertinage & de débauche, que par aucune loi politique; & qui au reste, quel qu'en soit le principe, ne remplit point l'objet que l'Auteur suppose qu'elle a eu en vûë, qui est de délivrer ces Guerriers de l'embarras du ménage. Les enfans leur restent, & c'est ce qui actuellement paroît le plus à charge pour les gens de cet état.

Comment l'Auteur, qui a tant lû Tacite, (*a*) & qui le cite si souvent, n'a-t-il pas vû que le mariage, les femmes & les enfans peuvent dans certaines circonstances, non-seulement ne point embarrasser à la guerre, mais au contraire être très-utiles à l'Etat en général & en particulier au mari?

Les femmes des Germains, dit Tacite, partageoient avec leurs maris le repos de la paix & les dangers de la guerre, ses peines & ses plaisirs; elles étoient associées à l'une & à l'autre fortune: *Idem in pace, idem in prælio passuras.*

Chez les Francs, comme chez les

(*a*) Tacit. mœurs des Germains.

Germains, les femmes étoient inséparables de leurs maris; elles les suivoient à la guerre; les camps, au commencement de nos conquêtes, leur tenoient lieu de patrie; l'armée tiroit de-là ses recruës; les enfans nourris dans le bruit des armes, accoutumés au péril, & devenus Soldats avant l'âge, remplaçoient les morts & les vieillards; ils se marioient à leur tour, & les Soldats solemnisoient leur union par des danses Scythiques & guerrières. (*a*)

. . . . Scythicisque choreis
Nubebat flavo (b) *similis nova nupta marito.*

Nous avons déja vû une infinité de causes de la Polygamie: le climat, la trop grande jeunesse des femmes, le vil prix des subsistances, les richesses, la pauvreté, le calcul des deux sexes; ce n'étoit rien de tout cela en 1734. tems auquel l'Auteur nous a donné ses Considérations sur la grandeur &

(*a*) Voyez Dissertation de M. l'Abbé de Vertot, sur l'origine des François, Mémoires de l'Académie des Inscriptions, t. 2. p. 611. — (*b*) *Blond*; pour dire un François.

la

la décadence des Romains. *En Orient*, nous disoit-il alors, *on a multiplié l'usage des femmes, pour leur ôter l'ascendant prodigieux qu'elles ont sur nous dans ces Climats.* P. 227. 1. Edit.

Croirons-nous, malgré la réputation du Livre, que cette raison soit meilleure que celles qu'on nous donne aujourd'hui? Est-il bien vrai que la femme qui est née pour l'homme de tous les pays, ait plus d'ascendant sur lui dans l'Occident que dans l'Orient? Est-il bien vrai que les femmes, dans cet Orient, n'ayent aucun ascendant sur les hommes par la raison de leur multiplicité? Ces deux questions sont très-problématiques. On voit les femmes faire ici une bonne partie de ce qui leur plaît; on les voit dans les Histoires être le mobile & le ressort de tous les événemens; & si on ouvre les Livres Orientaux, on y trouve la même chose, malgré la clôture & la multiplicité. Mais pourquoi chercher la solution d'une question qui paroît décidée?

Chaque beauté exige un tribut de complaiſances, ces complaiſances ne ſont autre choſe que ce que l'Auteur appelle aſcendant, & cet aſcendant acquiert la qualité de prodigieux qu'il lui donne, quand la femme a beaucoup d'eſprit, d'ambition, d'avarice, de diſſimulation & que l'homme eſt un ſot. Cela eſt de tous les pays.

Dans le nôtre, c'eſt un grand hazard lorſqu'un homme, avec une ſeule femme, rencontre ſi malheureuſement. En Orient, il faut bien que dans le nombre, & à force d'en changer, il s'en trouve au moins une de la mauvaiſe eſpèce dans le cours de la vie de chaque homme? Par conſéquent les Orientaux ſont bien plus expoſés à cette fatalité, que les Occidentaux. Au reſte, qu'eſt-ce que l'Orient peut faire en Turquie, qu'il ne doive faire ici? Si Conſtantinople eſt l'Orient à notre égard, ne ſommes-nous pas l'Orient à l'égard d'un autre pays? Et tous les pays ne ſont-ils pas reſpectivement l'Orient & l'Occident les uns des autres ?

Mais laissons faire l'Auteur ; il va prouver pour nous que les femmes n'ont aucun ascendant sur les hommes d'Asie, & même d'Afrique, qu'elles y sont négligées, méprisées, oubliées, inconnuës même dans les Serrails.

Je me souviens qu'à la révolution qui arriva à Constantinople, lorsqu'on déposa le Sultan Achmet, les Relations disoient que le peuple ayant pillé la maison des Chiaya, on n'y avoit pas trouvé une seule femme. On nous dit qu'à Alger on est parvenu à ce point, qu'on n'en a point du tout dans la plûpart des Serrails. To. 1. p. 416.

C'est, dit l'Auteur, qu'une dissolution en entraîne toujours une autre. On l'accorde ; mais s'il n'y a plus de femmes, que devient donc la force du climat qui établit nécessairement la Polygamie dans ces pays? Que devient le Climat lui-même, à qui on a enlevé les femmes dont il étoit en possession depuis si long-tems?

La prenière diſſolution s'appelloit Polygamie ; comment s'appellera celle-ci ? Aura-t-elle autant d'empire ſur les hommes que l'autre ? Sera-t-elle ſoumiſe à l'eſclavage? Verra-t-on les femmes à la guerre & dans toutes les autres affaires de la Société, prendre la place de leurs ſucceſſeurs ? Que deviendront-elles ? Car il faut qu'elles ſoient quelque choſe. Voilà bien des queſtions. Les Climats en donneront apparemment la ſolution.

A regarder la Polygamie en général, indépendamment des circonſtances qui peuvent la faire tolérer, elle n'eſt point utile au genre humain, ni à aucun des deux ſexes. Elle n'eſt pas non plus utile aux enfans ; & un de ſes grands inconvéniens eſt que le père & la mère ne peuvent avoir la même affection pour leurs enfans ; un père ne peut aimer vingt enfans, comme une mère en aime deux. To. I. p. 416.

Rien de plus facile à concevoir que, ſi la Polygamie en général n'eſt utile ni aux deux ſexes ni aux enfans, elle ne l'eſt pas non plus au Genre humain, puiſque les deux ſexes & leurs enfans conſtituent ce corps que l'on appelle le Genre humain.

Les grands inconvéniens de la Polygamie par rapport à la Société ne ſont pas, comme l'Auteur le prétend, le défaut d'amitié paternelle; un père, ſuivant ſon caractère tendre ou féroce, aimera ou n'aimera pas ſes enfans, comme nous en voyons parmi nous qui, ſuivant les degrés plus ou moins ſenſibles de ce caractère, les aiment, les haïſſent, ou les regardent avec indifférence, ſans avoir égard à leur nombre.

Il eſt ordinaire que les mères les aiment davantage; c'eſt, dit-on, parce qu'elles ſont plus compatiſſantes, parce qu'étant moins diſtraites par les occupations du dehors, elles les voyent plus ſouvent, & que l'habitude forme en elles un attachement d'autant plus fort, qu'il eſt entretenu par le reſpect & la ſoumiſſion. Mais de quelque principe & de quelque côté que vienne cette tendresse, il s'en trouvera toujours assez dans les ménages polygames pour assurer la conservation des enfans; ainsi les inconvéniens de la Polygamie ne sont point ceux que l'Auteur nous donne, mais bien plutôt la diminution de l'espèce humaine; étant certain que deux cens femmes mariées à deux cens hommes donneront plus de Sujets, que deux cens femmes dans le Serrail d'un seul homme.

* To. 1. p. 416. *C'est bien pis quand une femme a plusieurs maris; car pour lors l'amour paternel ne tient qu'à cette opinion, qu'un père peut croire, s'il veut, ou que les autres peuvent croire, que de certains enfans lui appartiennent.*

L'Auteur suppose en ceci, qu'attendu l'incertitude du père, il n'y auroit de la part de tous ces hommes aucune tendresse paternelle. Mais cette supposition peut être très-fausse.

Les Romains & les Lacédémoniens prêtoient leurs femmes à ceux qui avoient des qualités diſtinguées, pour que les enfans en puſſent tenir. Ils étoient bien sûrs qu'ils n'en étoient pas les pères ; cependant ils les aimoient plus que les leurs propres, & ſçavoient grand gré à leurs femmes de cette complaiſance. D'ailleurs l'amour maternel pourroit ſuppléer à celui des pères, la Polygamie des hommes ayant à cet égard l'avantage ſur celle des femmes, de donner beaucoup moins d'enfans. Les attentions, & la tendreſſe de la mére pourroient donc ſuffire & s'étendre à tous, ſi la mère garde les enfans avec elle. Et ſi elle les donne aux maris, comme nous avons vû qu'elles en uſent à la côte de Malabar, où la Polygamie des hommes a lieu ; ces maris les regarderont du même œil que s'ils avoient la certitude la plus complette de leur paternité.

Il ne paroît pas exact de dire qu'un père peut croire s'il veut, ou que les autres peuvent, croire que certains enfans lui appartiennent.

On ne croit point quand on veut, on croit quand on est persuadé; les efforts de la volonté sont impuissans pour établir la croyance & la persuasion dans l'esprit des hommes. D'ailleurs c'est ici une idée où le préjugé a beaucoup de part, & dans l'espèce présente, qui est le cas de la Polygamie des hommes, le préjugé n'a rien à faire; on sçait positivement à quoi s'en tenir.

To. I. p. 417. *Du tems de Justinien plusieurs Philosophes gênés par le Christianisme se retirèrent en Perse auprès de Cosroës. Ce qui les frappa le plus, dit Agathias, ce fut que la Polygamie étoit permise à des gens qui ne s'abstenoient pas même de l'adultère.*

Il y a dans Agathias: *Quod omnibus absurdius, cùm unicuique permissum sit tot ac velint uxores ducere, & jam duxerint, ab adulteriis non abstinent.* » Ce qu'il y avoit de plus absurde, » c'est que des gens à qui la Polygamie étoit permise, ne s'abstinssent » pas même de l'adultère. »

L'objet de la ſurpriſe des Philoſophes tomboit ſur ce que des gens à qui la Polygamie étoit permiſe, ne s'abſtenoient pas de l'adultère ; & l'objet de la ſurpriſe qu'exprime l'Auteur tombe ſur ce que la Polygamie étoit permiſe à des gens adultères : ce qui renverſe le ſens d'Agathias.

De la loi de la pluralité des femmes, ſuit celle de l'égalité du traitement.... La Loi de Moyſe veut même que ſi quelqu'un a marié ſon fils à une eſclave, & qu'enſuite il épouſe une femme libre, il ne lui ôte rien des vêtements, de la nourriture & des devoirs. T. 1. p. 417.

Ceci eſt exprimé d'une manière obſcure & peu conforme à la Vulgate, dans laquelle il n'eſt pas queſtion de deux femmes vivantes enſemble, & appartenantes à un même homme : *Quòd ſi alteram acceperit, providebit puellæ nuptias &c.* Si le fils prend une autre femme en renvoyant l'eſclave, il pourvoira cette dernière d'un autre mari ; voilà ce que dit la Vulgate. Il eſt vrai qu'il y a des

Interprètes de différente opinion ; mais quelqu'un qui prétend à l'exactitude doit rapporter, agiter & balancer les divers ſentimens, (*a*) ne donner les choſes que pour ce qu'elles ſont, les faits pour des faits & les queſtions pour des queſtions.

To. 1. p. 418. *C'eſt une conſéquence de la Polygamie, que dans les Nations voluptueuſes & riches, on ait un très-grand nombre de femmes : leur ſéparation d'avec les hommes, & leur clôture, ſuivent naturellement ce grand nombre.*

On croira ſans effort que chez une Nation riche Polygame, on aura plus aiſément un grand nombre de femmes, & qu'on aura plus de facilité pour les renfermer que chez une Nation pauvre ; mais on ne croiras pas ſi aiſément que la clôture ſoit une ſuite naturelle de la Polygamie & de la richeſſe.

La Polygamie eſt permiſe dans le Tunquin. C'eſt un Royaume fort riche en or, en argent & en toutes

(*a*) Voyez la Synopſe des Critiques.

ſortes de productions ; cependant la clôture n'y a pas lieu. (*a*) Et pour être convaincu que la richeſſe & la Polygamie peuvent exiſter ſans la clôture, l'Auteur n'a qu'à jetter les yeux ſur ſon Tacite, des mœurs des Germains ; il y verra que quoique la plûpart d'entre ceux du peuple n'euſſent qu'une ſeule femme, ce qui eſt aſſez rare parmi les Barbares, dit cet Ecrivain ; cependant les Chefs & les plus illuſtres par leur naiſſance, en prenoient pluſieurs en même tems, & que c'étoit moins par déréglement, que pour ſoutenir la dignité de leur état. (*b*)

Or, ni les femmes des Grands, ni celles des particuliers n'étoient point aſſujetties à la clôture, puiſque le même Tacite nous dit, que loin de mener une vie oiſive & délicieuſe, elles ſuivoient par-tout leurs maris ; qu'elles étoient les compagnes de leurs tra-

(*a*) Hiſtoire générale de tous les Peuples du Monde. = (*b*) *Non libidine, ſed ob nobilitatem plurimis nuptiis ambiuntur.*

vaux, & qu'elles couroient la même fortune dans la paix & dans la guerre.

La clôture des femmes ne doit être regardée que comme un effet de la jalousie des hommes, lesquels s'étant exclusivement emparés du pouvoir, & se trouvant sans contradicteurs, ont eu l'injustice de condamner une partie des créatures humaines à la perte de leur liberté; ainsi ce sont les vices & l'injustice des hommes, & non la richesse & la Polygamie, qui sont la cause de la clôture des femmes dans les pays Polygames.

L'ordre domestique le demande ainsi; un débiteur insolvable cherche à se mettre à couvert des poursuites de ses créanciers.

Voilà certes une Jurisprudence fort singulière; il seroit curieux de sçavoir en quel pays, & en vertu de quelle Loi, le débiteur insolvable a le droit de mettre ses créanciers en prison. D'ailleurs le débiteur dont il s'agit ici, est d'autant moins recevable à exercer son prétendu droit, qu'il n'a qu'à mettre ses créanciers en liberté; il n'est débiteur qu'autant qu'il en veut bien prendre & conserver la qualité ; il ne l'est plus en la déposant. S'il ne veut pas se libérer entièrement, il n'a qu'à calculer ses moyens, & sur cela conserver le nombre de créanciers qu'il pourra satisfaire : mais s'il s'engage au-delà de ses facultés, c'est un Banqueroutier frauduleux, qui doit être puni de sa témérité, au lieu d'être autorisé à punir ses Créanciers.

Il y a de tels Climats où le physique a une telle force, que la morale n'y peut presque rien.

To. I, p. 418.

La Nature a inspiré par-tout les mêmes desirs, & ils sont par-tout égaux ; toutes choses étant égales d'ailleurs, c'est-à-dire, âge, santé, tempérament, bonne ou mauvaise nourriture, bonne ou mauvaise disposition des organes.

Il est vrai que dans les pays Polygames les apparences sont contraires à cette assertion ; mais ce ne sont que des apparences ; & si dans nos contrées les femmes étoient tenuës en captivité par *des débiteurs insolvables, le physique* & la disette fermeroient apparemment l'oreille à la morale, & mettroient tout en mouvement & en action, comme ils le mettent dans ces autres pays ; parce que par-tout où il y a contrainte, on soupire après la liberté, on tâche de se la procurer par toutes sortes de moyens ; mais il ne s'ensuit pas de-là

To. 1. p. 418. qu'*au lieu de préceptes, il faille des verroux.*

Ibid. *Un livre Classique de la Chine regarde comme un prodige de vertu, de se trouver seul dans un appartement reculé avec une femme sans lui faire violence.*

L'Auteur cite au bas de la même page le trait de cet Auteur Classique rapporté & traduit en François par le P. du Halde, dans son Histoire de la Chine, Tome 3. page 151. Voici comme il est dans l'Esprit des Loix:

Trouver à l'écart un trésor dont on soit le maître, ou une belle femme seu-

le dans un appartement reculé; entendre la voix de ſon ennemi qui va périr, ſi on ne le ſecourt, admirable pierre de touche!

Voici comme il eſt dans le P. du Halde: » Trouver à l'écart un tréſor » dont on reconnoît pourtant le maî-» tre; rencontrer ſeule une belle » femme dans un appartement recu-» lé; entendre la voix de ſon enne-» mi mortel, dans un foſſé qui va pé-» rir, ſi on ne lui tend la main; ho! » que c'eſt-là une admirable pierre de » touche! »

L'Auteur dit: » *Trouver à l'écart* » *un tréſor dont on ſoit le maître.* » Mais ſi on eſt le maître de ce tréſor, on n'eſt point obligé de le rendre; il n'y a plus d'épreuve; l'idée du livre Claſſique porte à faux, & la moralité Chinoiſe reſte ſans objet.

Le livre Claſſique dit qu'il faut » beaucoup de vertu pour réſiſter à la » tentation, en rencontrant ſeule » une belle femme dans un apparte-» ment reculé. »

Mais on ne trouve point dans ce Livre que *c'eſt un prodige de vertu de ne pas faire violence à cette femme*. Pour que ce fût un prodige, il faudroit que la raiſon & la vertu fuſſent eſſentiellement plus foibles que le penchant au mal ; ce qui eſt faux dans tous les pays & ſous quelque Climat que ce ſoit.

Nous ne parlerons point des autres changemens que l'Auteur a jugé à propos de faire dans le ſurplus du récit du P. du Duhalde ; ils ſeront faciles à reconnoître par la confrontation. Nous dirons ſeulement qu'on ne voit dans ce récit qu'une expoſition des occaſions les plus propres à éprouver la probité & la vertu, ce qui eſt bon dans un livre Claſſique pour exciter les hommes à ſe tenir en garde contre leurs foibleſſes ; il ſeroit bon dans tout autre Livre : & il ſera toujours par-tout beau, louable & généreux de rendre un tréſor que l'on pourroit garder impunément, de ſecourir un ennemi qui n'auroit d'espoir qu'en nous, & de vaincre des desirs inspirés par la brutalité.

Dans une République la condition est bornée, égale, douce, modérée ; tout y ressent la liberté publique : l'empire sur les femmes n'y pourroit pas être si bien exercé ; & lorsque le Climat a demandé cet empire, le Gouvernement d'un seul a été le plus convenable. Voici une des raisons qui fait que le Gouvernement populaire a toujours été difficile à établir en Orient. To. 1. p. 419.

Nous l'avons déja dit, on ne voit point comment le Climat est en droit de soumettre les femmes à l'empire des hommes ; & la puissance des Climats est aussi bornée à cet égard, qu'elle l'est à l'égard des vices & des vertus.

On ne voit pas non plus sur quel principe le Gouvernement d'un seul est plus convenable à la Polygamie, que le Gouvernement de plusieurs. Presque tous les Etats de l'Europe sont soumis au Gouvernement d'un ſeul, il n'y eſt pas queſtion de Polygamie; & ſi on met à part les Loix que la Religion & la Morale de l'Europe impoſent à cet égard, on ne trouvera, dans aucune eſpèce de Gouvernement, aucune incompatibilité abſoluë avec la clôture & la pluralité des femmes, on n'y trouvera que de l'injuſtice.

Enfin on ne voit pas pourquoi le climat d'Orient & du Midi ſeroit aujourd'hui plus oppoſé à l'établiſſement du Gouvernement républicain, qu'il l'a été du tems de la République de Carthage, de la République des Hébreux & des Républiques Grècques; & l'Auteur qui a eu tant de commerce avec l'Hiſtoire de la Chine, & avec les Voyageurs qui y ont été, ne devroit pas ignorer que, ſuivant les Chroniques de cette Nation, le Royaume de Tunquin, pays d'une grande étenduë, étoit autrefois une République, dont l'indépendance a ſubſiſté dix-neuf cens cinquante ans.

» Pline (*a*) rapporte que de son » tems on reçut à Rome des Ambassadeurs du Roi de l'Isle Taprobrane; que ces Ambassadeurs di» soient qu'il n'y avoit point d'esclaves » dans leur Isle, que le Royaume » étoit électif; que de peur qu'il ne de» vînt héréditaire, on destituoit le » Roi, si-tôt qu'il avoit des enfans, & » que l'on donnoit trente Adjoints à » ce Roi, qui gouvernoient avec » lui, &c. » ce qui forme une espèce d'Oligarchie. (*b*)

Tico ou Kao-Sin, sixième Empereur de la Chine, est le premier qui ait donné l'exemple de la Polygamie, en épousant quatre femmes. (*c*)

(*a*) Liv. VI. chap. 22. Traduction de Du-Piney. Voyez aussi Strabon, Ptolomée, Pomponius Mela.

(*b*) L'Isle de Tabroprane, maintenant inconnuë, étoit certainement en Asie; la question consiste à sçavoir si c'étoit Céylan, Summatra ou les Maldives. M. Cassini est du dernier sentiment par de bonnes raisons, expliquées dans un Mémoire, à la suite de la Description de Siam, par Laloubere.

(*c*) Histoire de la Chine du P. du Halde, tom. I. pag. 282.

Lorſqu'après la mort de Cambyſe les ſept Grands de Perſe tinrent Conſeil pour ſçavoir quelle forme de Gouvernement ils choiſiroient, nous avons rapporté au Chapitre du Gouvernement & de ſon principe, qu'Otanès avoit opiné pour la Démocratie, Mégabyſe pour l'Ariſtocratie & Darius pour la Monarchie : ces Grands, ces premiers hommes de la Perſe, qui ſans doute connoiſſoient bien le Climat de leur pays & le génie de la Nation, croyoient donc que l'Orient n'avoit rien d'incompatible avec le Gouvernement populaire. Pourquoi ceux qui ſont nés deux mille deux cens ſoixante & quinze ans après eux, dans un pays éloigné de la Perſe de ſeize à dix-ſept cens lieuës, ne le croiroient-ils pas ?

Les différens traits que nous venons de rapporter, fourniſſent quatre réflexions.

La première, que le Gouvernement républicain a été réellement établi & a ſubſiſté pluſieurs ſiècles dans le Tunquin.

La ſeconde, que le Gouvernement ariſtocratique, ou oligarchique a exiſté dans l'Iſle de Taprobrane.

La troiſième, que les Grands de Perſe avoient indifféremment propoſé les trois formes de Gouvernemens.

La quatrième, que dans les pays d'Orient, quoique gouvernés par un ſeul Monarque abſolu, la Polygamie n'a pas toujours eu lieu, puiſqu'elle n'a été introduite à la Chine, que ſous le ſixième Empereur; d'où, à ce qu'il nous ſemble, il eſt ſuffiſamment prouvé que les raiſons de l'Auteur ne ſont aucunement concluantes.

On a vû dans tous les tems en Aſie marcher d'un pas égal la ſervitude domeſtique & le Gouvernement deſpotique. To. 1. p. 419.

Cela ne s'accorde ni avec le paſſé, ni avec le préſent: avant l'établiſſement du Mahométiſme, preſque tout ce pays étoit Idolâtre, ou Chrétien; & il n'y avoit point de servitude domestique, c'est-à-dire, suivant l'Auteur, de clôture & de Polygamie; les hommes n'y avoient qu'une femme, & les femmes n'y avoient qu'un homme; & aujourd'hui les Idolâtres sont infiniment plus nombreux que les Mahométans, sur-tout dans les deux presqu'Isles de-çà & delà le Gange. Or il est connu de tout le monde que les femmes y sont libres, que leurs mariages sont indissolubles, & même qu'une veuve ne s'y remarie jamais.

To. 1. p. 419. *Dans un Gouvernement où l'on demande surtout la tranquillité, & où la subordination extrême s'appelle la paix, il faut enfermer les femmes; leurs intrigues seroient fatales aux maris.*

Aucun Gouvernement ne sçauroit subsister dans le trouble & l'agitation; il lui faut donc de la tranquillité: la subordination en est l'ame; elle fait observer les degrés de supériorité ou d'infériorité entre les Citoyens, elle contient chaque condition dans les bornes du devoir. La ſubordination eſt donc néceſſaire dans tous les Gouvernemens; quand elle eſt extrême, quand elle excède les bornes d'une déférence raiſonnable, elle ne s'appelle point la paix, mais un état violent, qui n'eſt maintenu que par la Loi du plus fort, & ne ſubſiſte que juſqu'à ce que la liberté puiſſe reprendre ſes droits.

L'Auteur conclut qu'il faut renfermer les femmes, parce que leurs intrigues ſeroient fatales aux maris. Pourquoi ne conclut-il pas qu'il faut rendre toutes les femmes muettes, ſourdes & aveugles? Le raiſonnement ſeroit auſſi juſte & auſſi bien fondé; & de plus on ſeroit sûr de n'avoir rien à craindre d'un ſexe ſi redoutable.

Les femmes, en liberté dans l'Aſie, ſeroient ce qu'elles font en Europe, & ce que les femmes des Indiens Idolâtres font dans l'Indouſtan; elles regarderoient leurs maris comme leurs amis, comme les compagnons de leur fortune, & non comme leurs geoliers & leurs bourreaux; leur prison & leur désœuvrement ne leur inspireroient pas ces noirs complots que l'on voit se former dans les Serrails. Loin de penser sans cesse à l'intrigue & à la cabale, dissipées par l'exercice même de cette liberté, dont elles jouïroient par les amusemens & les occupations de leur état, elles ne songeroient qu'au bonheur de leurs enfans & au leur; & s'il se trouvoit parmi elles des esprits inquiets, dangereux ou vicieux jusqu'à un certain point, alors la Police & la sévérité du Gouvernement sçauroient y apporter les mêmes remèdes que l'on employe contre les hommes de cette espèce. Ce moyen ne seroit-il pas plus simple & plus naturel? Voit-on en effet que, quand un homme a péché contre le Gouvernement, la Religion, ou la Morale, le Souverain ait jamais conclu qu'il devoit condamner à une prison perpétuelle tout le ſexe maſculin, préſent & à venir?

Un Gouvernement qui n'a pas le tems d'examiner la conduite des Sujets, la tient pour ſuſpecte, par cela ſeul qu'elle le paroît & qu'elle ſe fait ſentir. To. 1. p. 419.

On n'imagine pas qu'en aucun lieu du monde, il y ait un Gouvernement ſi odieux. Mais paſſons qu'il exiſte, & venons à l'application. Qu'ont affaire ici les femmes d'Orient? On nous dit que ce ſont de miſérables créatures, accablées ſous le poids de la ſervitude politique & domeſtique, condamnées à une captivité perpétuelle. Comment cette conduite peut-elle être ſuſpecte? Comment peut-elle le paroître? Comment peut-elle ſe faire ſentir? C'eſt ce qu'il eſt difficile de concevoir. Voyons ſi la ſuite du diſcours nou séclaircira.

Suppoſons un moment que la légèreté d'eſprit, les indiſcrétions, les goûts & les dégoûts de nos femmes, leurs paſſions grandes & petites ſe trouvaſſent tranſportées dans un Gouvernement d'Orient; Ibid.

dans l'activité & dans cette liberté où elles sont parmi nous, quel est le père de famille qui pourroit être un moment tranquille ? Par-tout des gens suspects, par-tout des ennemis ; l'Etat seroit ébranlé ; on verroit couler des flots de sang.

Mais pourquoi supposer ? Ne supposons rien, prenons les choses dans l'Etat où elles sont. Pourquoi cette légèreté d'esprit, ces goûts & ces dégoûts de nos femmes, leurs passions grandes & petites ne font-elles pas couler des flots de sang dans l'Occident ? L'Auteur suppose que cela arriveroit infailliblement si elles étoient transportées en Orient, avec cette liberté qu'elles ont parmi nous. Ne supposons rien encore ici, épargnons leur le voyage ; s'il ne faut que de la liberté pour faire couler ce sang, elles jouïssent de cette liberté ; cependant il règne parmi nous un calme profond : seroit-il possible que le trajet de Paris ou de Vienne à Constantinople pût produire une telle métamorphose ?

Dans le cas de la multiplicité des femmes, plus la famille cesse d'être une, plus les Loix doivent réünir au centre ces parties détachées; & plus les intérêts sont divers, plus il est bon que les Loix les ramènent à un intérêt. To. 1. p. 420.

La Loi des Juifs permettoit la multiplicité des femmes. Elle est permise dans plusieurs Sectes de l'Inde, & dans une infinité d'autres Climats que nous avons ci-devant nommés. Les Loix de ces différens pays n'ont pas cru qu'il fallût renfermer les femmes pour en réünir les parties détachées & les ramener à un intérêt; cet intérêt se trouve suffisamment ramené & réüni sur la tête du Chef. Cependant c'est dans ce principe que l'Auteur trouve la nécessité de la clôture, & même le plan & le devis des prisons.

Cette réünion d'intérêts se fait surtout par la clôture, dit-il : *les femmes ne doivent pas seulement être séparées des hommes par la clôture de la maison; mais elles en doivent encore être séparées dans cette même clôture, en sorte* Ibid.

qu'elles fassent comme une famille particulière dans la famille. De-là dérive pour les femmes toute la pratique de la morale ; la pudeur, la chasteté, la retenuë, le silence, la paix, la dépendance, le respect, l'amour, enfin une direction générale de sentimens à la chose du monde la meilleure par sa nature, qui est l'attachement unique à sa famille.

L'Auteur conseille une exacte & rigide clôture pour réünir & ramener tout à un intérêt commun ; si, comme il le prétend, l'effet de cette clôture est de faire comme une famille particulière dans la famille, il va directement contre son objet ; car cette famille particulière doit nécessairement faire une scission d'intérêt avec la famille générale, & même produire des sentimens opposés par la rigueur du traitement.

On a toujours dit que, pour faire goûter la morale, il falloit la rendre si agréable, qu'elle plût en instruisant. L'usage n'est pas que les Régens mettent leurs Ecoliers en prison. Les maiſons de force, leurs grilles & leurs verroux ont été imaginés pour empêcher les coupables de ſe ſouſtraire à la punition que méritent leurs crimes. On n'en a jamais fait des inſtrumens de morale, ni des argumens de perſuaſion.

La morale eſt la ſcience qui enſeigne à conduire toutes ſes actions avec ſageſſe : & à qui une malheureuſe captive a-t-elle à en rendre compte ? Par quel témoin, par quelle émulation, par quel eſpoir de louange, par quelle crainte de blâme eſt-elle excitée ?

Ariſtote dit que la pudeur eſt la crainte de l'ignominie ; mais quelle honte, quelle crainte d'infamie & d'ignominie peut avoir une perſonne enfermée entre quatre murailles ?

Pour la chaſteté, elle ne peut être que de deux eſpèces, ou l'abſtinence des plaiſirs illicites, ou la modération dans les plaiſirs légitimes. Pour la première, le moyen que l'Auteur employe eſt ſûr ; à l'égard de la ſeconde, comme les Mahométans ont plusieurs femmes, & que la Loi de leur Prophéte exige qu'ils les traitent toutes avec égalité, il en résulte une médiocrité d'autant plus considérable, qu'il faut encore prélever nombre d'infidélités sur ces petites portions.

La retenuë est une prudence & une discrétion dans les paroles, les jugemens & les actions. Mais ici ces recluses n'ont personne à qui parler; point de jugemens à porter, puisqu'il ne se présente aucun objet devant elles; point de ménagemens à observer dans leurs actions, puisque personne n'en est témoin.

Le silence est de droit. A qui parleroient-elles ? A quelques misérables esclaves, à quelques eunuques affreux que'lles détestent comme leurs bourreaux.

La paix ? à moins qu'elles ne se battent contre les murs, on ne voit pas à qui elles pourroient déclarer la guerre.

La dépendance est forcée. Les

habitans de la Bastille ont à cet égard le même mérite que les femmes d'Orient.

Pour le respect, il paroîtroit assez singulier qu'il pût naître d'un pareil traitement. L'Auteur s'est trompé, il a voulu dire la terreur & l'effroi.

A l'égard de l'amour, qui termine la liste des avantages de cette clôture, on laisse à penser, s'il en peut-être le fruit. Seroit-ce là le sentiment qu'inspireroit un Tyran odieux, l'ennemi irréconciliable des amusemens les plus innocens, celui qui ne laisseroit ni liberté ni espérance de posséder jamais ce bien inestimable? Il ne devroit trouver que de la haine, effet naturel & nécessaire de la contrainte & de la privation.

Si la captivité produisoit les effets admirables que l'Auteur lui attribuë, il suffiroit donc de renfermer les scélérats, pour métamorphoser les vices en vertus. Qui ignore que cet état violent, loin de contribuer à la pureté des mœurs, en est au contraire le destructeur ? L'Auteur lui-même nous aideroit à le prouver, si nous avions besoin de preuves ; il fait quelque part une ample description des intrigues & du penchant à la dissolution, qui règne en Asie dans ces prétendus azyles de l'innocence ; pourquoi sont-ils ici la source de la sagesse, de la morale, de la pudeur ?

To. I. p. 52. Il employe dans un autre endroit l'autorité d'Aristote, pour prouver qu'il n'y a aucune vertu propre aux esclaves : il nous dit ici que ces femmes sont esclaves & captives ; par quel privilège, au lieu d'être dépouillées de toute espèce de vertu, se trouvent-elles posséder toutes les vertus dans le plus éminent degré ?

Les différens avantages que l'Auteur attache à la clôture rigoureuse des femmes, sont si difficiles à retenir par leur multiplicité, que peu s'en est fallu que nous n'ayons oublié le plus considérable, qui consiste dans une *direction générale des sentimens à la chose*

chose du monde la meilleure par sa nature, qui est l'attachement unique à sa famille.

Or de qui cette famille est-elle composée? Du mari & des enfans. Pour le mari, après ce que nous venons de dire, nous laissons à penser jusqu'à quel point il doit paroître digne de tendresse : à l'égard des enfans, il doit y en avoir de mâles & de femelles; les mâles sont séquestrés de l'appartement des femmes en naissant; ainsi nul attachement pour eux : à l'égard des filles, nous suivrons le texte de Chardin, nous trouverons que ces filles restent auprès du père jusqu'à neuf ou dix ans, pour connoître le monde & en être vûës, & ce monde est interdit à leurs mères. Il n'y a rien dans tout cela qui puisse exciter l'amour & l'attachement.

Par ce terme de *famille*, l'Auteur entendroit-il les soins & l'ordre domestique? Non, sans doute, puisqu'il va nous dire que dans l'Orient les femmes ſont diſpenſées de tous les embarras du ménage, même de celui de leurs ajuſtemens. Quels ſont donc les objets & les raiſons de cet attachement ? D'où peuvent naître les ſentimens de tendreſſe que l'on ſuppoſe ? Où eſt cette famille ſi tendrement chérie ? En fouillant, tout diſparoît, tout s'évanouit.

To. I. p. 421. *Les femmes ont naturellement tant de devoirs qui leur ſont propres, qu'on ne peut aſſez les ſéparer de tout ce qui pourroit leur donner d'autres idées, de tout ce qu'on traite d'amuſemens, & de tout ce qu'on appelle affaires.*

Si l'Auteur nous parle des femmes d'Orient, il les a déja ſéparées du monde par la clôture de la maiſon. Il les a de plus ſéparées par une clôture particulière dans cette première clôture ; il inſiſte encore ici pour les ſéparer davantage. Veut-il les réduire à être renfermées dans un étui de leur grandeur ? Et quelle eſt au reſte cette quantité de devoirs qui leur ſont naturellement propres ? Leur captivité n'en présente aucun. L'Auteur nous dit lui-même : Qu'elles ne sont chargées d'aucune espèce de soins domestiques, que même *on leur donne leurs habits, commme on feroit à des enfans, & que ce soin, qui par-tout ailleurs est le premier soin des femmes, ne les regarde pas.* On ne voit donc qu'inaction, désœuvrement, inquiétude, ennui, chagrin, désespoir. Si ce sont-là leurs devoirs, on doit croire qu'elles n'en manquent pas & qu'elles les remplissent bien. To. 1. p. 425.

On trouve des mœurs plus pures dans les divers Etats d'Orient, à proportion que la clôture des femmes y est plus exacte. To. 1. p. 421.

Sur cela l'Auteur cite la Turquie, la Perse, le Mogol, la Chine & le Japon, où il prétend que les mœurs des femmes sont admirables. Nous y avons déja répondu : il paroît inutile d'y revenir.

On ne peut pas, continuë-t-il, *dire la même chose des Royaumes des Indes..... que le grand nombre de cau-* Ibid.

ſes que nous n'avons pas le tems de rapporter ici, rendent deſpotiques.... Il n'y a que des miſérables qui pillent, & des miſérables qui ſont pillés. La clôture des femmes n'y peut pas être auſſi exacte, l'on n'y peut pas prendre d'auſſi grandes précautions pour les contenir; la corruption de leurs mœurs y eſt inconcevable.

Nous connoiſſons ſur la côte Occidentale d'Afrique pluſieurs petits Etats, dont les Souverains & les Sujets ſont ſi pauvres, que l'on pourroit en effet dire de ces pays qu'il n'y a que *des miſérables qui pillent, & des miſérables qui ſont pillés*. Parmi les Royaumes des Indes, nous n'en connoiſſons point de cette eſpèce. L'Auteur eſt ſans doute mieux inſtruit; mais, comme il ne les nomme pas, & qu'il ſe contente d'indiquer Patane à la page ſuivante pour un de ces Royaumes où *la corruption des mœurs eſt inconcevable*, il faut croire qu'il préſente celui-ci comme le modèle des autres; auquel cas les choſes ne ſeroient pas tout-à-fait comme il le dit ; car le Royaume de Patane eſt riche, puiſſant, fertile, (*a*) & peut mettre ſur pied cent quatre-vingt-mille hommes de troupes. S'il en eſt ainſi des autres, ce ne ſera pas la pauvreté qui empêchera que la clôture des femmes n'y ſoit exacte ; & d'ailleurs une priſon n'eſt pas un édifice fort cher ; mais la dépenſe en ſeroit ſuperfluë, car l'uſage d'empriſonner les femmes n'eſt pas connu dans la plûpart de ces pays. Elles ſont ſages & retenuës dans pluſieurs, & particulièrement à Siam & dans le Tunquin ; dans le Malabar elles ſont en quelque ſorte communes à tous les habitans ; de manière que l'incertitude du père a fait régler l'ordre des ſucceſſions tout différemment des autres pays. Dans celui d'Arracan, un homme ſeroit deshonoré, s'il épouſoit une fille vierge ; ſi elle eſt en-

(*a*) Voyez l'Hiſtoire Naturelle & Politique du Royaume de Siam, dont celui de Patane eſt tributaire, pag. 315.

ceinte, elle en est plus considérée de son mari & du public. Voilà les singularités que l'on apprend dans les Voyageurs, qui, s'ils ne mentent pas, peuvent servir à faire connoître la multitude infinie de préjugés & d'idées contraires, dont, par l'effet de l'éducation, l'esprit humain est susceptible.

Si dans ces Etats dont parle l'Auteur, la conduite des femmes est si abominable, que devons-nous penser de celle des hommes? Les femmes doivent-elles avoir plus de vertu qu'eux; & cette vertu à quoi leur serviroit-elle, si ceux qui sont en droit d'employer l'autorité domestique & la sévérité des Loix, sont ceux qui, au lieu de les contenir & de les réprimer, ne cherchent qu'à leur inspirer l'esprit de libertinage & de débauche?

Mais qui a pû empêcher l'Auteur de nous rapporter le grand nombre de causes qui rendent despotiques ces différens Etats, & qui corrompent si inconcevablement les mœurs des femmes? *Nous n'avons pas le tems*, dit-il. Falloit-il donc tant de tems pour dire que c'est le Climat? Nous lui avons vû entreprendre des choses plus difficiles, & celle-ci n'étoit pas moins de sa compétence.

C'est-là qu'on voit jusqu'à quel point les vices du Climat, laissés dans une plus grande liberté, peuvent porter le désordre. C'est-là que la nature a une force, & la pudeur une foiblesse qu'on ne peut comprendre. A Patane la lubricité des femmes est si grande, que les hommes sont contraints de se faire certaines garnitures pour se mettre à l'abri de leurs entreprises. To. 1. p. 422.

Cette histoire présente un tableau tout-à-fait singulier; d'un côté on voit des attaques très-extraordinaires; de l'autre on a la satisfaction de voir qu'au moyen des armes défensives & à l'épreuve, dont la vertu masculine a eu la précaution de se munir, elle demeure victorieuse & triomphante, & le vice confondu & désespéré de ses vaines tentatives.

Nous devons cette justice à l'Auteur, qu'il n'oublie aucune occasion d'égayer sa matière, quoique ce qu'il nous dit n'ait souvent aucun rapport à son objet principal.

Ici il parle d'après les Voyageurs; & il les a crus aussi sincères que lui; cependant ce qu'il rapporte de Patane d'après Victor Sprinkel, Commis de la Compagnie des Indes de Hollande, paroît fort suspect, & il auroit dû se tenir en garde contre lui.

Ce Sprinkel dit au même endroit cité par l'Auteur: « Que les maris » de Patane sont extrêmement ja» loux de leurs femmes, & qu'ils ne » permettent pas à leurs meilleurs » amis de les voir, ni leurs filles non » plus. » D'où l'on peut conclure que les femmes que l'Auteur suppose jouir d'une grande liberté dans cette Ville, sont cependant exactement renfermées & qu'elles ne peuvent pas courir pour aller attaquer les passans.

» L'adultère eſt puni de mort à Patane, & dans les pays voiſins, continuë Sprinkel; le père, ou s'il eſt mort, le plus proche parent fait l'exécution. » Le genre du ſupplice eſt au choix du » coupable. » Autre raiſon pour contenir les femmes. La punition eſt égale pour les deux ſexes, on ne court pas légèrement à la mort.

Si, comme le prétend l'Auteur, la nature rend les femmes ſi peu réſervées, ce Climat doit néceſſairement produire le même effet ſur les hommes; car il ne peut pas ſouffler le chaud ſur les uns, le froid ſur les autres. Enfin dans cette Ville, où la plus grande partie des habitans ſuit la Religion de Mahomet & où par conſéquent les hommes ſont maîtres abſolus, il ſemble qu'ils feroient bien mieux de faire porter à leurs femmes *ces certaines garnitures*, que de les porter eux-mêmes. Cela remédieroit à l'incontinence du côté où elle ſeroit & n'incommoderoit point ceux qui n'ont pas mérité cette torture. Mais à travers le faux on apperçoit quelquefois le vrai.

Il y a dans la Ville de Patane, qui est fort commerçante, un concours continuel & prodigieux de diverses Nations, parmi lesquelles il est tout naturel qu'il se trouve plusieurs filles de mauvaise vie. Le pauvre Commis Sprinkel aura été vivement accueilli dans quelque occasion, & s'en sera plaint à quelque mauvais plaisant, qui lui aura conseillé de recourir à ces garnitures dont parle l'Auteur.

Si un Patanois nouvellement débarqué se trouvoit à la brune dans certains quartiers de nos grandes Villes, il pouroit remporter chez lui la même idée de nos Européenes, que Sprinkel nous donne des Patanoises. C'est ainsi que les Voyageurs nous entretiennent de puérilités & d'erreurs, & que l'avidité pour les choses singulières nous fait souvent prostituer notre croyance à l'ignorance & à la simplicité.

Le Chapitre XI. page 422. traite

de la servitude domestique indépendante de la Polygamie.

Ce n'est pas seulement la pluralité des femmes qui exige la clôture dans certains lieux d'Orient; c'est le Climat. Ceux qui liront les horreurs, les crimes, les perfidies, les noirceurs, les poisons, les assassinats que la liberté des femmes fait faire à Goa & dans les établissemens des Portugais dans les Indes, où la Religion ne permet qu'une femme, & qui les compareront à l'innocence des pays de clôture, *verront bien qu'il est souvent aussi nécessaire de les* renfermer, *quand on n'en a qu'une, que quand on en a plusieurs.*

Toutes les femmes sont donc condamnées à une prison perpétuelle, sur le vû du procès de celles de Goa fait en Europe dans le Cabinet d'un Voyageur inconnu; du moins l'Auteur ne le nomme pas, mais des gens qui en arrivent soutiennent que ce jugement est la chose du monde la plus injuste, qu'il n'est pas vrai que les crimes affreux dont l'Auteur parle, soient aussi fréquens à Goa qu'il le suppose ; que dans ceux qui s'y commettent, les hommes y entrent au moins pour la moitié, n'y ayant aucun privilège qui attribuë aux femmes la faculté exclusive des perfidies, des noirceurs, du poison & des assassinats ; que la plûpart des habitans de cette Ville sont des Idolâtres, des Mahométans, & des Caffres ; que presque toutes les femmes sont des Canariennes & des Africaines esclaves ; que les Portugais naturels sont des vagabonds & des proscrits qui passent aux Indes en qualité de Soldats & qui épousent ces esclaves, ou quelques Métices Indiennes ; qu'il n'est pas étonnant que la pitoyable éducation, la basse naissance, la paresse & la misère, enfin la nonchalance & l'avidité du Gouvernement, donnent lieu à des désordres & à des excès ; & que sous quelque Climat que l'on transportât de telles gens, & un tel Gouvernement, il ne seroit pas meilleur qu'il est là.

C'eſt le Climat qui doit décider des choſes ; que ſerviroit d'enfermer les femmes dans nos pays du Nord, où les mœurs ſont naturellement bonnes, où toutes leurs paſſions ſont calmes, peu actives, peu raffinées, où l'amour a ſur le cœur un empire ſi réglé, que la moindre police ſuffit pour les conduire ?

Nous ſommes ici à la page 423. nous ne pouvons nous empêcher de rappeller ce que l'Auteur a dit à la page 419. quoiqu'il n'y ait qu'un inſtant que nous l'avons rapporté. Le voici : Nous prions le Lecteur d'en faire la comparaiſon.

Suppoſons un moment que la légèreté d'eſprit, les indiſcrétions, les goûts & les dégoûts de nos femmes, leurs paſſions grandes & petites ſe trouvaſſent tranſportées dans un Gouvernement d'Orient, dans l'activité & la liberté où elles ſont parmi nous ; quel eſt le père de famille qui pourroit être un moment tranquille ? Par-tout des gens ſuſpects, par-tout des ennemis. L'Etat ſeroit ébranlé, on verroit couler des flots de ſang.

Quand l'Auteur l'auroit fait exprès, il n'auroit pû choisir des termes plus opposés. Ils se suffisent à eux-mêmes & n'exigent aucune reflexion.

To 1. p. 423. *Il est heureux de vivre dans ces climats (du Nord) qui permettent qu'on se communique; où le sexe qui a le plus d'agrémens, semble parer la société, & où les femmes se réservant aux plaisirs d'un seul, servent encore à l'amusement de tous.*

Il faut croire que les Lapones, les Norwégiennes, les Islandoises, les Ostiakoises, les Samojédoises, les Sybérioises, &c. ne manqueront pas de témoigner leur reconnoissance à l'Auteur de la distinction avec laquelle il les traite. Aucun Géographe ne place dans le Nord la France, l'Espagne & l'Italie; mais en le supposant, les femmes de ces pays trouveront-elles que ce que l'Auteur vient de dire puisse faire une juste & suffisante compensation avec tout ce qu'elles ont lû dans son Ouvrage? Et qui sçait d'ailleurs si leur délicatesse ne feroit pas offenfée de certaines expreffions que l'étude des Serrails a mifes fous la plume de l'Auteur, & qui femblent donner à fes complimens un ton de Sultan?

Romulus permit au mari de répudier fa femme, fi elle avoit commis un adultere, préparé du poifon, ou falfifié des clefs. To. 1. p. 428.

Plutarque cité par l'Auteur ne dit point que Romulus permit au mari de répudier fa femme, fi elle avoit préparé du poifon; mais fi elle avoit empoifonné les enfans du mari; ce qui eft fort différent.

L'Auteur a cru devoir s'en tenir uniquement à la traduction d'Amyot, fans confulter les excellens interprètes de Plutarque fur une chofe qui femble choquer la raifon; & cette chofe eft, que quoique les délicts qui font l'objet de la Loi de Romulus, ne paroiffent pas également graves, cependant on lui fait prononcer la même peine pour les uns & pour les autres, c'eft-à-dire, la même peine pour l'adultère, l'empoisonnement, & la falsification des clefs; sur quoi ces interprétes ont prétendu qu'au lieu du mot Κλειδῶν qui signifie des clefs, il falloit lire Παιδῶν, qui signifie des enfans; par-là l'égalité de peine devient juste & la raison est satisfaite. Car la répudiation de la femme auroit pû être prononcée aussi bien pour la substitution des enfans & l'intrusion d'étrangers dans la famille, que pour l'empoisonnement & l'adultère.

To. 1. p. 429. *Le fait rapporté par Denys d'Halicarnasse, Valère Maxime & Aulugelle, que quoiqu'on eût à Rome la faculté de répudier sa femme, on eut tant de respect pour les Auspices, que personne pendant cinq cens vingt ans, n'usa de ce droit jusqu'à Carvilius Ruga, qui répudia la sienne pour cause de stérilité, ne me paroît pas vraisemblable. Il n'y a qu'à connoître la nature de l'esprit humain pour sentir quel prodige ce seroit, que la Loi donnant à tout un peuple un pareil droit, personne n'en usât.*

Il

Il n'eſt point dit que perſonne n'uſa de ce droit par *reſpect pour les auſpices ;* cette circonſtance ne ſe trouve point dans les trois Écrivains cités, & ce reſpect eſt une imagination gratuite.

La recherche de l'Eſprit des Loix étant l'objet de l'Auteur, il ſemble qu'il auroit pû ſe contenter de rechercher & expliquer l'eſprit de celle-ci : mais voulant orner ſon Ouvrage de réflexions critiques, il auroit dû penſer, que pour infirmer la narration de trois Auteurs auſſi célèbres que Denys d'Halicarnaſſe, Valère-Maxime & Aulugelle, il ne ſuffiſoit pas d'une ſimple négative, ou d'un doute fondé ſur un argument conjectural.

Coriolan partant pour ſon exil, conſeilla à ſa femme de ſe marier à un homme plus heureux que lui. To. 1. P. 429.

Coriolan ne donna point ce conſeil, il dit ſeulement à ſa femme : *Sis felix, alium maritum nacta fortunatiorem me.* Ce qui pouvoit s'entendre dans le cas qu'il vînt à mourir, ou dans une ſorte d'hypothèſe abſtraite différente d'un conſeil proprement dit.

Quand Coriolan auroit en effet conſeillé à ſa femme de ſe remarier, cela ne pouvoit s'appliquer à la répudiation permiſe par la Loi des douze Tables, ni à l'eſpèce particulière de celle de Carvilius Ruga. Ainſi de quelque côté qu'on enviſage l'exemple de Coriolan, il n'infirme point le récit de Denys d'Halicarnaſſe, de Valère-Maxime & d'Aulugelle.

To. I. p. 431. *Ce n'eſt point parce que Carvilius Ruga répudia ſa femme qu'il tomba dans la diſgrace du peuple; c'eſt une choſe dont le peuple ne s'embarraſſoit pas; mais Carvilius avoit fait un ſerment aux Cenſeurs, qu'attendu la ſtérilité de ſa femme, il la répudieroit pour donner des enfans à la République: c'étoit un joug que le peuple voyoit que les Cenſeurs alloient mettre ſur lui.*

Ceci eſt contredit par Valère-Maxime, chez lequel on lit: *Reprehenſione non caruit, quia nec cupiditatem qui-*

dem liberorum conjugali fidei præponi debuisse arbitrabantur. Le peuple croyoit qu'il ne falloit pas même préférer le desir d'avoir des enfans, à la foi conjugale ; le peuple respectoit cette union, il avoit en horreur ceux qui en rompoient le lien ; c'est ce qui avoit fait que, pendant cinq cens vingt ans, personne n'avoit usé du droit que la Loi avoit accordé, & ce qui contribuë à détruire les raisonnemens de l'Auteur à cet égard.

Donner des enfans à la République, dit-il, étoit un joug que les Censeurs vouloient imposer au peuple ; mais le peuple n'a jamais regardé cette dette comme un joug, & moins à Rome qu'ailleurs, parce qu'il y avoit des ressources pour le faire subsister ; & dans le peuple on ne craignoit pas l'extinction de la race, comme on la craignoit dans les familles patriciennes : le peuple n'avoit en vûë que la foi du lien conjugal, contre la violation duquel il étoit indigné, & pour raison de laquelle Carvilius Ruga tomba dans sa disgrace.

To. 1. p. 431. *Il faut expliquer les Loix par les Loix, & l'Histoire par l'Histoire.*

On en convient. Mais l'Auteur a-t-il expliqué les Loix par les Loix, & l'Histoire par l'Histoire ? c'est au Lecteur à en juger.

CHAPITRE XXIII.

De la Pudeur naturelle.

POur rendre raison de cette Pudeur, l'Auteur dit que *toutes les Nations se sont également accordées à* To. 1. p. 423. *attacher du mépris à l'incontinence des femmes.*

La Pudeur n'est pas la continence : il est vrai qu'elle semble l'annoncer & la supposer ; mais ce sont deux choses différentes. Il y a des exemples que la Pudeur & l'incontinence ne sont pas incompatibles : il se trouve des femmes libertines qui annoncent la Pudeur ; il s'en trouve de très-ſages qui annnoncent l'effronterie.

On ſçait qu'il y a certains cantons de la France, où les filles gayes & enjouées font des agaceries, qui perſuadent aux nouveaux venus que dans ces pays il ne fut jamais de cruelles ; mais au fait, ils ſe trouvent fort loin de leur compte, & ſouvent leur entrepriſe ne leur rapporte que la honte de l'avoir tentée, & le châtiment de leur témérité. Quoi qu'il en ſoit, il ſeroit à ſouhaiter que cette convention ſuppoſée entre les Nations ſur le mépris de l'incontinence des femmes ſubſiſtât ; elle ſeroit louable & honnête, mais elle eſt fort différente de l'idée que l'Auteur s'en forme.

Dans certain pays, (*a*) il eſt de la politeſſe du Maître de la maiſon d'offrir ſa femme & ſes filles à ſon hôte ; dans d'autres, les filles ſe louent aux Voyageurs pour un tems, & l'abon-

(*a*) On peut voir ſur les Mingréliens, le Baron de Buſbec, tom. 2, pag. 100.

dance de ces ſortes de pratiques fait leur profit & leur gloire. Elles ſont en commun dans certains pays ; ailleurs il eſt auſſi honteux à une fille d'avoir ſa virginité, qu'il l'eſt ici de ne l'avoir pas. Il y a une multitude d'autres ſingularités que l'on trouve dans les Voyageurs, qui ne méritent peut-être pas une confiance parfaite. Mais enfin qu'en réſulte-t-il ? Que chacune de ces ſingularités doive être priſe pour une loi, pour une règle univerſelle de conduite ? Aucunement. Il en réſultera ſeulement qu'il y a une extrême différence de mœurs d'un pays à l'autre, à raiſon de la différence des éducations.

S'il étoit poſſible que le peuple qui a les mœurs les plus oppoſées aux nôtres, fût magiquement tranſporté à Chaillot, & qu'il y pût vivre ſans communication, il en ſortiroit au bout de cent ans, comme il y ſeroit entré.

La continence & la chaſteté ſont des vertus établies parmi nous, par les règles de la Religion, & protégées par les conventions de la ſociété. Le mariage eſt la reſſource licite de ceux qui n'ont pas le don de continence. Hors du mariage ne pas garder la continence, c'eſt offenſer les inſtitutions religieuſes & politiques ; mais tous les Légiſlateurs n'ont pas eu des vûës auſſi ſaintes & auſſi pures que ceux qui nous ont donné des Loix.

La Nature a établi la défenſe ; elle a établi l'attaque ; & ayant mis des deux côtés des deſirs, elle a placé dans l'un la témérité, & dans l'autre la honte. To. 1. p. 423.

La Nature n'a établi ni l'attaque ni la défenſe ; la morale & l'éducation règlent la conduite à cet égard, & ce que nous venons de dire, le prouve.

Il eſt vrai que tous les peuples bien inſtruits & ſagement policés ont du mépris pour l'incontinence des femmes ; d'autres peuples moins heureux du côté de l'inſtruction & de l'éducation, ne penſent pas de même, & le nombre en eſt plus que ſuffiſant pour ne pas faire de ce sentiment une proposition générale, qui seroit détruite par l'exception même que l'Auteur nous en fournit dans l'Histoire des Patanoises, que nous venons de voir il n'y a qu'un moment.

To. 1. p. 423, *Il n'est donc pas vrai que l'incontinence suive les Loix de la Nature ; elle les viole au contraire. C'est la Modestie & la retenuë qui suivent ces Loix ..... La Nature a donc mis en nous la Pudeur, c'est-à-dire, la honte de nos imperfections.*

Ce seroit un grand bien si l'on pouvoit graver profondément ces idées dans tous les esprits. Mais s'il est vrai que l'on soit parvenu à en approcher dans les Gouvernemens policés, il est aussi très-vrai qu'on en est fort loin dans ceux qui ne le sont pas, ou qui le font mal.

La Pudeur & la retenuë prennent leur force dans l'éducation guidée par la morale ; mais quelquefois on oublie ses préceptes, on ferme les yeux sur le danger, sur la certitude même des maladies les plus affreuses & les plus honteuses, & sur la crainte des supplices les plus rigoureux.

Si l'incontinence viole les Loix de la nature, elle les viole dans les hommes, comme dans les femmes; car ce sont deux individus de même espèce : or la nature gouverne les mêmes choses par les mêmes principes ; ses Loix ne sont que la suite de ses principes, ou plutôt ce sont ses principes mêmes. Ainsi il n'est pas possibe d'être d'accord avec la nouvelle physique de l'Auteur, quelque envie qu'on ait d'applaudir aux choses neuves & ingénieuses dont son Livre est rempli.

Quand donc la puissance physique de certains Climats viole la Loi naturelle des deux sexes, & celle des êtres intelligens, c'est aux Législateurs à faire des Loix civiles qui forcent la nature du Climat, & rétablissent les Loix primitives. To. 1. p. 424.

La puissance physique du Climat est incapable de forcer les deux sexes à violer la Loi naturelle & celle des êtres intelligens. Ces deux ſexes portent en eux un défenſeur capable de réſiſter à l'influence la plus marquée & la plus abſoluë des Climats ; c'eſt cette lumière naturelle qui les diſtingue de la matière, & ſans le conſentement & l'aveu de laquelle les Climats ni aucune autre puiſſance ne ſçauroit les contraindre à violer les Loix que la raiſon a dictées.

Si la puiſſance phyſique des Climats avoit aſſez d'empire pour faire violer les Loix primitives ſans le conſentement du violateur, les Loix civiles du Légiſlateur feroient incapables de les rétablir, à moins qu'il ne changeât la nature du Climat ; car ſans cette précaution le Climat conſervant ſa ſupériorité, ne manqueroit pas d'en faire uſage contre les Loix civiles, dont le degré de force bien inférieur à celui des Loix primitives, ne tiendroit pas un inſtant contre un ſi puiſſant adverſaire.

CHAPITRE XXIV.

Comment les Loix de la ſervitude politique ont du rapport avec la nature du Climat.

LA ſervitude politique ne dépend pas moins de la nature du Climat que la civile & la domeſtique, comme on va le voir.

C'eſt en quoi conſiſte tout ce Chapitre qui eſt le premier du dix-ſeptième Livre du Tome I. page 432.

L'Auteur ſe propoſe de faire voir ici que la ſervitude politique dépend de la nature du Climat; mais on a déja tant vû de choſes qui en dépendent, que l'on ne ſera point ſurpris que celle-ci ſoit du nombre. Toute la nature y eſt ſoumiſe dans cet Ouvrage; & ſi on lui avoit donné le titre d'*Empire abſolu des Climats*, peut-être ce titre ſe trouveroit-il mieux rempli que celui d'Esprit des Loix.

Ce que nous avons déja dit pour réduire à de justes bornes l'immense pouvoir qu'on attribuë aux Climats, nous dispensera de suivre exactement les Chapitres de la Servitude Politique, & nous croyons que l'examen de quelques lignes suffira pour faire connoître ce qu'on peut penser des nouvelles preuves que l'Auteur rapporte de ce pouvoir. Ici nous l'allons voir Auteur de la servitude & de la liberté.

To. 1. p. 433. Ce pouvoir *se remarque non-seulement de Nation à Nation, mais encore dans le même pays, d'une partie à une autre : les peuples du Nord de la Chine, sont plus courageux que ceux du Midi ; les peuples du Midi de la Corée ne le sont pas tant que ceux du Nord.*

On pourroit le nier ; car l'Auteur nous dit lui-même, page 201. que ce que l'on a rapporté de ces pays s'est évanoui, après en avoir recherché le vrai ; cependant il se sert ici des mêmes autorités qu'il a proscrites, du P. du Halde & des Livres Chinois. Mais ont-ils prouvé que le plus ou le moins de courage fût l'effet du Climat? C'est ce qui ne paroît pas.

Au reste, ce que l'Auteur va nous dire des Climats du Nord, pourra servir à déterminer le degré de confiance que nous devons accorder à ce qu'il nous rapporte des Climats du Midi.

Il ne faut donc pas être étonné que la lâcheté des peuples des Climats chauds les ait presque toujours rendus esclaves, & que le courage des peuples des Climats froids les ait maintenus libres. C'est un effet qui dérive de sa cause naturelle. To. 2. p. 433.

Si nous parcourons les pays les plus Septentrionaux de notre Europe, nous trouverons que ceux qui les habitent sont les moins courageux des hommes. La Laponie & la Samojédie qui occupent une étenduë de pays de plus de huit cens lieuës de long, renferment une infinité de régions & de nations différentes si lâches & si craintives, qu'elles fuyent dès qu'elles apperçoivent quelque bâtiment en mer, ou la trace du pied d'un Etranger.(*a*) Les peuples de Moscovie, de Pologne & de quelques autres parties du Nord sont-ils plus courageux que les François, les Anglois & les Espagnols? Tous ces peuples sont esclaves; les François, les Anglois & les Espagnols le sont-ils?

La servitude ne fut jamais un effet du Climat; elle est une suite du droit de la guerre & de la politique des Conquérans bien ou mal entenduë; & cet usage est peut-être aussi ancien que le monde: ce qu'il y a de certain c'est qu'en jettant les yeux sur l'Histoire, on le trouve généralement établi du tems d'Abraham, & il est à présumer qu'il a commencé sous le règne de Nemrod, parce que c'est lui qui a commencé à faire la guerre, & par conséquent à faire des Captifs, & à réduire en servitude ceux qu'il pre-

(*a*) Voyez l'Histoire de la Laponie par Scheffer.

noit dans les combats ou dans ses irruptions. (*a*)

Qui ignore d'ailleurs que les Nations les plus belliqueuses ont été les Assyriens, les Mèdes & les Perses leurs successeurs, les Egyptiens, les Grecs, les Romains & les Africains? Ces Empires ont donné naissance à une multitude de Héros, Menès, Amenophis I. Sésostris, Assur, Belus, Ninus, Persée, Théfée, Hercule, Cyrus, Xerxès le Grand, Alexandre, Annibal, Jugurtha, César, Scipion, Mahomet, Tamerlan, Gingiskam, & à une infinité d'autres qu'il seroit trop long de nommer, & de nos jours à Miriweys usurpateur, mais grand Capitaine. (*b*)

(*a*) Voyez deux bons Traités sur cette matière; l'un de *Pignorius*, & l'autre de *Popma*.

(*b*) Suivant une Relation de nos Officiers de marine de la Compagnie des Indes, qui ont été à l'expédition de Mahé, les Soldats des Indes, sont appellés *Naires* : ce sont de grands hommes bazannés, légers, vigoureux, qui n'ont d'autre profession que celle des armes, & qui seroient d'excellens Soldats, s'ils étoient disciplinés. Ils combattent sans ordre, prenant la fuite dès qu'on les serre de près; mais s'ils sont poussés avec vigueur,

Ce n'eſt point le Climat qui avoit donné à ces deſtructeurs du Genre humain l'eſprit de cruauté & de dévaſtation ; ils le tenoient d'une éducation auſſi capable de produire ces terribles effets, qu'une éducation différente eſt capable d'en produire de contraires.

Quelques Grecs pensèrent autrefois comme l'Auteur penſe aujourd'hui ; mais Pélopidas ayant remporté avec une poignée de monde une victoire ſignalée ſur les Lacédémoniens infiniment plus nombreux, ce combat apprit pour la première fois à la Grèce, dit Plutarque (*a*), que ce n'eſt ni l'Eurotas ni le lieu qui eſt entre Babyce & le Cnacion qui portent les hommes belliqueux & les hardis combattans.

» Les grands courages, dit Platon » dans ſon Lachès, naiſſent par-tout

& qu'ils ſe croyent en danger, ils reviennent ſe battre en furieux juſqu'à la dernière goute de leur ſang, & ne ſe rendent jamais ..... Ce récit ne favoriſe aucunement le ſyſtême de l'Eſprit des Loix.

(*a*) Plut. Vie de Pélop.

» où l'éducation inſpire de la honte » pour ce qui eſt mauvais, & de l'aſ» ſurance & de l'audace pour ce qui » eſt bon, où elle donne plus de » crainte du moindre affront, que de » tous les périls enſemble. Le cou» rage eſt le fruit de l'éducation.

L'Auteur parcourt enſuite les cauſes phyſiques de la ſervitude de l'Aſie & de la liberté de l'Europe. Voici les cauſes de la ſervitude de l'Aſie; le Lecteur jugera ſi elles ſont ſatisfaiſantes.

Une de ces cauſes eſt, dit-il, *la grandeur des Empires de l'Aſie.* Mais les Géographes l'admetteront-ils ſans difficulté, & ne pourront-ils pas dire qu'il y a dans l'Aſie pluſieurs Royaumes qui ne ſont pas plus grands que le Portugal? Par exemple, Maduré, Décan, Tanjaor, Canara, Viſapour, Tatta, Soret, Cochinchine, Chiampa, &c. qui ont ſubſiſté des milliers d'années, & dont pluſieurs ſubſiſtent encore aujourd'hui. To. I. p. 441.

Une autre cauſe, c'eſt que l'Aſie

To. 1. p. 442. *a de plus grandes plaines, qu'elle est coupée en plus grands morceaux par les montagnes & les mers, que les sources y sont plus aisément taries, que les montagnes y sont moins couvertes de neiges, & que les fleuves moins grossis y forment de moindres barrières.*

Les Géographes auront encore peine à souscrire à tout ceci ; ils ne manqueront pas de dire que le mont Taurus traverse toute l'Asie dans un cours de plus de quinze cens lieuës, que c'est une des plus hautes montagnes du monde, toujours couverte de neiges, dans plusieurs de ses parties; que la Chine, le Mogol, la Perse & la Turquie, qui sont les quatre grands Empires de l'Asie, ont des provinces remplies & entourées de montagnes, qui ont autrefois formé des Royaumes particuliers, & qui pourroient l'être encore aujourd'hui, s'il ne falloit pour cela que des montagnes. (*a*)

(*a*) Dans l'Empire de la Chine les Provinces de Kiansy, Fokien, Chekiang, *&c.* sont entourées

Ils diront que les deux pendans du Mont Taurus & ſes différentes branches fourniſſent des rivières ſans nombre & de très-grands fleuves, qui roulent leurs eaux juſqu'à la mer, qui ne tariſſent jamais, qui enflent prodigieuſement par les pluies & la fonte des neiges; & qu'à la réſerve de la Perſe, les trois autres Empires ſont coupés en différentes parties par de grands Fleuves; la Chine par ceux de Kiang, de Hoang, &c. qui ont ſix à ſept cens lieuës de cours; le Mogol par le Gange, la Guenga, l'Indus, &c. la Turquie par l'Euphrate, le Tigre, &c.

Pour prouver qu'il doit y avoir de la neige ſur les montagnes d'Aſie, ces Géographes repréſenteront qu'il y en a ſur le Pic de Ténériffe qui n'eſt qu'à 28 degrés de latitude, & que le mont Taurus eſt par les 35 & 40; & ils feront

de montagnes. Dans le Mogol celles de Cachemire, Lahor, Bankriſch, Navagracut, Patna, &c. en Perſe celles de Seirvan, Traon, Kareſberg, Aderbeitzan, &c. dans la Turquie celles de Géorgie, Arménie, Diarbeck, &c.

ſouvenir l'Auteur, qu'il dit qu'au 43 & 44 degré, il géle ſept à huit mois de l'année en Aſie, & que quoiqu'il y dût faire plus chaud que dans les Provinces Méridionales de France, il y fait auſſi froid qu'en Iſlande qui eſt immédiatement ſous le Pole Arctique: en ſorte que toutes ces repréſentations pourroient faire quelque tort au ſyſtême des cauſes de la ſervitude Aſiatique.

A l'égard de la liberté de l'Europe, voici en quoi l'Auteur la fait conſiſter, & l'on y trouvera en même tems la confirmation de la ſervitude d'Aſie. Mais pour bien concevoir toute la force du raiſonnement, il ne faut pas oublier les principes qu'il a établis, qui ſont le froid & le chaud: car c'eſt ſur ces deux grands pivots que roule toute la Nature.

To. 1. p. 436. Il faut d'abord convenir avec l'Auteur que l'Aſie n'a *point de Zone tempérée, & que les lieux ſitués dans un Climat très-froid, touchent immédiatement à ceux qui ſont dans un Climat très chaud.* Sans ce préalable il ſeroit impossible que le compte s'y trouvât.

Ensuite de quoi il faut dire : *Comme le Climat d'Europe devient insensiblement froid en allant du Midi au Nord, à peu-près à proportion de la latitude de chaque pays, il arrive que chaque pays y est à peu-près semblable à celui qui en est voisin. Et de-là il suit qu'en Asie les Nations sont opposées aux Nations du fort au foible* ; c'est-à-dire, du froid au chaud, & qu'*en Europe au contraire les Nations sont opposées du fort au fort*, c'est-à-dire, du froid au froid ; *c'est la grande raison de la force & de la liberté de l'Europe, & de la servitude de l'Asie.*

To. 1. p. 436.

Ibid.

To. 1. p. 437.

On sent bien que c'est-là une démonstration à laquelle il est impossible de se refuser, & que c'est avec juste raison que l'Auteur s'applaudit, en disant avec exclamation : *Je ne sçache pas que l'on ait encore fait cette remarque.* En effet l'idée en est si neuve que nous ne l'avons lûë nulle part.

Ibid.

Il est facile de concevoir que le froid & le chaud ayant constitué la liberté de l'Europe & la servitude de l'Asie, ce doit être la même chose pour l'Afrique & l'Amérique; aussi est-ce par-là que l'Auteur termine son dix-septième Livre.

To. 1. p. 443. *Voilà*, dit-il, *ce que je puis dire sur l'Asie & sur l'Europe. L'Afrique est dans un Climat pareil à celui du Midi de l'Asie, & elle est dans une même servitude.*

Ibid. Pour l'Amérique, comme *elle a été détruite & nouvellement repeuplée*, & que dans une matière aussi importante que celle de l'Esprit des Loix, il ne faut pas porter de jugement à la légère, l'Auteur ne décidera rien sur le génie *des Nations d'Europe & d'Afrique* qui ont formé cette nouvelle Colonie, jusqu'à ce qu'il ait eu le tems de faire des observations suffisantes. Tout ce qu'il peut dire à présent, c'est que *l'ancienne Histoire de l'Amérique est très-conforme à ses principes.* Ibid. Et nous trouvons qu'elle a bien mieux fait de se prêter de bonne grace, que de s'exposer à y être contrainte.

CHAPITRE XXV.

Comment la nature du Terrain influë sur les Loix.

SElon les principes que l'Auteu va établir, les Loix dépendront maintenant de la ſtérilité, ou de la fertilité du terrain. A combien de maîtres ces Loix ne ſeront-elles pas aſſujetties ? Faites pour gouverner, nous les verrons ſoumiſes à tous les accidens, à toutes les circonſtances qu'offrent les formes diverſes de la Topographie. Les plaines feront des hommes eſclaves, les montagnes feront des hommes libres ; & de ces deux Etats de la terre dériveront toutes les Loix qu'exigent les deux Etats les plus intéreſſans de la Société ; ainſi ſans recourir à l'Hiſtoire, ſans queſtionner les habitans du pays, un Voyageur, à la ſeule inſpection du ſol pourra, connoître l'Etat politique de chaque partie du monde.

To. 1. p. 445. *La stérilité du terrain de l'Attique y établit le Gouvernement aristocratique; car dans ces tems-là on ne vouloit point dans la Grèce du Gouvernement d'un seul; or le Gouvernement Aristocratique a plus de rapport avec le Gouvernement d'un seul.*

Ce n'est point le Gouvernement aristocratique qui a été originairement établi dans la Grèce, c'est au contraire le Gouvernement d'un seul qui y fut connu long-tems avant les Républiques ou aristocratiques, ou démocratiques, comme on le voit par les Monarchies d'Athènes même, d'Argos, de Sycione, de Lacédémone, de Mycénes, de Corinthe, de Thèbes, d'Epire, de Macédoine, &c. qui occupèrent tous les terrains de la Grèce, stériles ou fertiles, plaines, montagnes, ou côtes maritimes.

L'Auteur dit que dans ces tems on ne vouloit point dans la Grèce du Gouvernement d'un seul; cependant nous lisons dans Plutarque, au même endroit cité dans l'Esprit des Loix, que les trois partis qui se formèrent après la sédition, dont l'Auteur va parler, sollicitèrent vivement Solon de revêtir la pourpre & le diadême, & que » Ses amis l'accusèrent de bassesse & de lâcheté, de n'oser accepter la Monarchie, de peur d'être appellé Tyran ; mais que toutes » leurs raisons ne l'ayant point ébranlé, il se contenta de leur répondre: » c'est un beau pays que la Royauté, » mais il n'a point d'issuë. » Il paroissoit donc que le Gouvernement d'un seul pouvoit être établi dans la Grèce.

Le Gouvernement aristocratique étant le Gouvernement de plusieurs, il ne peut être comparé avec le Gouvernement d'un seul; & ces deux formes de Gouvernement n'ont pas plus de rapport entr'elles, que la Démocratie n'en a avec elles deux. Chacune des trois constituë une espèce à part. Les Républiques de Venise & de Hollande ne ressemblent pas plus l'une que l'autre à la Monarchie Françoise ou Espagnole ; & pour faire une Monarchie de l'une ou l'autre de ces Républiques, il faudroit également en refondre les principes.

To. 1. p. 445. *Plutarque dit que la sédition Cilonienne ayant été appaisée à Athènes, la Ville retomba dans ses anciennes dissensions, & se divisa en autant de partis qu'il y avoit de sortes de territoires dans le pays d'Attique ; que les gens de la Montagne vouloient à toute force le Gouvernement populaire ; ceux de la plaine demandoient le Gouvernement des Principaux ; ceux qui étoient près de la mer, étoient pour un Gouvernement mêlé des deux.*

Et c'est sur les demandes de cette populace mutinée, de cette populace qui n'occupoit qu'un point dans la Grèce, laquelle n'est elle-même qu'un point à l'égard du monde habité, que l'Auteur établit un principe général, duquel il fait dériver, non-seulement la servitude ou la liberté, mais encore la forme des divers Gouvernemens.

Nous voyons fort bien dans Plutarque, au même endroit cité par l'Auteur, (*a*) qu'il s'éléva entre les Athéniens des dissensions qui mirent la République à deux doigts de sa perte. Nous voyons qu'en effet ceux de la Montagne demandèrent le Gouvernement populaire, ceux de la plaine le Gouvernement oligarchique, & ceux de la côte maritime un Gouvernement mêlé des deux; mais que produisirent ces demandes séditieuses? Rien. Le Gouvernement d'Athènes resta tel qu'il étoit auparavant, & à cet égard la montagne, la plaine & les côtes maritimes n'eurent pas plus de crédit & d'influence que les Climats sur les formes politiques.

Quel fut le sujet de la querelle entre les Athéniens habitans des différens territoires de l'Attique? Ce ne fut pas de sçavoir comment ils seroient gouvernés; mais comment on empê-

(*a*) Vie de Solon.

cheroit les créanciers d'écraser les débiteurs par leurs usures, de les réduire en servitude, & de les vendre aux étrangers, faute de payement; ce point réglé, toutes les formes leur devenoient indifférentes : c'est ce qu'il est facile de reconnoître par la narration de Plutarque; (*a*) & si les avis furent différens dans les trois différens districts de la Montagne, de la Plaine & de la Mer, c'est que chacun ayant son Chef de cabale & de parti, ce Chef auroit craint de ne le plus être, s'il se fût rangé à l'avis de son adversaire; en sorte que si le vœu du peuple de la Plaine avoit été pour le Gouvernement populaire, nul doute que celui du peuple de la Montagne n'eût été pour l'Oligarchie, & ainsi du troisième.

Si après avoir parlé d'Athènes, nous examinons les effets que la stérilité ou la fertilité des terres, leur nature de Plaine ou de Montagne,

(*a*) Plutarque. Vie de Solon, Traduction de Dacier, Tom. I. p. 393. & suiv.

leur disposition d'Isle ou de Continent, peuvent produire dans les autres pays sur l'esclavage ou la liberté, sur les Gouvernemens, sur le courage ou la mollesse des troupes, nous trouverons que tout ce que l'Auteur nous expose à ce sujet, est désavoué par les faits ; & pour en être convaincus, il ne s'agit que de jetter les yeux sur la Carte & sur l'Histoire générale du Monde.

Nous verrons qu'en Asie le mont Taurus s'étend plus de quinze cens lieuës de long sous différens noms, depuis la côte de Rhodes, entre la Carie & la Lycie, jusqu'aux extrémités de la Tartarie & de la Chine ; que les chemins n'y ont que deux ou trois pieds de large sur la pente du roc, entre des précipices affreux, (a) & cependant tous les pays que parcourt cette montagne, sont soumis au pouvoir arbitraire d'un seul ; les peuples sont esclaves, & les troupes

(a) Voyez la Relation de Thomas Herbert Voyage de Perse = Strabon, Pline, Ptolomée.

mauvaifes.

Les habitans de l'Afrique entière, fans diftinction de terres fertiles ou ftériles, de plaine ou de montagne, font encore pires à tous égards que ceux du mont Taurus.

En Europe nous connoiffons les Pyrénées, les Alpes, l'Apennin, les Cévennes, les Vofges, le Jurat, &c. Si on en excepte les Suiffes, tous les peuples qui habitent ces montagnes, font foumis au pouvoir Monarchique.

L'Auteur remarque que les troupes levées en Saxe ne valent rien, parce que ce font, dit-il, des plaines abondantes. Nous ne fçavons fi les Saxons d'aujourd'hui adopteront ce fyftême. Witikind l'auroit sûrement combattu.

Mais quoiqu'il en foit, la Siléfie, la Hongrie, la Pologne, la Lithuanie, la Weftphalie, la Flandre, la Picardie, la Normandie, &c. ne fourniffent-elles auffi que de mauvaifes troupes, parce que ce font des pays de plaines, & que ces plaines sont fertiles? Les Soldats Romains, dont le courage dompta l'Univers, occupoient ils un autre pays que les Romains d'aujourd'hui si différens de leurs Ancêtres?

Reste à voir le rapport que les Isles & le Continent ont avec la servitude & la liberté. Voici ce que l'Auteur en dit :

Les peuples des Isles sont plus portés à la liberté, que les peuples du Continent; les Isles sont ordinairement d'une petite étenduë, une partie du peuple ne peut pas être si bien employée à opprimer l'autre. La mer les sépare des grands Empires, & la tyrannie ne peut pas s'y prêter la main; les Conquérans sont arrêtés par la mer; les Insulaires ne sont pas enveloppés dans la Conquête, ils conservent plus aisément leurs Loix. To. 1. p. 448.

En examinant les différentes parties de ce texte, on les trouvera sujettes à bien des contradictions.

Les peuples des Isles sont plus portés à la liberté que les peuples du Continent.

Autrefois toute l'Europe & toutes les Isles de l'Europe étoient soumises à l'esclavage. Depuis qu'il a été banni de plusieurs endroits de cette partie du monde, il a été banni des Isles qui dépendent de ces endroits; mais il subsiste encore dans les Isles de la Baltique, qui appartiennent aux Princes du Nord, & dans celles de la Méditerrannée, qui appartiennent au Turc.

Dans l'Asie on trouve l'Isle du Japon & toutes les Isles qui dépendent de la Chine, de la Cochinchine, du Mogol, de la Perse & de tous les Souverains qui ont embrassé le Mahométisme; & il y a peut-être encore aujourd'hui plus d'Isles dans le monde où l'esclavage a lieu, qu'il n'y en a où il n'a pas lieu.

Les Isles sont ordinairement d'une très-petite étendue.

Il faut sçavoir relativement à quoi; si c'est relativement au Continent, cela sera vrai; si c'est relativement à certains Royaumes & Souverainetés de de ce Continent, cela ne ſera plus vrai, & s'il ne s'agit que des Iſles ſans les comparer à rien, cela ne ſera ni vrai ni faux ; car il y en a de très-grandes & de très-petites.

Une partie du peuple ne peut pas être ſi bien employée à opprimer l'autre.

Tout comme en terre ferme. Combien la Sicile n'a-t-elle pas éprouvé de viciſſitudes, d'abord ſous ſes Roitelets, enſuite ſous les Tyrans, les Carthaginois, les Romains, les Vandales, les Sarazins, les Normands, les François & les Eſpagnols. Si on lit les Hiſtoires de Candie, de Rhodes, de Corſe, de Sardaigne, de Majorque, de Minorque, d'Angleterre & de preſque toutes les Iſles du monde, grandes ou petites, on ne les trouvera pas moins fertiles en guerres inteſtines ou étrangères, en cabales, ſéditions, ruſes, ſurpriſes, trahiſons, vexations, oppreſſions, révolutions. Il ſuffit pour cela que, comme la terre ferme, ces Iſles ayent été habitées par des hommes.

La mer les sépare des grands Empires, la tyrannie ne peut pas s'y prêter la main.

La mer, loin d'être une barrière qui sépare les Isles des grands Empires, est au contraire une route toujours ouverte, pour communiquer facilement & promptement avec toutes les parties de l'Univers.

Plus un Empire est grand & puissant, plus ses forces navales peuvent être redoutables; au moyen de ses flottes, la tyrannie peut d'un vol rapide se transporter dans un instant, pour ainsi dire, & se prêter la main d'une extrémité de la terre à l'autre. Si nous ignorions ces vérités, l'Auteur nous les apprendroit lui-même. L'Angleterre, dit-il, se sentant capable d'insulter par-tout, croit que son pouvoir n'a pas plus de bornes que l'Océan.

To. 1. p. 515.

Les Conquérans sont arrêtés par la mer.

Ce qui vient d'être dit prouve suffisamment le contraire.

Les Insulaires ne sont pas enveloppés dans la conquête.

L'Angleterre a été enveloppée dans la conquête des Romains, des Saxons & des Normands. Les Isles de la Méditerranée ont été enveloppées dans la conquête des Carthaginois, des Romains, des Barbares du Nord, des Sarazins & des Turcs.

Ils conservent plus aisément leurs Loix.

S'ils ne peuvent conserver leur pays, comment conserveront-ils leurs Loix? Et en effet, n'a-t-on pas vû les Loix politiques, civiles & religieuses changer toutes les fois que la domination a changé? événement naturel, & qui devroit se supposer, quand même l'Histoire ne nous l'apprendroit pas.

L'Auteur abandonnant les causes particulières, a cru qu'il réussiroit mieux en faisant intervenir les causes générales. Ce ne sont plus les plaines, les montagnes, le voisinage de la mer qui produisent la servitude ou la liberté ; c'eſt de cultiver les terres, ou de ne les cultiver pas, de connoître l'uſage de la monnoie ou de ne le connoître pas.

To. I. p. 456. *Les peuples qui ne cultivent point les terres, jouiſſent d'une grande liberté ; ils ne s'attachent point, ils ſont errans & vagabonds.... Chez ces peuples la liberté de l'homme entraîne celle du Citoyen.*

Cette maxime ne s'entend pas bien. Si ces hommes ne cultivent point les terres, s'ils ſont errans & vagabonds, on ne peut pas les appeller Citoyens. Car les Citoyens ſont ceux qui habitent des Villes, qui jouïſſent du droit de Bourgeoiſie & des Priviléges qui y ſont attachés.

L'homme & le Citoyen ſont identiques ; ſi l'homme eſt libre, le Citoyen ſera libre ; ſi le Citoyen eſt libre, l'homme ſera libre ; il ſemble que des diſtinctions ſubtiles ne ſont point faites pour le langage d'inſtruction.

Ce qui aſſure le plus la liberté des peu-

ples qui ne cultivent point la terre, c'est que la monnoïe leur est inconnuë. To. 1. p. 458.

On devroit donc conclure de cette proposition, que chez les peuples qui ne cultivent point les terres, & qui en même tems ne connoissent pas l'usage de la monnoie, on trouveroit la liberté dans toute l'étenduë dont elle est susceptible. Sans nous donner la peine de chercher des exemples du contraire, l'Auteur va nous en fournir lui-même.

Les Arabes & les Tartares sont des peuples pasteurs; les Arabes se trouvent dans le cas général dont nous avons parlé, & sont libres; au lieu que les Tartares se trouvent dans l'esclavage politique. To. 1. p. 460.

A l'égard des Arabes, ce que l'Auteur en dit, est-il vrai pour le passé; l'est-il pour le présent? Consultons les Auteurs qui en peuvent être instruits.

Hérodote & Xénophon nous apprennent que les anciens Arabes furent vaincus par les Egyptiens, les Perses & les Rois d'Assyrie. Strabon rapporte qu'Alexandre soumit l'Arabie, & que lorsque ce Conquérant fut de retour des Indes, il eut dessein d'établir le siége de son Empire en Arabie.

Bardesanes, cité par Eusèbe, dit que du tems d'Auguste, les Romains étoient les maîtres de l'Arabie, que cet Empereur nomma Arétas pour Roi de cette contrée, que la conquête en fut entièrement achevée sous Trajan, & qu'on y introduisit les Loix Romaines.

On trouve dans Spartien, dans Jules Capitolin & dans Vopiscus, que les Arabes s'étant révoltés, Sévère, Macrin & Aurélien les rangèrent à l'obéïssance.

To. I. p. 456. Pourquoi sous ces Monarques *absolus, la grande liberté de l'homme n'entraînoit-elle pas la liberté du Citoyen?* Leurs terres étoient-elles devenuës fertiles? Les cultivoient-ils? Y étoient-ils attachés? N'y avoit-il point de bois où ils pussent se retirer avec leurs familles?

Si on consulte les tems modernes

& les tems présens, on trouvera que vers l'an 625. Mahomet dompta les Arabes, & leur fit recevoir sa doctrine, & qu'aujourd'hui ils sont en partie soumis aux Turcs, aux Persans, & à des Princes particuliers Tributaires de ces deux Puissances.

Quant aux Tartares, l'Auteur dit qu'il ne faut pas s'étonner s'il sort pour eux de la règle générale; il en donne plusieurs raisons solides: *C'est le peuple le plus singulier de la terre;* To. I. p. 460. & 461. *les habitans des plaines cultivées, ne sont guères libres; des circonstances font que les Tartares, habitant une plaine inculte, sont dans le même cas.*

On sent bien qu'à l'aide *des circonstances*, il ne doit plus subsister de différence entre les plaines cultivées & les plaines incultes, & par conséquent entre la fertilité & la stérilité; & l'on sent également que *les Tartares étant le peuple le plus singulier de la terre*, il doit nécessairement être esclave: la singularité est incompatible avec la liberté; tout cela est sans replique.

Quoique *ce qui assure la liberté des*
To. I. p. 458. *peuples soit de ne point cultiver la terre, & de ne pas connoître la monnoie*, comme l'Auteur vient de nous le dire,
Ibid. p. 459. *Cependant un peuple de la Louisiane nommé les Natchès, déroge à ceci*; & la cause de ce dérogatoire est la force de la superstition; *les préjugés de*
Ibid. *la superstition sont supérieurs à tous les autres préjugés, & ses raisons à toutes les autres raisons*, même à celles de la stérilité & de la fertilité, à la singularité, aux circonstances, à la monnoie, aux montagnes, aux Isles; &c. *Ainsi quoique les peuples sauvages*
Ibid. *ne connoissent point naturellement le despotisme, ce peuple-ci le connoît.* Rien ne prouve mieux la force de la superstition, & que cette force seroit comme surnaturelle, puisqu'elle détruit & renverse ce qui est naturel.

Mais que recueillerons-nous de tout ceci? Concluons à l'egard des Arabes que l'Auteur a confondu le présent avec le passé, quelques coureurs avec un peuple entier, le vol, le pillage, le brigandage, avec la liberté; & à l'égard des Tartares & des Natchés, qu'ils sont dans la servitude, parce que la nature de leur Gouvernement est telle dans son origine, ou par les changemens survenus, & non à cause des plaines, des montagnes, des rivières, des marais, de la singularité, de la superstition, &c.

S'il paroît difficile de concilier le rapport que peut avoir l'état de la superficie de la terre avec la servitude & la liberté, on concevra encore plus difficilement comment l'Auteur en a pû faire sortir la Loi Salique, (*a*) la chevelure Royale, les mariages des Rois Francs, leur majorité, leur esprit sanguinaire, les assemblées de la Nation & l'autorité du Clergé dans la première Race. Cependant tout cela se trouve sous le titre des Loix, dans le rapport qu'elles ont avec la nature du terrain.

(*a*) Tome I. page 463. & suiv. pour les Titres des Chapitres qui suivent celui où il est parlé de la Loi Salique.

Quel effort n'a-t-il pas fallu faire ! Quel art n'a-t-il pas fallu employer pour associer heureusement tant de choses si éloignées de ce Titre, & si étrangères au sujet qu'il annonce !

Fin de la seconde Partie.

TABLE DES MATIERES

contenues dans la seconde Partie.

A.

D.

E.

F.

G.

M.

N.

O.

P.

R.

S.

Fin de la Table des Matières.

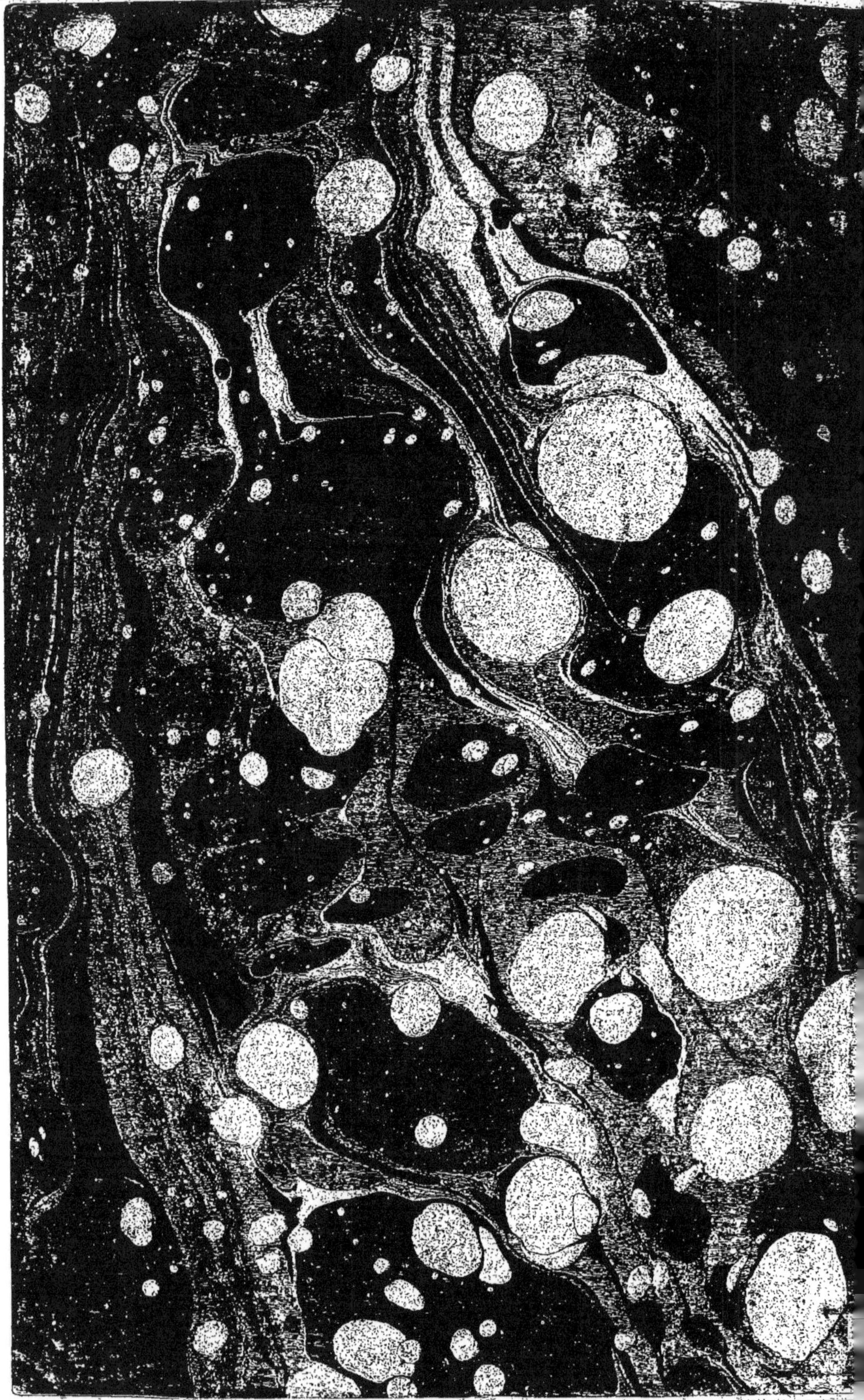